大
DALU
麓

汇集思想　纳于大麓

熱烈喝彩

A Warm Applause　　张发财 作品

岳麓書社·长沙

图书在版编目（ＣＩＰ）数据

热烈喝彩 / 张发财著. -- 长沙：岳麓书社，2022.12
ISBN 978-7-5538-1592-3

Ⅰ. ①热… Ⅱ. ①张… Ⅲ. ①长篇小说 - 中国 - 当代 Ⅳ. ①I247.5

中国版本图书馆CIP数据核字(2022)第047068号

RELIE HECAI

热烈喝彩

著　者｜张发财
出版人｜崔　灿
出版统筹｜马美著　曾德明
策划编辑｜陈文韬
责任编辑｜陈文韬　陶嶙玲　刘丽梅
责任校对｜舒　舍
营销编辑｜谢一帆　唐　睿
封面设计｜李进艺

岳麓书社出版发行
地址｜长沙市岳麓区爱民路47号
承印｜长沙鸿发印务实业有限公司

开本｜880mm×1230mm 1/32　印张｜10.5　字数｜218千字
版次｜2022年12月第1版　印次｜2022年12月第1次印刷
书号｜ISBN 978-7-5538-1592-3
定价｜68.00元

如有印装质量问题，请与本社印务部联系
电话｜0731-88884129

序 言

张发财是被平面设计耽误的小说家吗?

封新城

发财好早就跟我吹嘘他要写小说,拖拖拉拉这些年,终于在抖音当道的今天出来了。

问题是,小说都没人看了,他为什么还要写小说?

是因为《一个都不正经》《大家都很2》《历史就这七八样》《十三不靠》《人五人六》这些历史杂说书太畅销,让他不像个严肃作家,脸上挂不住?

还是因为做平面设计师耽误了他小说家的才华?

我苦思不得其解。

我是看不动小说了,就连偶像朔爷的新小说我也生生没看动。但发财的第一部小说我得看,还得在手机上头昏眼花地看——

1.我是他哥。

2.我得写个序。

3.看看他抽什么疯。

所以我看了——

1.这是发财文字最漂亮干净有趣的一本书。

2.他把陈晓卿等今日名人（或者人名）扔进一百多年前的哈尔滨，看得我总是出戏。

3.书里面有封新城，特渴望是个流氓大佬，结果一百多年前还是个周刊主编。差评！

4.我就纳闷了，为什么书名要叫《热烈喝彩》，就不能叫《哈尔什么滨》吗?

其实，我写不了发财。

我写发财最好的句子是：啤酒是他的粮食和语言。

发财是我弟。我弟其实是广告天才，最好的logo设计是"退步堂"，最好的文案是他的艺名——"张发财"。

目 录

一

绑　架

松花江是一块巨大的、晶莹的皮冻儿。陈牧之起身时发现天地白茫茫一片，雪毛茸茸、亮晶晶地散发出耀目而细碎的光，像他同学何家干的文章写的一样，"在晴天之下，旋风忽来，便蓬勃地奋飞，在日光中灿灿地生光，如包藏火焰的大雾，旋转而且升腾，弥漫太空，使太空旋转而且升腾地闪烁"。

1898年，中国有两条铁路开工，一条是北京到楚州的卢楚铁路，另一条是连接欧亚两大洲的东清铁路。

东清铁路这条与国际接轨的线路很快就竣工了。作为线路的枢纽，原本属于荒凉之地的哈尔滨骤然间楼阁连云，商肆林立，仅仅几年就已成为国际性商埠。俄国人、波兰人、日本人、英国人、美国人随之而来，三十几个国家的十数万侨民聚集这里。在这座众多异国人涌入的城市里，会有种置身于"五色大拉皮"的感觉，本无瓜葛的黄瓜、粉丝、香菜、肉丝，生生的，涩涩的，倔强又绚烂地生拌在一起。磨合、羁绊、纠葛它们的，就是那大拉皮一样长长白白的松花江。

陈牧之正在翻译一首古里古怪的诗或者词，实话实说，他根本不懂是什么意思。这首类似"三句半"的作品是这样的：

巩金瓯，承天帱，民物欣凫藻，
喜同袍，清时幸遭。

真熙皞，帝国苍穹保，

天高高，海滔滔。

作品出自陈牧之的老师颜幾道之手。颜先生说自己翻译好了英文，要陈牧之译成日文即可。陈牧之按照英语的意思随手译成日语，写好后装进信封。或许是老师的三句半勾起了诗兴，他又乘兴填了一首，也不在乎到底是宋词还是元曲：

雪飘飘，

风萧萧，

天给地，

做了一件貂。

雪停了，天给地刚做好的貂儿，被炸了一身黑窟窿。

已进腊月，有按捺不住的小孩开始放鞭炮了，叼着烟的陈晓卿一脸坏笑，踱到撅着屁股点火的小孩身后，一脚把他踹翻，扬长而去。小孩爬起来见是陈晓卿，高兴得像一只泰迪追上去，抱住陈晓卿的腿一通乱拱，边拱边喊："彪哥彪哥，带我去逛窑子！"

十四岁的陈晓卿是中国大街第二名人，一出生就带有传奇色彩。

东清铁路开始修建时，松花江涌上一堆碎白的浪花，随着白浪又涌上一堆面无血色的白种人。街上的中国人本来就不太多，又有不争气的，或嫁或娶，几年后香蕉剥皮一般，一街人开始不像话，白得背祖忘宗。陈晓卿浓墨重彩诞生，算是扳回了国家、民族乃至人种尊严，虽然这尊严有点流于表象和形式主义。

陈晓卿出生时肤色很满足黄种人自尊心，是典型的亚洲新生儿那种粉黄。天降大任的征兆半个时辰后开始显现。他的爷爷接过这个孙子时，肤色还是粉黄，忽然开始发生变化：小婴孩从眼圈开始发黑，先是细细的一圈黑眼线，继而扩张成黑眼圈，黑眼圈继续蔓延，看起来就有点像哈士奇了，俄而蔓延成熊猫，继续高歌猛进，整个脑袋像削过皮的隔夜苹果一样，密不透风地黑透了。

老头积淀贮存一肚子的优美感叹词"噫""吁""呜呼"，被这自带滤镜自我渲染生猛诡异的黑击退，母语脱口而出："哎呀妈呀！"

大概造物主也有点不好意思，便又多给了陈晓卿一点"白"。陈家对这附送的恩赐并不领情，这个"白"，是小黑孩有点儿白痴。所谓"有点儿"，不是傻得天翻地覆暗无天日，只是心眼缺了一点。所幸面相上看不出来，眼睛是心灵的窗口，小黑孩的窗口永远止于潘金莲初见西门大官人时撑窗棍刚伸出来的那一刻，只开一条缝，笑眯眯撩人的一条缝。

陈晓卿自脱离母乳以后，便在吃的领域爆发出无人能敌的天赋。若掀开他的天灵盖，脑结构就是一条盘踞着的贪吃蛇，和他的名字"晓卿"倒是般配，只是少了许仙和白素贞。这孩子的神奇之处是，但凡入口的东西，转瞬就能辨识出产地和品质。不光是食物，连中药舔一下也都能说出产地，最夸张的是"人中黄"竟能分出男女，或是不男不女的太监。真是令人叹为观止！

现在，作完宋词或元曲的陈牧之下楼来到了餐厅，陈晓卿正在吃鸡。看他吃鸡是一种享受，他能在短短的一分钟内把整只烧鸡啃到像X光片一样洁白无瑕，接着按这只鸡生前结构，将鸡骨一根不落地复原。陈牧之把一根歪掉的鸡翅骨摆正，问陈晓卿："空着肚子能吃几只？"答："一只，再吃就不是空着肚子了。"这个答案思路清奇，陈牧之有点困惑，弟弟是真傻还是大智若愚？想了想拍了他一下："彪哥，傅家甸那边新开了一家做江南菜的同兴酒楼，要不要去试一试？"

"彪"是东北话"彪的呼"的精简表述，就是傻乎乎的意思。"彪哥"这外号是陈牧之的结拜兄弟陈无为起的，陈牧之听说后有点不高兴，陈无为说："你误会了，'彪的呼'是英语beautiful的音译，是赞美。"

但凡新开饭店，彪哥是必须签到的。在吃的方面，他的偶像是乾隆。陈牧之给他讲过，说乾隆爷除了子宫，就没正经在宫里待过一天，总是微服私访四处闲逛，又天生路痴，于是一路迷路一路吃，遇到好吃的除了赞不绝口，还入股这家饭店，年底参与分红，所以乾隆爷的名字叫"爱新觉罗·红利"。

少年彪哥要出门模仿乾隆，陈牧之顺手夺下他嘴上的烟："小小年纪！"塞给他一块糖和一封信："帮我邮了。"陈晓卿接过信说："丢了别怪我。"含着糖，腮帮子怀了孕一样，大步流星地去了。

这一去，信没丢，人丢了。

彪哥被绑票了。

东北绑票分乡村和城市两套操作系统，不太兼容。

乡村系统类似实体店，面对面交易。人被绑了，绺子（匪帮）会派花舌子到票家，面对面交代赎人价码，指定时间和地点，一手交钱一手交人，坦坦荡荡，光明磊落。价格有商量的空间，最低可以砍到七折，具体看买卖双方谈判的功力和酒力。著名的江北绺子"稳住架"的花舌子就业务不精、酒力不胜，这个嘴力劳动者，每每在票家都能喝到与票家结拜为兄弟，亲戚满东北，表叔数不清，往往只能收回运营成本。

较之乡村系统，城市系统矜持冷漠，绑架后绺子与票家彼此不见面，靠信函交涉时间、地点、金额。书面交流虽文质彬彬却少了人情味，没家宴，没表叔，不如乡村系统纯朴本真。

陈晓卿这次被绑有点特殊，属于城乡结合，既来了人也来了信。陈牧之说，当时他刚从街上回来，忽然身边停下一辆俄式马车，车厢里弹出个脑袋，狗皮帽子捂得密不透风，只剩一双眼睛，睫毛挂满了冰碴子。这脑袋对他说："呼兰万家灯火，快点，少遭罪。"说完扔下一个大信封扬长而去。信封里翻出一条内裤，陈晓卿的。这是一条有文化的内裤，上面写满了密密麻麻、张牙舞爪的小字。

祖父大人：

膝下敬禀者，万福重安；孙自被绑以来，家中无人来看；舍孙于九泉之外，无人来可怜；每日三次打，痛苦实难堪；周身俱打破，坐卧都不安；有心去寻死，马贼把我看；现在绺子已落点干安；欲知详情，请与去人细谈；送信人雇妥，银元六千；见信持现银速来，否则孙命难以保全。

三年孙陈晓卿叩

信显然出自绑匪之手，以错别字和同音字来增加隐蔽性。土匪越来越公司化，各项分工讲究"四梁八柱"，"四梁"里有专门处理文职工作的字匠。选字匠首要条件是字要写得端庄漂亮，能模仿别人的笔迹，还要有学问，言辞得当，力求打动对方。近代黑道中，最知名的字匠是张大千，他十几岁时被一个姓邱的土匪绑了，邱匪看他字漂亮，便留他做了字匠，对他非常重视，以礼相待，凡劫获赃物都让他先挑。张大千一百天后被家人赎回时，邱匪满脸人才流失的痛惜和不舍。

当然，这是内地文化发达地区的土匪，东北的胡子没这本事。这里的土匪叫"胡子"，就是因为他们一般用私造土枪，为防弹药出膛和异物进入枪管，枪口平时塞着木塞，上面系着红缨。开枪时须将木塞从枪口中拔出来，衔在口中，看上去像长了一绺胡子。从装备即可看出，东北土匪实力不济，自然不会有专职字匠。于是几个匪帮联合花钱请个落魄秀才，按照儿子、孙子、爹娘一类的口吻，专门拟写一批各类身份的勒索信，拿回去让稍通笔墨的"知识胡子"随用随抄，这就出现了"两难"的状态：难看、难看懂。岂料这做法竟然有了意想不到的好处，整个黑龙江的匪帮都用这个秀才的通稿，千篇一律，便有了更好的隐蔽性。

抄通稿就这样阴差阳错地成为传统，延续至今。陈家收到的绑架信，从落款的"三年"推算，原稿的创作时间，应该在咸丰三年或者同治三年。

陈牧之捏着信，边溜达边念，念着念着开始抑扬顿挫起来，给绑架信配上了鼓点，被一旁正仔细倾听的二姐呵斥道："正经点儿，行不？"他这才以流水账的语速读完，随手把信甩到茶几上说："不叫个事——"嘱咐家里马上备好银元，准备当夜单刀赴会去匪窝把弟弟赎回。这一提议立马遭到家人一致反对，这家人倒不是没心没肺，也不是不担心陈晓卿的安危，而是因为没必要着急，绑票这种事在东三省地界根本就是常态。

绑票属于东北人生活方式的一部分，绑票、赎票，两方都习惯了，都懂规矩，也都有契约精神。高端的土匪里不乏地方名流或绅士，哈尔滨北边的呼兰有个土匪窝子，主事的公开身份都是体面人，一个是医院院长，一个是退休的警察，业余时间兼职土匪。在这种行业领袖引领下，土匪的职业道德和素质得到了极大提升。特别是卜奎的土匪，怕耽误绑来小孩的学业，甚至将其安排与熟稔的地主家子弟一起读私塾。

因此，陈家并不像寻常人家那样心急火燎，只是有一搭没一搭地骂胡子，骂着骂着，二姐瞪着陈牧之："我看你就像胡子！"陈牧之一怔，二姐又白他一眼："你跟胡子一样，把家当银号，有钱外头浪，花没了朝家要！"又想到陈晓卿，说："那个也好不到哪去，也是个胡子！"

陈牧之附议："对对对，我们俩就是二胡。"

二姐这比喻恰当，也不恰当。弟弟和胡子还是有区别的：胡子抢走的钱，警察还有可能追回来；弟弟抢钱，报警都不受理。就在今早，陈晓卿还说："姐，给我五十块钱。"

"没钱。"

"姐，你信不信我拿刀捅我自己？"

"你要多少？"

"一百块。"

"刚才不是五十吗？"

"刚才你没给啊。"

门廊里那台巨大的机器突然轰鸣起来，陈牧之疾步过去摘下话筒，并用另一只手牢牢按住。这台瑞典Ericsson电话机有半米多高，脾气远比陈牧之暴躁，一来电话就暴跳如雷全身颤抖，不抓住它，很可能就摇摇晃晃离家出走了。二姐忽然问："新出的Siemens小电话匣子什么时候到家？"陈牧之一手拿话筒，一手对二姐做出"嘘"的动作。Ericsson刚想跑，"嘘"完的手迅速归位，它又被捉了回来。

电话是华界巡捕房探员熊代温打来的，他本要去陈家了解陈晓卿被绑的情况，出门前决定还是约在外面比较合适。熊代温说这伙绑匪可能藏在暗处观察陈家的举动，约陈牧之去中国大街的"我在咖啡馆"见面。

陈家并没有报案，熊代温能迅速得知消息并主动联系陈家，和陈家的地位有关。

陈家的"伙伴公司"在哈尔滨商界举足轻重，这家公司所有产品的名字里都有"火"，经营范围广泛分布于火柴、洋烛、洋油等与火有关的领域，就算与火无关的水产、机器、钢铁、罐头、餐饮、钱庄、运输、五金、地产等领域，名号也都带"火"。弗洛伊德曾做过分析：原始人类认为名字有一种神秘力量，如果名字被别人占据，神秘力量就会被分走。这就是商标注册产生的根源。伙伴公司把这套理论发挥得淋漓尽致，在公司刚有起色的时候，便到工部局商业登记处，把凡是带"火"的词都登记注册了，除了陈家，谁都不许用。

伙伴公司旗下最不赚钱的火柴厂却最受公司重视。火柴厂在松花江边，陈家办公就在厂楼顶层，醒目的logo直耸云间，矗立在总部大楼门前。一般商铺的标志或画在木板上，或写在布上，或用钢铁做成浮雕，伙伴公司的logo纯写实，是一根足有二十多米高的火柴。这是一根真正燃烧的火柴，直径半米多的火柴杆是中空的，里面有铁链向上输送燃料，火柴头是一个圆球形火炉，不停地燃烧。因为燃料里加了美国进口的镁，在阳光明媚的中午也能让人看得清清楚楚。

陈家能够发迹，就是因为一根火柴。流传的故事是这样的：

伙伴公司创始人陈可生出身贫寒，幼年随家人闯关东到了海参崴，在街上兜售火柴。某年漫天大雪的除夕，天气冷得可怕，小男孩陈可生穿着又破又旧的衣服，踩着母亲的大拖鞋去街上卖火柴。除夕大家都在家猫冬，有谁会上街买火柴呢？到了半夜，陈可生一根火柴也没卖掉。

雪越下越大，街上像铺了一层厚厚的白地毯。

"真冷啊，要是点燃一根小小的火柴，也可以暖暖身子呀。"他抽出一根火柴在墙上一擦，哧！小小的火苗冒了出来，发出亮亮的光。接着，他看见了烧鹅。他又擦了一根火柴，看到了死去的奶奶。又擦了一根火柴，火光把四周照得通亮，接着，他看到了地上不知谁丢掉的一张彩票。

这是伙伴公司对外宣传的创业故事。陈可生出身贫寒不假，在街上兜售火柴也不假，假的是他根本没捡到过彩票。真实的情况是：某年秋天，一个白俄少年要抽烟却没有火柴，而整条街只有陈可生一个人在卖火柴，当时他已经准备收摊，恰巧有一根断成半截的火柴，反正也卖不出去，就免费给白俄少年点了烟。陈可生从小在海参崴俄国街闲逛，俄语说得十分顺溜，两人此后又总能在街上遇到，一来二去就成了朋友，白俄少年还曾帮他揍过别的卖火柴的小孩。这个当年的白俄少年，就是现在的中东铁路管理局局长火热瓦特。

陈可生就是陈牧之的父亲，他回忆过往时总是对儿子如此感慨："如果说我还有一点成绩，就是做了三件事：一是上街卖火柴；二是给火热瓦特局长点烟；第三件事最重要，就是遇到火局长的那一天，我把其他卖火柴的小孩都打跑了。"

真相就是这么简单。虽然陈可生确实会做生意，但比起结识火热瓦特，所有的商业运作都无足轻重。

短短几年，陈可生便成了哈尔滨商界众所周知的顶尖富豪。警局最为重视，有人专门盯着，期盼他家出事。这便是熊代温很快知道陈晓卿被绑架的原因。熊代温的心情很美丽，以此为契机攀附上陈家，走向人生巅峰，再次重演陈可生与火热瓦特的故事，也不是不可能的。

冬天的哈尔滨非常神奇，大雪让整座城市都像患上了白化病。白色的索菲亚教堂，白色的松浦洋行，白色的铁路俱乐部，白色的秋林洋行，白色的街道，白色的枯树，白色的行人，还有即将出场的白色的残月。

病态的白色忽然变得金碧辉煌，那是夕阳给它镀上了一层金。天气太冷，户外摆摊的小贩都躲进商铺里，一边缩着脖子跟老板聊天，一边透过窗户盯着自己的摊位。商铺一打烊，这些寄居虾就失去了宿主，虾一样弓着身子推着摊子消失了。

街上的人并没有少，外国人开的商店、酒馆、咖啡厅依旧喧闹着，除了洋人在消费，还有背祖忘宗的中国人光顾。透过玻璃窗，咖啡馆屋子里洋溢着幸福安谧的气氛，窗明几净，并然有序。闪亮的镶木地板，枝形吊灯，飘飞的罗纱，薄纱的缎带以及从华丽的吧台里探出头来的招待，几个身影分散在各个角落里。一个摆弄着纸牌，还有一个坐在留声机旁边，用两个指头跟着节奏弹着好似《波洛涅兹舞曲》。

"我在咖啡馆"的店名来自奥地利诗人Peter Altenberg的名言："我不在家，就在咖啡馆。我不在咖啡馆，就在去咖啡馆的路上。"这个店名其实不太适合咖啡馆，听起来不像对咖啡有所依恋，却像是咖啡馆伙计对加班的满腹抱怨。当然，"我在咖啡馆"的伙计根本不用加班，正常上班时间都没客人消费，大厅空旷得像已婚男人的钱包。

这时候，无论是熊代温还是陈牧之还是老板娘还是伙计，谁都没有料想到，半个小时后，咖啡馆迎来了自开业伊始唯一一次人满为患。

熊代温一进来，正在吧台卖呆儿的伙计龇牙乐了："蜻爷来啦！"熊代温经常来咖啡馆消遣老板娘，不点咖啡只点水，伙计都叫他"蜻蜓"。

这一次，熊代温对伙计一摆手："伏特加！"伙计知道今晚有冤大头请客，朗声道："伏特加、格瓦斯、红菜汤、冰激凌、沙拉、牛排……这些，都没有！我们改杀猪菜了。整个酸菜锅子？"

"整！"

酸菜白肉火锅是著名的东北杀猪菜，特色是量大管饱。陈牧之到咖啡馆时，熊代温已经消费到第二锅了。咕嘟嘟的水蒸气把墙上的蒙娜丽莎贴画熏得发潮起皱，她微笑的嘴已经咧成上弦月。老板娘来打招呼，熊代温的嘴也咧成了上弦月。这个女人荡而不淫，欲拒还迎，他很喜欢，于是用手指着盘里的红肠对老板娘说："信不？我跟这根里道斯一样大！"老板娘笑着说："你那玩意儿跟油条一样大，就是隔夜了。"哎呀呀，大概全天下的水都在她的舌尖上荡漾着。被调戏的熊代温春风满面，拿起里道斯，狠狠地咬了一口。

陈家人霸道，警局传讯永远不去，只能巡警上门。这次陈家大少爷答应过来，让熊代温有点小得意。

陈牧之来了，坐在椅子上的熊代温不受控地站起来迎了上去，屁股离座十公分左右时，他意识到这样做是不应该的，是有违自己的职业和身份的，自己是为陈家排忧解难的贵人，哪能如此主动？他半个身子悬在空中，讪讪道："你多高？"陈牧之一屁股坐下："一米多高。"

总有人为了套近乎搭话，却又不知如何搭话，问："你多高？"我多高关你什么事？你家开自助餐厅的？身高一米以下半价？陈牧之也确实不清楚自己具体有多高，总之打架斗殴的时候，脖子以上没受过伤。

陈牧之把身体斜插在椅子上，胳膊搭在邻座空椅背上，伸出右手中指和无名指，并置在右膝上，有一搭没一搭地点着，漫不经心地看着熊代温说："这事你管？"

"来啦，老弟！"老板娘面带桃花地打招呼，手很自然地搭在了陈牧之搭在椅背上的胳膊上。陈牧之知道此时不拒绝，这只手就会越发不老实，防患于未然是必要的。陈牧之也不看这女人，只食指一竖，那只手不大情愿地游走了。

熊代温本来准备铺垫一会儿才进入经费紧张的苦情戏，陈牧之却不按套路出牌，已经掏出一卷钞票放在桌子上："就这么多。"

"这多不好，这多不好。"熊代温的手已经弯成了虾米，那卷钞票就在虾腰下卷成了"の"，被牢牢攥住了。

"钱你拿着，事儿别管。"陈牧之把脸往前伸了七寸，眼睛却看着桌上的刀叉，终于没忍住，推了一下，把歪掉的叉子和餐刀摆成两条平行线。他每次看到不整、不齐、不平的东西必须弄正，不然就别扭，最痛苦是月初和月尾——他想掰直那弯月牙儿，却无计可施。

　　咖啡馆氤氲的环境适合调酒、调侃、调情。现在，伙计调弄着二锅头，陈牧之调侃着熊代温，而老板娘在等着陈牧之的调情。伙计盯着二锅头，陈牧之盯着熊代温，老板娘盯着陈牧之。窗外，一双眼睛透过镜片盯着他们三个，目光炯炯，眉头皱成了中国结。

　　这双眼睛，属于楚州巡捕房的探长鲍万。

二

信　封

冬天的太阳像一枚发着光的银洋挂在天上。准确地说，哈尔滨冬天的太阳，像是葛朗台储钱罐里发光的钱币，是极难被人看到的。

鲍万眯着眼睛打量着接站的探员，领头的杜拉客是他警校三期的学弟。其余的探员也跟着亲热地叫他"大师兄"，他难得地开了个不好笑的玩笑："我长得像孙悟空吗？"

自从跟随父亲全家搬迁至江南省，鲍万已经八年没有回来过。一个月前，楚州主持修建卢楚铁路的督办大臣打算率团到哈尔滨同业单位考察取经，东清铁路局表示热烈欢迎。为保证这次考察行程的安全，哈尔滨租界巡捕房专门组建了一支安保队伍。督察长鹿中原又向楚州致电函，请楚州巡捕房先派人至哈共同研究协商安保方案，确保万无一失。这是常规稳妥的做法，类似下象棋时，让卒先过河探路。

鲍万就这样先行抵达了哈尔滨。他被选派打前站，除了忠诚可靠和业务能力突出，另一个原因是他生长在哈尔滨，警校毕业后才随父母去了楚州，对哈尔滨十分熟悉。

师弟们把行李送回住所，鲍万和杜拉客慢悠悠地在火热瓦特大街上闲逛。这座城市充斥着异域的热情、明朗和神秘。白俄人喜欢法国，誓要把这座新城建设成"东方小巴黎"，街上的建筑多是从法国拷贝来的，采用方底穹隆、孟莎屋顶、透空女儿墙、异型老虎窗一类法式文艺复兴风格，富丽堂皇，装饰细腻，泛着贵族范儿，这个季节没有绿叶，刚好让它们露出镶嵌在表面的繁复夸张的装饰。

街上到处是外国人，走着的，坐着的，女人似乎要多些。大约她们喜欢逛街，便觉满街都是了。鲍万难得地见到了几个中国人：一个穿长筒马靴扛着快匣子照相机无所事事的摄影师，站在路边，手里拿着一本《NEW周刊》无聊地翻着；一个穿着英国花呢料子西服、戴着费多拉帽、架着德国蔡司眼镜框的男人，忧心忡忡地凝望着火车站，他大约是诗人或者音乐家，应该酝酿着某种作品；从餐馆里摇摇晃晃地走出来的老板，醉眼朦胧，不时拉扯着掐在脖子上的蓝呢子领带，说些连戏园子里也听不到的粗野话；身着细布罩衫的壮汉，身上冒着腾腾热气，扛着山一样的印刷品，从火车站爬上了霁虹桥；细眉细眼细胡子的干瘦老头，戴着一边黑一边白的古怪眼镜，边走边摩挲着怀里的猫；身穿细亚麻布高领服，沿街牵着风筝一溜烟地飞跑的孩子，他的小脸蜡黄，像烧碱放多了的馒头……

走到街心花园，鲍万指着前面问："花园里的雕塑为什么是一个人在放猪？"杜拉客打量了一眼，笑了："大师兄，那是乡下来卖猪的。"他捡起一块石头砸过去，雕塑人物没动，雕塑猪动了。估计是卖猪的临时有事，便把猪拴在街心花园那个器宇轩昂叉着腰的雕塑人物的手腕上了。

刚见完"二师兄"的"大师兄"绕到雕塑右边，发现二郎神的"哮天犬"居然也在，那狗体形庞大，毛色鲜亮，应该是只藏獒。鲍万近视，对导盲犬以及导盲犬的同族有天然的好感，打算亲近一下这条纯色的大狗，不料刚蹲下摸了一下，便吓得一哆嗦，"哮天犬"忽然说起了人话："你嘎哈（干啥）啊？"鲍万惊悸过后一端详，原来是一个穿貂的女人蹲着系鞋带呢。他这个端详严格来说是嗅，离观察对象只有几厘米。四目相对，女人感觉受到了侵犯，说："你瞅啥？"鲍万当然知道，在东北，这是战争的前奏和号角。他想跑，却已经来不及了。

亨得利眼镜店已经打烊了。杜拉客想起证物室有一副眼镜，取出来给鲍万戴上，居然如量身定做一样合适。这组证物除了这副眼镜，还有一支左轮手枪，鲍万掰开弹仓一看，只能填五颗子弹，小巧别致。鲍万很是喜欢，问能不能领走。管理员有些犹豫，说这把枪有点邪。鲍万说邪不压正，办了提枪手续。

他们赶到同兴酒楼时，天已经像鲍万的左眼圈一样黑透了。督察长听说鲍万只喝啤酒，本来喝白的红的洋的都放弃，专门陪他整啤酒。一声"上酒"，门口滚进了一个圆桶，足有半人高，后面是一个伙计在推，那伙计将桶推到座位边上，双手抱住桶口，扭身一个巧劲把桶直立在鲍万身边，这站起来的啤酒桶高度正好到胸口。这个桶应该是仪仗队领头的，进屋后，又有七八个桶跟着它滚了进来，直立在酒桌旁。这就是哈尔滨啤酒的喝法，一人一桶。

督察长对鲍万说，这几年哈尔滨的啤酒喝法有了创新，这种奔放豪迈的一人一桶承包制是冬天的喝法，若是夏天，接风酒就安排在太阳岛了，水阁云天那里新修了一个五十米的肠子形状的大洋灰池子，文雅的哈尔滨人都在那里聚会，效仿东晋名士诗酒唱酬，把啤酒倒进洋灰池子，宾客坐在池子两旁，在上游放空酒杯，酒杯顺啤酒而下，停在谁的面前，谁就和对面的人划拳，输了的就取杯从池子里舀啤酒喝。大家喝干一池啤酒，畅叙幽情后乘兴而归。

有人说等五月节再安排一次这样的雅集。有人说不行了，去年有人喝多了跳池子里淹死了，他去处理的，死就死呗，临死前还吐了一池。督察长恍惚想起确实有这么个案子，皱眉说："这什么素质？淹死活该！"

督察长问鲍万："知不知道中国第一个喝啤酒的人是谁？张德彝！当年他出访比利时第一次喝到啤酒。我看过他的日记，把啤酒写成'必耳'，何解？乃beer之音译也！"一桌人附和道："后面才有意思呢！"督察长不动声色，又问鲍万："老娘们数落自己男人经常说'喝点逼酒就不知道自己咋回事了'，这个'逼'是什么意思？"鲍万假意思考，督察长说："这个'逼'就是beer的发音，是很洋气的，与世界接轨的训斥！"

"督察长牛beer！"一众人说着"牛beer"，拍着马屁，酒局算是开始了，大家举杯道："祝鲍探长前程似锦，步步青云，鹤发童颜，寿比南山！"

鲍万说："这词是过年用的吧？"

众人答："你来了，就是过年呀！"

酒的神奇之处在于，喝下去就会变成胶水，三杯过后，人和人之间便开始黏黏糊糊。督察长搂着鲍万的腰宣布，为考察团成立的这支安保队伍由鲍万全权接管并负责，因为鲍万的名字意头好啊，"万"事大吉嘛！督察长将鲍万比作能文能武的岳飞，朗诵的《满江红》却成了《钗头凤》，忘了词，通篇"错错错"。

杜拉客端着酒杯道："恭喜大师兄。"鲍万心里暗骂，这种安保工作费力不讨好，不出事是三生"万"幸，出了事就是罪该"万"死。自己这个"大师兄"，很可能变成照镜子里外不是人的"二师兄"。欲推辞不就，却被一堆酒杯挡了回去。

考察团如期抵达哈尔滨，鲍万和安保团队按制订的方案有条不紊地实施，几天下来一直平安无事，除了自己因为"你瞅啥"挨了貂皮妇女一拳，连斗殴都没有发生过。哈尔滨人太懂事识大体了，这不正常，鲍万隐隐感觉到暗流涌动。

考察团抵达后的第四天，鲍万和杜拉克到考察团驻地细细检查了一遍，嘱咐了几句，回去时路过中国大街，特地拐了进去。

哈尔滨确实无厘头，毫无中国味儿的这条街，硬生生被叫成了"中国大街"。街上清一色欧化建筑，古希腊式、哥特式、拜占庭式、巴洛克式建筑铺天盖地，又满街都是鸠占鹊巢不把自己当外人的外国人，多数是白俄人，又胖又高，穿着白貂儿，宛如街边堆的雪人。

一踏上这条街，富足甜美的气息便扑面而来。街道两侧洋行、商店、旅馆、饭店、药铺、舞厅、影院、酒吧，清一色的外文牌匾，英国的呢绒、俄国的毛皮、日本的棉布、德国的药品、瑞士的钟表，琳琅满目，店铺流光溢彩，叫卖声不绝于耳。周遭的一切很容易让人产生某种错觉——这些东西是自己应该拥有的，为此犯罪也理所当然，是能够得到理解的。

就在街口，杜拉客见到了大明星三毛子，他鬼鬼祟祟的样子，一看就是在上班。

此人成名倒是有趣。某日，他在婚宴上偷一醉酒妇女的钱包，本已得手，坏就坏在工作对象身材不错，他便加了会儿班，多摸了一把。坏又坏在这女人一身痒痒肉，被摸到后狂笑不止。于是三毛子被扭送巡捕房，不料却因此诞生了一个明星。原来这被摸的女人是《NEW周刊》记者谭山山，谭记者又是被偷又是被非礼，却不计前嫌，以超乎想象的敬业精神写了篇报道。因为是亲身经历，故而绘声绘色地把一桩盗窃加性骚扰案件写得妙不可言，倒是把这不职业的小偷捧火了。读者纷纷来信，《NEW周刊》干脆开了个发布会，谭山山在会上说："非虚构，都是真的。"自此，"非虚构"这一文体大行其道，绵延后世。

三毛子这时正从一个雪堆后面伸出头，无意中与杜拉客四目相接。杜拉客喝了一声，三毛子脚下生风，转身跑了。杜拉客根本没想追，对他来说，三毛子相当于风筝，一收线就能抓在手里，所有落脚点都一手掌握，跑就跑了，有需要时再擒他也无妨。

这是一个令他后悔不迭的懈怠。

杜拉客走到雪堆边发现一摊新鲜的尿渍，这有点奇怪，刚才三毛子从雪堆后面伸出头，可见是蹲着的，男人怎么会蹲着撒尿？他用脚踢了踢雪堆，想蹭干净沾上的尿液，一个大信封滑了出来。他拆开信封，露出一沓钞票、一幅手绘的建筑平面草图。杜拉客搓了搓钱，再看手绘图时忽然警觉，这张图不同寻常，除了街道和院落，院子里的房间布局也画得清清楚楚。

这是考察团驻地别墅的图纸。

倾倒这个信封，又滑出一个火车站的寄存牌。杜拉客派人拿着寄存牌去火车站取回了一个箱子，这箱子长两尺，高一尺，厚八寸，一整张小牛皮面，挂着一把铜锁。鲍万看愣了，这箱子和他从楚州带来的手提箱一模一样。他抱起箱子，耳朵贴在上面啪啪地拍。杜拉客说："大师兄，别拍了，你挑西瓜从来都是不熟的。"鲍万翻了个白眼。

开锁最好的方法是用钥匙，比最好更好的方法，是用小偷。最好的小偷在哪里？当然在巡捕房。

巡捕房最近刚好抓了个撬锁的贼。这贼倒是自信，夸下海口说："不出十个数必定应声而开。"又担忧道："我这毕竟是门手艺，出去还得靠它吃饭。你们看就看了，莫要外传。"见到箱锁，面露不屑说："我闭着眼睛就能把它打开。"鲍万问："闭着眼睛真的能打开？"贼很真诚地点了点头，鲍万说"好"，一拳把贼左眼圈打黑了。

这贼也是争气，一只手捂住眼睛，一只手掏出铁丝插进锁里，捅了三四下就把箱子打开了。

箱子里除了两瓶红酒，别无他物。鲍万觉得不至于如此简单，想开瓶检查，又犹豫了，因为这是Lafite。他虽然不喝红酒，但清楚这款酒价格不菲。他检查了一遍，瓶口蜡封完好无损，线索很多，没必要先浪费这两瓶酒。

果然，鲍万把酒拿出后提了提箱子，感觉重量不对劲，比自己那个沉了一些，用手抠了抠箱子边角，找到了一个线头，再一拉，隐藏在箱子里的夹层被撕扯开了，掉出一包包用油纸裹得整整齐齐的小砖块。

是"大拿米"炸药，一共十七包。

杜拉客烟花一样直蹿到了顶楼，还没到督察长办公室，谄笑便先行一步挂在了脸上，腰也开始弯了，待到敲门时，他的整个身子已经弯成了问号，进到办公室，几乎折成了n。督察长正在审阅文件，乜了他一眼。杜拉客踉踉跄跄地挪到办公桌前，语无伦次地说完，满头大汗，顺着头发往下滴，像春天开化的冰溜子。

督察长听完汇报，看了看草图，点点头道："画得还是蛮精确的嘛！"

杜拉客汇报完，整个巡捕房已经空了，探员集体出动，满城搜捕三毛子。一直到深夜，莫说三毛，一毛都找不到。

鲍万并不着急，物证和线索很多，于是按部就班一样一样查。

包炸药的纸是再普通不过的马粪纸，其中却出现了异类，有一张大面积空白的高丽纸，最下面印了一行字。每一个字大家都认识，连在一起却谁都看不懂：

于天理人事同一法则之根本义，则若合性质符节……

这对鲍万来说是好事，这佶屈聱牙的天书越是难懂，嫌疑范围也越小。现在要确定的是，这句话出自哪本书。哈尔滨有两位老举人——范老先生和蔡老先生。按说这两个姓应该是和平共处的，可俗语说"送饭冤家"，饭和菜凑在一起总是吵。

蔡先生鉴定说："这段话不是出自古文，'性质'一词古文里是没有的。"不料范先生冷笑道："怎么没有？《荀子·性恶》清清楚楚写着'虽有性质美而心辩知'。"蔡先生被激怒："你读书不精，此处'性质'乃禀性之意，此文则是指质地。"然后继续掉书袋："《说文》云，性者……"受到侮辱的范先生没控制住情绪，指着蔡先生说："你懂个虚恭啊！"蔡先生脾气好，并没有回骂，只是用手指蘸茶水在桌面上不停写"卝"。

鲍万张大嘴打了一个下颌儿几乎要脱臼的哈欠，眼泪跟着出来了，他不想再听，要差人去书局查这句话出自哪本书。蔡先生说不可能查到，用手敲了敲桌子，"卝"写得有点多，茶水蘸没了，提示鲍万给他加茶。蔡先生手指还未离开桌子，范先生便拆了台："这页纸有毛边儿，是还未装订切边的半成品，书局肯定没有成书，你们去印刷厂看看。"蔡老先生十分火大，嗓子冒着烟走了。

很快便查到这批纸是大成印刷公司的。大成印刷公司的经理说这是一本《中国伦理学史》的拆页，书稿是作者自己送来的，试印后作者说纸的质量不行，此后再没有来过。探员问经理："这作者长什么样？"经理说："可能有一只眼睛是瞎的，因为他戴的眼镜的镜片一个是黑的，一个是透明的。"没等探员继续问，经理从裤兜里掏出一个小本子说："这有作者的地址：透笼街17号，Jimmy先生。"

探员马上赶到透笼街17号，出来应门的房东是一个四十来岁的中年妇女。她说Jimmy已经搬走了，至于搬去了哪里她却不知道，只记得当时Jimmy雇了一辆马车，是叫了搬家公司的工人来帮他搬的，工人的身上有只大蚂蚁。探员听得迷糊："这工人有糖尿病吗？"房东笑了："我没说明白，衣服上印了一只大蚂蚁。"

原来是道外的蚂蚁搬家公司。探员到了搬家公司，有工人站出来说是自己去给Jimmy搬的家。探员问："他搬去了哪里？"工人答："他让我把东西送到旧货店，都卖了！"

旧货店的伙计证实了这一说法。探员要去库房看Jimmy卖出的东西，伙计说那两车东西当天就都转手卖了。"都卖了？""对，我们这行，混个差价就行。"

伙计忽然想起了什么，说："那天结账时，看到那人的钱包里有一张火车票，应该是不在哈尔滨了吧。"探员又兴奋了，问："几点的？哪趟车？去哪里？"缺心眼的伙计整了整衣领，把探员放在柜台上的警帽大呼呼戴在头上，双手扶正问："你看我像检票员吗？就瞄了一眼车票，哪能看清去哪里？"

三

刺　客

去年这个时候，一个姓孙的神秘"海归"就密谋暗杀卢楚铁路督办大臣。他找到了一个绰号"荆轲"的刺客。

孙老板问："阁下既然叫荆轲，想必是有十步杀一人的本事和胆子喽？"

荆轲道："那是李白意淫。李白哪里杀过人？找他不如找曹丕，不用十步，七步命就没了。"

孙先生愣了一愣，又问："这么说，阁下是职业刺客？"

荆轲道："总有人评书听多了，觉得真有职业刺客。职业是什么？职业就是经验。经验从何而来？杀人又不是杀价，动动嘴就行，杀得多了才能职业。一个职业刺客起码要杀过几个人才算有基本经验吧？可是，去哪里积累工作经验呢？"

孙老板想到了刽子手，发觉不对，刽子手不属于暗杀界，属于娱乐界，工作时总是人山人海。

荆轲道："世上没有完美的犯罪，肯定会留下线索和信息。刺客的案子越多，信息就越多，一经交叉比对，很快就会被锁定。刺客前脚刚进门，警察后脚就踹门。警察和刺客的关系有点像庄家和散户，是不公平的。警察输几次都不要紧，刺客只要输一次就完了。

"难有职业刺客，但确实有铤而走险的混混。混混的特点就是为了出风头不管不顾，这种脑子不好的笨蛋，杀敌一千，自损四个二百五。

"还有不少蠢货认为存在刺客公司。这行当如果有，还公司化运营，那怎么做宣传？怎么开发市场？总得让客户能找到吧？客户能找到，警察更能找到。做一单换一个地方？是开刺客公司还是开搬家公司？倒是可以把公司开在蓬莱岛上，警察找不到，客户也找不到，秦始皇派徐福都找不到。

"所以，没有职业刺客，但确实有刺客。有需求自然就会出现市场，有句话特别适合刺杀界——没有买卖就没有杀害……"

荆轲还想继续阐述，孙先生一拍桌子："就你了！"

孙先生被荆轲那一大段"当代刺客论"征服了十之八九，再端详了他一会，觉得他面相也靠谱。刺客的一个重要标准是路人长相，荆轲非常符合要求，他是典型的除非仙人跳不会有艳遇的长相。有一事为证：荆轲入学保定高等学堂一个星期后，室友问他："你是哪里人？"荆轲说："安徽的。"室友说："咱们宿舍还有一个戴鸭舌帽的，也是安徽的。"于是荆轲坐起来，戴上了鸭舌帽。

就要上路了。虽然圣诞节已经过去了很久，火车站大厅的背景音乐还是圣诞歌，十分契合荆轲此刻的心情："荆轲悲，荆轲悲，荆轲on the way！"

风有点大，荆轲的头发都向上竖起顶起了帽子。他威风凛凛地上了火车直奔哈尔滨，始终不曾回头看一眼。

荆轲按照孙先生的安排，到哈尔滨住下后，先找孙先生的朋友Jimmy拿炸弹，地址是透笼街17号。

荆轲换了三次车，到了透笼街17号门口。从招牌上看，这是一家出版公司的联络处。荆轲正打算按三长两短节奏敲门对暗号，岂料门是敞开的，一个细眉细眼的干瘦老头倚着门，摩挲着怀里的猫说："买药的？进来吧。" 此人正是Jimmy。

Jimmy看上去和军火供应商一点都不像，人字胡小桥一般俏皮地搭在唇上，鼻子上架着一副眼镜。眼镜实在是提升气质最好的物品，把它架在鼻子上，能瞬间温文尔雅或者"霸气侧漏"，这取决于戴的是近视镜还是墨镜。Jimmy既儒雅又霸气——左眼是深不可测的墨镜，右眼是清澈见底的近视镜。荆轲问："你是近视还是？"Jimmy抬了抬眼镜道："比进士高一点，庶吉士！"

Jimmy卖的不止一种药。他问荆轲："要炸药还是毒药？刚弄出点氰酸，好得很，几滴就能弄死人。"说罢指了指身后的玻璃瓶子。

荆轲见标签上写着：curious，还没问是什么意思，Jimmy拍了拍怀里的猫说："它差点被毒死。"

Jimmy听说荆轲要的是水银炸弹，反应非常激烈："是楚州那个笨蛋介绍你来的吧？要水银炸弹，还不要铁钉和铜引管。你问问他，到底炸成了没有？我们哈尔滨大城市都是用纯正的大拿米，只有楚州那种乡下地方才要往里面填黑炸药！"

荆轲要取货，Jimmy让他先拿钱，说得很坦诚："因为最近要自费出书，急着填补印刷费。" 荆轲原以为孙先生已经打点好了，身上并未带太多钱，只能回住地取。一来一回，便宜了六次车夫，耽误了时间，更耽误了提货。取钱回来的荆轲说买六磅，Jimmy说："不好意思，就差一步，你刚才回去拿钱的时候，来了个人全买走了。不过呢，给你留了一些，应该是够用的。"过秤后又把盆子里剩下的炸药刮了刮，不要钱赠送给荆轲了。

荆轲有点哭笑不得，买这点炸药，他之前身上的钱就够。

Jimmy叼着烟开始组装炸弹，他从抽屉里抓了一把雷管对荆轲说："你看，我给你放了三个雷管，本来一个雷管就够了。"卖过人情，他又扔过几个雷管给荆轲："拿去玩，这玩意稀烂贱的。"荆轲提醒他注意嘴上的烟灰，Jimmy挤着被烟熏眯的眼睛说："玩多少年了。"

荆轲回头看到了一捆粉红色电线，问："现在不用导火索了？"Jimmy说："现在都改电话引爆了。"荆轲此前只知道两种炸弹，一种是现在Jimmy正在做的扔出去就炸的撞针式炸弹，一种是导火索引爆的炸弹，就问："电话引爆有什么优势？"Jimmy说："电话引爆好，既能和炸药保持安全距离，又能瞬间引爆，这边远远地一摇电话，那边就炸了。当年孙悟空从石头里横空出世，就是用这种炸法。"

Jimmy又说："前些年不是有人搞暗杀吗？导火索被小

孩尿了，忙活半个多月，全搞砸了！"荆轲点了点头，他知道Jimmy说的那个案子，那次根本不是小孩撒尿的原因，是雷管放少了，只引爆了五分之一的炸药。

荆轲选择的撞针式炸弹并不安全，装进炸药里的水银太容易和硝酸反应，相当于把孙猴子塞进石头里，弄不清楚什么时候会炸。他倒是想用电话引爆式炸弹，可是不方便随身携带，也没机会安装。

"我给你放了三个雷管！"Jimmy又提醒荆轲一次他送的人情。

交钱的时候，荆轲瞥见Jimmy钱包里有张火车票。临出门，一个穿着制服的工人点头进来："先生您好，蚂蚁搬家公司很高兴为您服务。"荆轲这才明白小老头如此大方，是准备清货不干了。

荆轲的下一步，就是踩点熟悉地形，制订行动计划了。

对于卢楚铁路督办大臣的这次来访，中东铁路局很是重视，邀请了各大报馆进行报道以造声势。荆轲从《NEW周刊》的报道上得知考察团的行程和驻地位置，他清楚这次的安保规格一定超出寻常，高度谨慎地在铁路局附近转悠三天后，情况令人沮丧：铁路局早已布置了警力，一楼入口有警卫，还多了一个门框，只要身怀利器经过，它就会鬼哭狼嚎。

铁路局三楼是会议大厅，这个大会议厅又分四个房间，外面是警卫间、文书间、秘书间，最里面的房间才是开会的地方。

在会议厅行刺难度过高，荆轲计划在户外下手。依旧令人沮丧，他发现每次会议，都有胖子扮成督办大臣模样被前呼后拥，有时带一队警卫，有时带一堆警卫。并且他发现，胖子并非一个，而是一群。即便找到真的督办大臣，行刺的时间也少得可怜，胖子和身边的警卫在户外的时间极短，出了大门便迅速上车离开会场。这种快速反应，除了安全方面的考虑，也和地域环境有关——哈尔滨太冷了，根本不能在室外逗留，稍照顾不周，眼耳口鼻舌就会冻成永垂不朽。这寒冷唯一的好处是能让人变年轻，祖爷爷也好，太爷爷也好，出门都冻得跟孙子似的。

当然，也并非没有刺杀的可能。回到驻地别墅，督办大臣身边的警察便撤了，别墅大门的门房只有两个警卫，一老一少，老的刚安假牙，小的刚长新牙。荆轲清楚这是假象，门房里一定还有警察。他考虑绕过正门，翻围墙进入别墅，可墙高一丈有余。而且光翻墙也不行，别墅的布局、结构，内部如何警戒等情况必须要弄清楚。

荆轲感觉到附近摆摊小贩看他的眼神有些异样，还有那个算命的瞎子，总是偷偷盯着他看。此外，哈尔滨的天气也令他崩溃，每次出门都觉得自己是一个移动的加湿器，嘴巴和鼻孔不停地喷出白雾，再冻结在眉毛和脸上，整个脸冻成一个硬壳子，像一只冰镇蝈蝈。这也是别墅外没有站岗巡逻的警察的原因所在。据说"冻死你个王八犊子"的英文，就是Welcome to Harbin。再继续下去，很可能自己先冻毙街头了。

徘徊了三天，荆轲觉得需要见一见孙先生的朋友了。

临行前，孙先生说："如果在哈尔滨遇到实在不能解决的事，可以找这个人。不过他身上有案子，没大事不要惊动，免得连累到你。"

考虑到两人见面可能会有麻烦，荆轲按孙先生给的加密法，在描红纸上写了一封加密信。加密法倒是新颖有趣，也不难实施。

鲍万在办公室对着图纸发呆。

图纸上的线条直是直、弧是弧，笔法娴熟，行云流水，绝无滞涩，没有修改的痕迹，一看便知绘图人受过美术或制图方面的专业训练。草图是用铅笔勾画的，较常见的铅笔画出的线条要粗很多，应该用的是软质铅笔，3B以上的型号。

鲍万小时候见同学陈牧之画画时用过这种铅笔。"H"表示硬质铅笔，"B"表示软质铅笔。"H"的数值越大，铅芯越硬，颜色越淡；"B"的数值越大，铅芯越软，颜色越黑。

鲍万摸了摸图纸，一面粗糙，一面细腻。这种纸质地坚实、平整耐磨，又纹理细腻、不毛不皱，正是素描专用纸。

杜拉客用放大镜观察图纸，聚精会神到双眼挤在一起成了∞，他突然发现纸的边缘有极微小的毛茬，应该是极仔细从本子上撕下来留下的痕迹，也许它上面的那张纸上写过字，会留下痕迹？于是杜拉客又仔细盯着看，光线透过放大镜，成功地将这张图纸烧出一堆斑点，却一丝线索都没发现。杜拉客颓然又无聊地把弄着信封，琢磨着新的角度和思路，就在这时，曙光乍现，一张一合的信封内飘出了一种古怪的、低沉暗郁、震颤灵魂的臭味。杜拉客用力一吸，感觉这味道难以忍受，再然后，可能大脑启动了自我保护机制，闻不到了。

关于气味，鲍万没有任何发言权。他的五官最显著的就是高耸入云的鼻子，但只限于好看，除了幼年负责流鼻涕，成年负责架眼镜以外，类似鹿督察长一样是个摆设般的存在，尸位素餐地矗在脸上。不过这属于立体几何的范畴，从平面几何的角度来看，他的五官好像是用格尺画出来的，全部是直线条，或者说像字母集：两条眉毛怒气冲冲地挤在一起，像是"V"，加上直挺的鼻子，就成了"Y"；眉下那双狭长的细眼，如同断开的破折号"— —"；脸形方正，棱角分明，看起来有点硌得慌。

"师弟，你们来闻一下。"鲍万挥挥手，让一众警察排成队，弯下腰呈鞠躬状低头逐个闻了一遍，场面像遗体告别仪式。

接着是一场跑题的争论。一派认为是一种从未感受过的异香，酸意缱绻；另一派坚决说这是一种臭味，至于是何种臭，派内起了内讧，有说像脚丫子，有说是下水道，另有说是混合香型，脚丫子踩进了下水道……

结束这场争执的，是过来看热闹的女文员。杜拉客建议她也闻一下，她只一闻便脱口而出："这是酸笋的气味，广西南宁的。"

据说，如果一只手捂住鼻子能闻到臭味的酸笋是优品，如果两只手捂住鼻子还能闻到直击灵魂的臭味，则是极品。以信封里臭味的强度判断，这酸笋是超越极品的"贡品"。女文员的这一判断，大大缩小了排查范围，只要查出这酸笋的出处，就能大略划出嫌疑人范围。

鲍万有点兴奋，尽力压抑着，只对女文员微微点头，轻声致意："多谢。"他如此矜持，是想和这女人保持适当距离。男女之间就怕搭上话，"谈"这个字很说明问题："言"一旦开了头，两把"火"自然会烧起来。鲍万这一轻声反倒坏了事，东北男人对女人说话惯常是吆五喝六的，若是轻声细语，一定怀有某种暧昧或者企图，这在东北属于男女共识。女文员脸上羞涩的"山炮红"被点着了，成了两个红灯笼。

这女文员本来是为欣赏鲍万而来。她长得不算难看，脸蛋像苹果，眼睛像葡萄，嘴边有梨涡。这种水果五官单个拎出来都不错，组合在一起却像个水果摊儿，名字偏偏又叫刘莲。刘莲除了长相不出众，脾气也不是很好，西洋爱情小说看多了，总以为自己是女主角，常常弄出些哭笑不得的小错误，又装出一脸无辜。可是，长得漂亮撒娇，会让男人想入非非，长得像水果摊，只会让男人想到水果刀。

兴奋之余，"水果刀"又拿起信封闻了一遍，有了新发现："这不是单纯的酸笋气味，还掺杂了酸嘢的味道。广西人嗜酸，除了腌制笋，连水果都不放过，酸李子、酸阳桃、酸木瓜、酸芒果、酸苹果……"她雀跃地介绍给鲍万。这个一脸水果的女人曾在南宁待过几年，最喜欢逛酸嘢摊，大概因为有照镜子的效果。只不过有个成语叫"狗猛酒酸"，她就相当于那条恶犬，酸不是问题，问题是有她站在摊位前，东西就卖不出去，酸嘢摊成了酸笋摊，都臭了。

"南宁有句话叫'英雄难过美人关，美人难过酸嘢摊'，我是站在摊子前就迈不开步的。"这个自比美人的女人兴致盎然地对着英雄娓娓道来。此刻的英雄确实很难过——美人现在闭着眼睛，等待被骚扰了。

在哈尔滨，酸笋大约会出现在两个地方：一种是广西饭店，一种是不正经的广西饭店。正经广西饭店的酸嘢是按品种分门别类放在坛子里的。因为这信封里掺杂了其他酸嘢的气味，它应该出自不正经那种。正不正经已经无所谓了，哈尔滨的广西饭店就那么几家，查了一圈，经过老板和厨师鉴定，纸上确实是酸笋的味道，但肯定和他们的饭店没有关系，因为这七家饭店都没有酸笋。至于为什么没有酸笋，老板们给出的解释是，开业伊始他们都腌制过酸笋，但马上被热心的邻居带着通厕工具败了兴致。所以现在整个哈尔滨的广西饭店没有一家有酸笋，因为闻着就能吐到翻江倒海。据说药店倒是曾经进过一批，解毒催吐用。

　　就在鲍万和探员失望的时候，八桂酒家的厨子说："这酸笋会不会是十三月酒家的？"十三月酒家是一家专门做安徽菜的餐馆，以臭鳜鱼著称。可是，安徽和广西相隔千里，怎么会有广西独有的酸笋？

　　厨子说："十三月酒家的老板娘是我们广西老乡呀。"

　　鲍万和探员一进十三月酒家，就闻到了信封上那股销魂的味道，循着气味在厨房找到了老板娘的腌菜缸，与信封上的味道一般无二。

　　老板娘用一口谁都听不懂的壮话反复申辩自己的清白，她的弟弟将壮话翻译成南宁话，老公将南宁话翻译成安徽话，伙计再把安徽话翻译成东北话……来来往往反反复复层层递进，直到天黑才稍稍弄清楚事情的经过。

　　如果酸笋是老板娘私人专享的，这封信和她就有直接的关联，调查她接触的人就能锁定嫌疑人。岂料，这酸笋最初确实只是老板娘思乡的慰藉品，但她无意中将酸笋加进臭鳜鱼里，两臭邂逅，居然臭味相投，活生生造就出一款新风味，深受食客追捧，现在她家的臭鳜鱼已被叫成"清明臭鳜鱼"了：坟包一样的酸笋下面埋着一根筷子长的小鱼，并且和清明扫墓一样要给坟上填新土——总有食客吃得不过瘾，要再加几份酸笋。

　　"我一个人怎么可能吃得了这几大缸酸笋？"老板娘指

着一人多高的酸笋缸说。听懂她的话有些滞后，需要四重翻
译。

　　这让探员的兴奋大打折扣，十三月酒家的生意很不错，
除了不伦不类的臭鳜鱼，几乎有点古怪味道的菜里都会加酸
笋，堂食之外还有打包和外卖，信封上的酸笋气味甚至可能
不是在店里沾上的，嫌疑人的范围扩大了。

　　然而杜拉客一句不经大脑极不专业的问询，却把嫌疑人
锁定了："最近有没有坏人来过？"

　　伙计说："坏人说不上，几天前陈家二少爷在这吃饭和
人打了一架，后来三毛子过来算的钱。"

　　杜拉客问："陈家二少爷和三毛子？"

　　伙计说："对！"

四

战　斗

三天前的上午，荆轲趁着门房换班之际溜达进了对面楼的大厅，在信报架上找到了回信。心放下后，他就近转悠了一圈，发现一家安徽餐馆。打开门，一团水汽夹杂着烟味、菜味，以及一股熟悉又疏离的味道扑面而来。他落座后查看四周，并没有听到什么家乡口音，邻桌倒是有个非洲少年，筷子用得比中国人还顺溜，手里夹着烟，正用一口标准东北话评论臭鳜鱼："鱼一定要选三四月份桃花盛开季节的，这个季节的鳜鱼最肥，肉质最鲜美。腌好后，鱼的表面要铜绿色，鱼鳃发红。你这个腌制的程度和烧的火候都略微夸张，看上去不太有食欲……"

作为安徽人的荆轲，自己都不清楚这道菜的讲究，不由得多看了非洲少年两眼，犯了大忌。

非洲少年摇头晃脑评论菜品时，左顾右盼期待掌声，可大堂里的食客并不搭腔，甚至连眼神也没越界。全场只有荆轲一个人盯着他，一下就被非洲少年的目光锁住。四目相交的一瞬间，荆轲感到一股杀气扑面而来，非洲少年眼珠子瞪得像蜻蜓，喝道："你瞅啥？"话音未落，一颗闪着火光的暗器劈面而至，原来是抽了半截的烟头，正好落在荆轲面前的菜盆里。

隔壁桌一个贼眉鼠眼的青年见状突然跳起，一把拦住少年，连声道："彪哥，彪哥，别跟他一般见识，咱们吃鱼，吃鱼。"彪哥却像被抓在手上的鱼一样扭动着身体，忽然挣脱，向上一蹦，从劝架的脑袋缝隙里，挤痤疮一样冒出黑头对荆轲喊："你挺牛×呀，来，咱俩唠唠！"此言一出，他瞬间便成了宠物狗，老板和伙计冲过来抢着要抱他。这不是他第一次在店里闹事了，上次便因此把店里砸得稀巴烂，把老板养的以拆家闻名的哈士奇惊得目瞪口呆，狗眼里写满了崇拜。

荆轲莫名其妙，他将头微仰，角度略倾斜，在一堆脑袋里找到了黑脑袋，问："我看看你，怎么了？"再配上疑惑的、直愣愣的表情，非常地找削。

他哪里知道，在东北此言一出，命就像是饭桌上的打火机，说没就没了。

万万不可小觑东北话里的"你瞅啥"。此地几乎都是背井离乡而来的新移民，性格倔强，在陌生环境又安全感不足。当倔强遭遇恐惧，安全感遭受挑战，会本能地表现出攻击性。久而久之，好勇斗狠的性格便深入骨髓并写进基因，形成一种特别的，有着浓郁地方色彩的"尊严和荣誉观"。用萨特的存在主义解释，注视就是把对方视为物而非人，被注视的一方从而失去了主体性。被人瞅了，等于被物化，失去了主体性，被剥夺了尊严与荣誉。

这句"你瞅啥"，就是激活东北人这种尊严和荣誉的密码。

战斗打响了。

傻小子像丛林中张牙舞爪的大猩猩，咆哮着冲向荆轲。饭店的老板和伙计则像丛林里的泰山，再次咆哮着抱住了陈晓卿的腰。荆轲并没有点臭鳜鱼，它却越过人群飞了过来。彪哥现在是一个外星战队的队长，指挥着无数飞碟以平均每秒三个的速度，带着外挂的菜肴猛烈地攻击着荆轲，刀枪剑戟斧钺钩叉，烧饼馒头包子麻花，大堂里漫天飞舞着食物和碟子，像失重的太空舱。

　　整个过程虽然只持续了半分钟，彪哥却受了很重的伤，这跟荆轲没有任何关系，彪哥把装着田螺鸭脚煲的铜鼎抛向荆轲的时候，因为众人拦着，铜鼎的飞行角度发生了偏差，本应火炮一样弧形的飞行轨迹，成了火箭一样直飞冲天，旋即在天上变成了李元霸的铜锤，又回归到了他的头顶，血和汤汁流了一头一脸。他捂着伤口气呼呼地走出饭店，黑乎乎的血不断从指缝中渗出，滴滴答答地落到天给地做的那件貂儿上，雪地看起来有了豹纹的气质。

　　可怜荆轲到最后都不清楚这场战役的缘起竟然是"你瞅啥"，现在的他有点像圣诞树，挂着一身的菜叶、鱼骨、肉段、芡汁，傻愣愣地杵在饭店大堂。安徽老板和伙计远远观望和窃笑，他们是过来人，乐见下一个倒霉蛋。在东北，这种体验是一个南方人必须经历的。

　　头顶着实体菜谱的荆轲意识到警察可能会来，也急匆匆地走了。可是在东北，这种因为"你瞅啥"引起的日常战役，警察怎么会来呢？巡捕房特意为此在外墙上写了巨大的警示标语："上街别乱瞅，活到九十九。"你不听劝，被打死怪谁呢？

今天对荆轲来说不是个好日子，东北人把便宜菜叫"毛菜"，把鸡鸭鱼肉叫"硬菜"，现在他身上的毛菜全部成了"硬菜"，一身的菜叶菜汁冻得硬邦邦，菜汁把裤子冻成了铁筒，膝盖回不过弯，步伐像阅兵式上绷直腿的"鹅步"。走到街口，荆轲才发觉放在怀里的信不见了，回到饭店，却怎么都找不到了。

鹅步的荆轲心情焦躁，节奏不稳，就在他再次回到街口时，飞扬的左腿踩到了冰上，身体失衡，一个趔趄，整个身体"咣"一声侧砸在了马路牙子上。他右腿剧痛无比，实在爬不起来，心想别是断了腿，只能躺在街上不敢妄动。这在平时根本没人在意，可时间一久便引来了围观。有人跑到他面前，对趴在地上的他进行业务指导，大意是"冬天并不是碰瓷的好季节"。有老人看不过眼，说："小伙子，咱别光站着看，行不？"老人的话把业务指导的脸说红了，找了个砖头垫在屁股下坐着看。

荆轲没有找到的那封信，在三毛子那儿。

陈晓卿刚走，一个贼眉鼠眼的青年就紧跟着出了门。直到街角无人处，他才凑到陈晓卿身边，弯着腰从怀里掏出一个信封说："彪哥，给你看样东西。"

三毛子一直寻找机会攀附陈牧之，刚才见陈晓卿暴起，心想正是一个契机，通过陈晓卿认识陈牧之也未尝不可。做他这行又最珍惜时机，在劝架拉扯荆轲的衣衫时，手一伸便把荆轲给"洗"了。三毛子忽然灵光乍现——把荆轲的东西送给陈晓卿，为自己多创造一次机会，弄好了可以混点钱花，运气好些，兴许就攀附上了。

信，陈晓卿看都没看。他的脸被血染得红一半黑一半，用顶着司汤达名著的脸乜眼看着三毛子："你他妈是谁呀？"

三毛子有点失落，自己好歹也算个名人。他简单介绍了一下自己，拿着信封说："咱们让他着急，是不是挺可乐？"

陈晓卿觉得没什么可乐的，心里倒是舒服了些。他点着一根烟，对三毛子点点头，想起大哥的做派，掏出钱甩给三毛子："你去饭店把单结了，剩下的归你。"三毛子说："那今后我就跟您了。"陈晓卿心不在焉地"嗯"了声，转身就走。三毛子奔回饭店，手里挥着钞票对老板和食客大喊："陈家二少爷派我赏你们的！"恰有一帮社会人也在，招手叫他过去，打算消遣他一会。三毛子已经进入了陈家小弟的角色，远远挥了挥手里的信，低调地炫耀道："我还有事儿，二少爷让我把信邮了，完事还得给牧之哥擦车，谁敢耽误？哥几个慢喝吧。"出门追陈晓卿去了。

正收拾残局的伙计觉得三毛子真是厉害，一会儿工夫就进了跨国公司。羡慕和嫉妒让他眼前的盘子遭了殃，他挑了一个半碎的，摔得粉碎。

人不能激动，一激动控制力便下降。回追陈晓卿的三毛子心里描绘着大好未来，越描越美，一不小心跨到了马路对面，越界到了俄国人的地盘。

严格来说，三毛子也不算越界，因为他是中俄混血。俄国人叫"老毛子"，和中国人生的孩子叫"二毛子"，他是第三代，所以叫"三毛子"，因为俄国血统三次稀释，所以并不受俄国帮派认可。三毛子一进去，就看见了巡街的俄国流氓，这流氓和他有过节，一见面就勒索。好在当时他刚好低头点烟，赶紧仓促地把钞票和火车站偷来的寄存牌塞进信封藏在雪堆里，一抬眼就和这俄国流氓打了照面。不出意外，三毛子被拉进了流氓的办公室里搜身，挨了好几脚才放走。

三毛子再回来找信封，就遇到了鲍万和杜拉客，又只得先跑为敬。

作为中国大街的第二名人，陈晓卿这傻小子刺杀督办大臣，说不通，也说得通。这件事，很可能是中国大街第一名人指使他做的。

中国大街第一名人，就是陈牧之。陈晓卿的信一定是陈牧之的，只有他能画出这么漂亮的线条和造型，也只有他才敢如此胆大妄为。多条线索和证据指向陈牧之，分析图上被画着圈的陈牧之的名字上，现在全是箭头，像一只海胆。

确定了嫌疑人，一切都合乎情理了。陈牧之最为清楚别墅的结构。第一，这座别墅从前住的是铁路局长，和陈家是莫逆之交，陈牧之幼年时代经常去做客；第二，这别墅就是陈家旗下的建筑公司承建的，图纸还在档案室里放着。

五

搜 查

想要一件事办不成，就多请示领导。

确认陈牧之有重大涉案嫌疑后，按惯例马上就得抓。抓人、讯问，再顺藤摸瓜把相关案犯一一拿下。可一来这个案件涉及的刺杀对象是督办大臣，来不得半点儿疏忽；二来陈家的势力确实有点大，没有铁证就动手，一旦出现变故不好收场。

于是鲍万向上请示。督察长一考虑就是一整天。

督察长之所以考虑一整天，是因为他自己稍稍有点理亏。这理亏，和铁路有关。

在哈尔滨，铁路轨距和俄国铁路的轨距一致，俄国列车可长驱直入哈尔滨站，但到了宽城子就必须转轨。这很麻烦。当时的铁路局长火热瓦特决定用募股的方式筹集资金购买一些变轨列车。股份是以灵活多变的租股方式征集的，承租者可以持股，还可以实物入股，参与分红，于是不仅士绅参股者众多，就连平民百姓也踊跃参加，外地人出行，或买马，或买车，或买马车，哈尔滨人气魄和手笔大得惊人：买火车。

陈牧之家的伙伴公司当即预购了七成的股份，并拥有了经营权。谁能想到，远在欧洲的火车制造商却迟迟不交货。伙伴公司把资金放在了股市，以为买了热门的橡胶股，谁知入手后天天都是父亲节，跌、跌、跌，从嫩绿，到果绿，到翠绿，东北话里最绿叫"胶绿"，这很适合伙伴公司的董事们，他们因胶绿导致焦虑，手指甲都快咬秃了。

屋漏偏逢连夜雨，火热瓦特突然被调回俄国。

新官上任三把火，新任老毛子局长第一把火就是废掉买火车这事。铁路局开了一个发布会，宣布收回火车采购项目，最初，大小股东情绪稳定，只要铁路局把已用去的款项换成债券，把没有用去的款项还回就行。当时募集的股银大概140多万，亏了30多万，花了30多万，还剩70万现金。可是新铁路局长的算盘是这样的：70万绝对是不会还的，这辈子都不会还的，亏了的30多万跟我又有什么关系？他耐心地解释了原因："商股可以退还现金，你们是租股，理应转归铁路局。"

新局长急着把70万控制在手里，手段越来越强硬，对伙伴公司最为苛刻，不仅不退钱，还要查账，项目现金则要全部提取拿走。这也正常，擒贼先擒王，弄服了陈家，其余小股东屁都不敢放。铁路局长话说得倒是客气："下次还有机会，改天咱们细聊，以后还要合作，有时间一起吃个饭……"众所周知，"下次"的意思是星期八，"改天"是32号，"以后"是13月，"有时间"是25点。

伙伴公司被铁路局的无赖做派激怒了，召集各股东和团体开会，一致决定拼死"破约保车"，声势越来越大。当然，公司力图把抗议控制在文明维权的范围内，只争取权益，不聚众暴动。

可伙伴公司的员工名义上都是陈牧之的埠公堂挂牌小弟。陈牧之当时在日本，工作交给了早他回国的拜把兄弟陈无为。此人是个人才，做坏事滴水不漏，讨债本身就是他的专业，此次为了公司，更是轻车熟路。在他的策划下，兄弟们全都光着膀子，露出东北被面一样花花绿绿的文身和金链子，一层层包围铁路局，他还严格执行了公司文明维权的决定，下令兄弟们不许动武只许哭，花花绿绿的"社会人"花枝乱颤地哭，那鬼哭狼嚎的情形，仿佛小猪佩奇死了全家。

不止于此，陈无为还把抗议活动做成了嘉年华，并开启立体抗议模式，海、陆、空全方位请愿。

除了陆地上兄弟们的行动，松花江上的船只也被他利用起来，他雇了八条帆船，每条船的船帆上写一个大字，凑在一起便是"还我火车，还我血汗"。大江之中，潮生潮落，风浪不息。为避免口号串行，船与船之间以铁链首尾相接，上铺阔板，休言人可渡，马亦可走矣。此番操作先是赤壁，后又赤膊——陈无为雇一群开放的俄国妇女穿上泳装在船上搔首弄姿，这些妇女普遍胖，像鸭梨展销会，视觉效果并不是很好，但胜在吸引眼球。

至于空中，恰好俄侨气球飞行员Knospe要在城市花园举行他的第一次飞行表演，跑来伙伴公司拉赞助，陈无为灵光乍现，把抗议条幅垂挂在热气球上。令人痛心的是，由于条幅过长，垂落到地面，围观人群踩踏中将气球篮拽落下来，造成这位伟大的飞行员和广告人死亡。悲剧发生后，整个哈尔滨都捐钱帮助他那正在船上表演泳装秀的寡妇。

抗议请愿不止白天围在铁路局闹，晚上也不停歇，茶馆里的说书先生每晚都把当天的活动编成评书，"嗒嗒嗒嗒"讲个不停，惊堂木敲得像是发电报。又听说聋子街话剧社那群波兰人正争分夺秒创作剧本，打算把这次抗议活动排成话剧。

伙伴公司的行为彻底激怒了新任铁路局长，事已至此，没有任何转圜的余地。帮会分子的参与正好给了新局长口实，正式和伙伴公司翻脸，以更加强硬的铁腕手段应对，他想办法弄走了不配合他的巡捕房督察长，换了中国结拜兄弟鹿中原进哈强力镇压。毫无悬念，警察面对地痞流氓，权力干掉了拳力。鹿中原将冒充流氓、业余流氓、职业流氓、中国流氓、外国流氓，花花绿绿东北乱炖一锅端到了监狱。

"你们不是要车吗？好！把封闭的货车车厢全改成临时监狱！"

仇就这么结下了。

作为回报、叫板和挑衅，铁路局长把已经买回来的一节车厢送给了巡捕房。这节车厢正是伙伴公司早期采购回来的，极其奢华。《NEW周刊》曾有过报道，主编封新城评价说："它是地球的头等舱。"

铁路局长原以为打压成功，越级上访却层出不穷，大有闹到京城的威胁。俄国高层觉得事态不受控制，深思熟虑后，作出了和稀泥的决断，息事宁人各打五十大板：对于参股人，钱不退，可以换成真正的股票，铁路局新局长回俄国查办处理。于是，新局长上演了一场"两言三拍"——拍脑袋决定，拍胸脯执行，拍屁股走人。老局长火热瓦特官复原职。

俄国高层既要平息事态，又要保留自己的权威和面子，所以必须保留一个强硬派人物，鹿督察长幸运地继续履职。给巡捕房的豪华车厢更是不能退。至于抓进来的闹事者，罪大恶极的陈无为当然要留下，不明真相被煽动的，肯花钱的就放出去，勤俭持家不肯花钱的留下。

所以，陈牧之这次给鹿督察长添乱，让督察长有点为难，他并不想和陈家结下死仇。局长在人情世故这方面，还是比较通情达理的。当然，事关重大，陈牧之还是要抓，但必须将证据和证人一一查摸清楚，办成铁案。

陈牧之家在鸿远楼1号，这是整个哈尔滨最奇特的地方。

中东铁路管理局局长兼护路军总司令火热瓦特，当年划分租界时正闹离婚，内分泌失调的他将中国大街沿着街道一劈为二。街左边是俄租界，右边则是华界，沿着中国大街向上到路口，又分成了两条街，俯瞰路线是个"丫"字。陈家的鸿远楼恰处在三条街的交会处，使这栋楼看起来像一个电熨斗的头。偏偏陈家左右各开了门，熨斗的头到底属于华界还是租界？最终解决方案是在屋子里画了一条线，左边归俄国人管，右边中国人管。双国籍的陈家并没有得到什么好处，被两边包围的"丫"字就像女人的乳沟，有便宜时，左边摸一把，右边掐一下；出了事，左推右，右推左。

这也是陈家对陈牧之从事帮会活动睁一只眼闭一只眼的一个原因。在东北，暴力的实用性一直超越警力，解决纠纷恩怨高效快捷，价格又公道合理。尽管有些不守规矩的小混混会敲竹杠，也只是敲竹杠而已，换作警察处理，就不是敲竹杠，而是敲快板了。

鲍万决定等陈牧之从左门出来进入租界后再盯梢。他不愿和华界警局浪费口舌，也不想被中国同行添乱。虽然中东铁路沿线实施治外法权，巡捕房可以不管华界巡警局，可这块地毕竟是中国政府的，适当的面子还是要给的。华界警局也清楚自己是一根没用的阑尾，也乐得不做事。

天黑后，陈牧之出门，鲍万等六个人慢悠悠地跟着，一直到了"我在咖啡馆"。

隔着马路，只见熊代温热气腾腾地吃着，陈牧之牛皮哄哄地坐着。杜拉客走到咖啡馆前门，佯装翻看门口的菜单。鲍万看这小子装腔作势有点好笑，黑着天看什么菜单，猫头鹰吗？直接进门得了，还给自己加戏，不停挠头假装思考。

熊代温从酸菜白肉火锅中抬头喘了口气，一眼看到窗外正在挠着头的一个黑影，心中一紧，他太熟悉这个动作了，典型的土匪做派！

土匪藏枪一般有三个地方：除了腰间和腿上，更隐蔽的是把枪藏在后脖领子里。东北胡子见面作揖时抱拳举过右肩，是朋友就放手，不对劲便掏枪交手。

熊代温怀疑这就是绑匪同伙，又恍惚见路灯下几个人的站姿十分可疑，用桌布擦擦嘴，对陈牧之说："看我招式。"站起身便向门口走去。鲍万认为陈牧之身上一定藏有东西，原不想现在动手，却晚了。杜拉客的挠头动作引来了步履一步三摇的熊代温。这醉汉并没有打招呼，直接掏枪顶住了探员的脑袋。形势所迫，鲍万和手下立即一起拿枪顶住了熊代温。熊代温就像电影倒胶片一样，一步三摇又倒着回来了。

"别动！我有话问你。"鲍万把枪挪到陈牧之面前。陈牧之似乎没看见，只是看了看手里摇晃着的罐头，又抬头对他笑了笑："啥时候回来的？"

罐头包装有点脏，沾着黄色的玉米面。

刚刚占据主动的鲍万，仿佛酷暑天从冰箱里拿出的瓶装格瓦斯，瞬间身体挂了一层水，冷汗从头顶到脚底，流淌得稀里哗啦，血液则像肥宅水，有冲破瓶盖喷泄而出之势。他当然知道这听罐头是炸弹，黄色的玉米面就是大拿米炸药！

"离我远点。"陈牧之云淡风轻地对众人说，松开了两个手指，捏着罐头上下转动了两下，让商标的logo正对着自己。他查过医学文献，自己这个怪癖叫Compulsive behavior，也就是"强迫行为"。一般人多多少少都有一些强迫行为，对正常生活并没太大影响。但是，现在这种行为确实危险，罐头轻轻地滑动了一下，摇摇欲坠。

"我找她有事。"鲍万把枪指向三点钟方向的老板娘，嘴角强挤出一丝弧度，企图打个圆场。

陈牧之站了起来，向老板娘勾了勾手指，一把将老板娘搂进怀里，暧昧的灯光被他的手臂和罐头遮住，阴影罩在老板娘的身上。陈牧之微笑着举起罐头与鲍万对视，伴奏音乐是老板娘急促的喘气声和店里"嘀嗒嘀嗒"的摆钟响声。贴在陈牧之怀里的人质满脸通红，不忘抬起下巴对鲍万吼了一声："不用你惦记我！"

现在，咖啡馆里十个人的命都攥在陈牧之的手里，随时可能成为一堆碎肉。墙上的蒙娜丽莎和墙前的陈牧之在微笑，老板娘小鹿乱撞，一脸娇羞，未来的饺子馅们肌肉紧绷，肢体僵硬，面容凝固。忽然"啪嗒"一声，旋即响起了音乐，墙角那架有毛病的"小狗牌"唱片机不知怎么突然痊愈了，唱片缓缓地转动起来，一个女声从牵牛花一样的铸铝喇叭里泼辣地蹿了出来："我闷坐绣楼眼望京城啊，思想起二哥哥张相公啊。二哥他进京赶考一去六年整啊，人没回来，信儿也没通啊……"

是老板娘她娘最喜欢的二人转《回杯记》。

音乐唤醒了陈牧之的艺术细胞，他拥着老板娘，慢慢舞动起来向门口挪去。警匪剧开始跳戏，老板娘低声呢喃："没想到第一次抱我，是这样的……再抱紧点！"陈牧之道："闭嘴！"

咖啡馆被按下了暂停键，画面凝固，鲍万、熊代温、其他饺子馆都成了背景板，衬托着这对男女一步步向门口撤退。退到街口，老板娘一把抱住了陈牧之："带我走！"咖啡馆门冲南边开，确实是天涯海角男女私奔的方向，谁知陈牧之绝情地挣开怀抱，头也不回地跑了。

杜拉客拦住了作势要追的探员。追是没有用的，整个哈尔滨都没有人能追上陈牧之。关于陈牧之，有这样一个故事：

某日，陈无为拿来《NEW周刊》给陈牧之，翻到第四版的比赛预告给他看："各报馆鉴：长距竞走会从呼兰河起，至霍尔瓦特大街纪念塔止。十七日发足，十九日达会场。"

"竞走"即跑步之意，"长距离竞走"便是后世的"马拉松"。此项运动在黑龙江已经有了很大名声。陈无为问陈牧之："你天天跑，怎么不去长距竞走？"

"那会跑死人的！"

"前天你不是刚跑了100里吗？长距竞走只有84里？"

"我去！84里？"

"我去……你不知道就84里？"

"我去！为什么不是整数100里？"

这是陈牧之第一次参加马拉松。《NEW周刊》记者谭山山报道说："他跑姿很是古怪，正常人大踏步奔跑，双臂在肩下摆动，他的姿势大踏步地返祖，两手有频率地摆动，像猩猩一样高举过头顶，大腿的姿势像鸵鸟那样，奔跑速度却快如飞豹。"遗憾的是谭山山只报道了这句话，因其目睹陈牧之整个赛跑过程只有七秒，七秒之后陈牧之便消失在街头。他跑得太快了，以至于补齐了100里拐回终点在厕所放完水，他才看到假装放水给他的第二名出现在地平线。

所以，杜拉客对探员说："你怎么可能追得上他？"目光却对着老板娘。

鲍万考虑一番后，决定首先在考察团驻地周边加派警卫。

督办大臣不同意："我会怕一个小小的刺客？真是笑话！"

下属们苦苦哀求。鹿督察长记得在《NEW周刊》读过一个叫慕容雪村的写的一小段二人转唱词，觉得特别适合，当众声情并茂地朗诵了起来："为众人抱薪者，不可使其冻毙于风雪。为自由开路者，不可使其困顿于荆棘。"

"乡下艺人的顺口溜，并不比哲人大儒差嘛。"督办大臣也被这段二人转唱词感动了，勉为其难地答应了。

后勤处急令工程队赶赴别墅，将围墙再加高两米；增设两部电话；派便衣流动巡察，以防刺客潜入；为了避免刺客从下水道进入别墅，又焊死了窨井盖；别墅的周边楼顶，都放上了一堆人形杂物和一根涂墨的竹竿，伪装成反狙击手在监视着街道。

安保工作按部就班地进行着，鲍万则和杜拉客去了陈牧之家。既然已经和陈牧之正面交过手，就没有保密的必要了，干脆大大方方去陈家彻底搜查一遍。

巡捕房没有防爆装备，陈牧之又有可能在家里藏炸弹，杜拉客便先去了还乡养老的武举人吉万山家，向老壮士借了一套铠甲套在身上。这防护设备主要作用是心理抚慰，至于能不能防刀枪剑戟电闪雷鸣，谁都不知道，包括铠甲主人老吉头——这副铠甲与其相伴三十年，征战沙场的机会却一次都没有。得知杜拉客借装备的目的是要与洋人的炸弹对抗，老壮士很是兴奋，翻箱倒柜找出来却发现头盔丢了，便招呼孙子去秧歌队借来大头娃娃脑壳套，跟着去了陈家。

岂曰无衣？与子同裳。王于兴师，修我甲兵。与子偕行！

月黑风高，阴风呜咽，洋楼里烛影摇曳，穿着铠甲的大头娃娃匍匐着在楼里蠕动，从客厅到厨房，从厕所到车库……陈家太大了，杜拉客整个爬下来，已经到了第二天的晚上。

陈牧之的二姐看着灰头土脸的杜拉客，嘲弄地问："要不要把公司也搜查一遍呢？"杜拉客苦笑，陈家的火柴公司、洋烛公司、洋油公司、水产公司、机器公司、钢铁公司、罐头公司、餐饮公司、运输公司、五金公司、地产公司，查一遍下来，他极有可能一世匍匐，成为二维生物，再也不会直立行走了。

鲍万正硬着头皮盘查陈牧之的二姐。他进陈家前的心情是忐忑的，听说二姐随夫出游，才稍稍心安。谁料因为吵架，她提前回来了。鲍万转身要撤，二姐一把拉住他，说："来，咱俩唠唠！"

鲍万不给她发难的机会，直奔主题："陈牧之回来过没有？"

"回来？回来给你们抓？"

"他到底回来过没有？"

"没有。"

正好爬到房间门口的杜拉客，四肢着地将头抬起来，柯基犬一样插话："确实没回来？"

"盼着他回来？你们又缺钱了是吧？"

二姐这话有点伤人，巡捕房经费短缺，陈牧之少年时代斗殴被抓的保释金确实起到了救急的作用。按理说，探员有工部局发的薪水，陈牧之的罚款只能算是福利，可是福利如东海，而薪水只是杯水车薪。

鲍万察言观色，二姐陈意映表情波澜不兴，可能是把糨糊当成粉底刷在了脸上，一脸僵硬的扑克表情，看起来不像说假话。

鲍万决定还是要诈一下她："说假话会进笆篱子的！"

二姐马上被激怒了，手指戳近鲍万的鼻子："你试试！"言毕，扬长而去。

鲍万看着二姐的背影，喃喃地说："说抓你就抓你！"

鹿督察长说："你想着怎么抓人的时候，最好的办法就是成为他们，融入他们，这样才能发现他们，拿获他们。是的，为了能够抓贼，就要像贼。所谓'警匪一家'，说的就是这个。"

鹿督察长决定派鲍万在陈家住上一段时间。

鲍万带了洗漱用品到陈家。所谓"洗漱用品"就是一把牙刷，其余都用陈牧之的，除了睡裤有点长，其余都很满意。鲍万发现，睡裤还烫好了笔直的裤线。

陈牧之房间的气质比较像无欲无求"一箪食一瓢饮"的颜回，是一贫如洗家徒四壁的装修风格，白色的天花板、白色的墙壁、白色的原木地板，一张白床、一套白色的桌椅就是全部摆设，此外别无他物。整个房间没有多余杂色，更没有跳跃的亮色和密集的视觉焦点，空敞洁白的程度堪比太平间。衣帽间和洗手间被两道白墙分割，书柜和画具都放在隐藏在白色墙里的柜子中，不熟悉根本找不到。

"这个劣迹斑斑的浑蛋，却住在清清白白的房子里。"鲍万心里骂道。

这间房鲍万很熟悉，小时候他和陈牧之放学回来，经常在这里吹牛，吹得太晚就住下了。当年门口抱楹上是一副红底金字对联："常怀贞烈常忠义，不爱资财不扰民。"房间正中则摆着一个缸一样的大海碗，周围全是红木椅子，每张椅子间隔108厘米，后面是一面空白的旗帜，陈牧之说是为结义兄弟准备的，将来要写上"山东呼保义""河北玉麒麟"之类的名号。陈牧之的专用椅子面南背北，身后是一面

"替天行道"的大旗。"我竖起这面大旗，各路英雄定会望风而来，堂口定能兴旺发达。"陈牧之那时候就想做黑社会大哥，觉得威风。鲍万倒觉得警察威风，要做警察。于是两人上演了一出"官兵捉好汉"，在房间里连追带跑，最后陈牧之裹在了"替天行道"的大旗里，被鲍万捉到了，笑得前仰后合。鲍万现在还能想起当年的笑声，还有阳光照在陈牧之洁白的牙齿上的碎银一样的光。

时光一去不回，日子像是当年两人玩游戏用的玻璃弹珠，弹走一个又一个，最后把自己"啪"一声弹走了，所谓"弹指一挥间"。

世上有两种人最不安分，一种是吃不饱的，一种是吃太饱的。吃不饱的人胃里缺食，铤而走险孤注一掷；吃太饱的人脑子缺氧，得陇望蜀欲壑难填。什么人最安分？自然是半饱不饱的，偶尔一顿饱饭就皇恩浩荡。

陈牧之属于吃太饱的。

外界给陈牧之的定位是黑社会，他却标榜自己是个艺术家。他幼年时便显示出绘画的天赋，画得也确实与众不同，从不画满整张纸，只画半张，另一半空着。一天，陈老爷子的朋友黄传镒从外地来哈尔滨，欣赏过陈牧之的画作后赞叹不已，一定要出钱购买，等待日后升值。陈家人自然明白这客套和恭维，也不点破，欣然收下钱，转头就买酒招待黄先生花掉了。陈老爷子认为此时正在成就轶事佳话，日后陈牧之若真的成了名，这段往事必定会写进现代版《世说新语》。

黄传镒喝着酒问陈牧之："孩子，你为什么总是画在纸的下半部分，而不画上半部分？"陈牧之老老实实回答："我个子小，够不着上面。"

黄传镒听后仰天大笑，觉得这小玩意实在可爱，借着酒劲，执意要收他入门下。这令陈老爷子有点小犯难，做了黄传镒的弟子，佳话就会变成黑话。黄传镒是埠公堂的盟长，不折不扣的黑社会头子。不料陈牧之却对黑社会兴趣极大，当场就拜了老头。黄传镒喝得高兴，不经大脑当场封了这个十岁小孩为红棍，司职行三大爷，地位之高令人瞠目。

说来也是古怪，陈牧之自从做了埠公堂东北地区负责人，孤身一人竟做到了独当一面，堂口迅速发展。陈家产业大，粮油饭店、五金百货，凡民生所需都有涉及。现在这些商号的大堂必挂一幅五祖画像，点起一对大红蜡烛，把店堂当香堂，敬神、行礼。为了配合少爷，所有伙计都入了埠公堂。陈牧之又别出心裁发优惠券，凡是主动领了券的顾客，就算入了埠公堂。伙计和顾客各有所得，其乐融融，济济一埠公堂。

陈家最初觉得有趣，帮会文化也算是一种企业文化，有助于提高凝聚力。后来发觉不对劲，陈牧之入戏太深，真的成了问题少年，年纪越大情况越恶劣。被环境影响和自我催眠的陈牧之开始桀骜不驯、惹是生非。他和哈尔滨街面上所有人类为敌，心情不好就随时和这个城市里的人开战，为了找茬挑衅，居然自学数门外语，有英语："What do you look at?"有日语："何を見ていますか？"有俄语："что ты смотришь？"甚至还有波兰语："Na co się gapisz?"这些话翻译成中文都是一个意思："你瞅啥？"

陈牧之怎么天天出去和人打架？他脑子里面应该长了一只"生死看淡，不服就干"的蜜獾。

这个不良少年的面相却不是凶神恶煞的，反倒清朗俊俏。有人恭维他像年画里的二郎神，面如傅粉，唇若抹朱，腰细膀宽，声雄力猛。这话自然当不得真，不过他的两条腿确实漂亮，圆规一样挺拔秀丽地扎在腰下，奔行起来虎虎生风。

他能平安活到现在，两条腿厥功至伟，其奔跑速度用"丛"字来形容最是恰当——快到能出现两个人影，并有离地飞行的画面感。有时还会跑出"众"字——弹跳能力也是极佳的，能在飞速奔跑的时候越过人群。

多少人感慨，说这孩子投胎投得好啊！可是他在作死的路上勇往直前，只要作不死，就往死里作，继续下去，也许马上面临第二次投胎，很可能真的投胎成了蜜獾。这逆子除了惹是生非，威胁自身性命暂且不提，要命的是他那舍小家为大家的奉献精神：坏人坏事只对自家人下手，社团需要钱，回家骗钱，需要物，回家劫物。再下去，怕是要凭一己之力弄得人亡家破。

陈家为了拯救这孩子，专门开过会。总结为"事情出在钱上"，这孩子只要身上有钱，准会出事，钱越多弄出的事越大。道理很简单：只要有钱，他身边就围着一群坏小子鼓动他闯祸；没钱，也就散了。最后经会计核算，每天零花钱只能给他一味调料，也就是八角。或许有一种东西叫"个人魅力"，有一种情感叫"长线投资"。没想到，还是有一群坏小子对他不离不弃，继续和他用八角做二百五才做的混账事。

陈牧之十七岁时，陈家毅然决定将他送到日本留学。他在日本的专业和画画有关，叫"平面设计"。他哪有心思上课，只对帮会事业热心，还是一心发展堂口。所以这个"留学"，完整表述应该是"流氓学"。他得知司徒美堂在美国开设安良总堂，便对同学何家干说："司徒美堂能在美国开山堂，我为什么不能在日本开埠公堂？"于是，陈牧之从上学期打到下学期，从黄带打到黑带，从寒带打到亚寒带，结交了国内外一批精品流氓。

可就在事业蒸蒸日上的时候，他突然毫无征兆地回来了，正所谓"少小离家黑老大回"。他没有解释回国的原因，对家人不说，外人也不敢问。

陈牧之的房间本来就很大，室内的布置又如此空旷冷寂，鲍万有点发瘆，试着咳嗽一声，甚至有回音。如果不是大窗扑进来的阳光，让房间看起来有点明朗，还有窗外索菲亚教堂的钟声以及烟火气十足的秧歌队，鲍万是不大愿意住在这里的。

鲍万把房间从上到下仔细检查了一遍，没有发现任何线索。虽然杜拉客此前已经搜查了整整两天一无所获，但他坚信线索一定藏在这个房间里。他坐在床上盯住了地板，推测带方格的地板是按某种顺序排列的机关，一旦踩对顺序就会有一扇未知的大门打开。他又觉得墙上可能会有空格，于是敲了一番，这次有了收获——隔壁二姐又是一通骂。

这个女人，他不想惹。

他呆立在窗边，不远处就是索菲亚教堂。冬日的索菲亚教堂冰霜凝结，白雾缭绕，带着莫名其妙的高傲气质和高冷魅力。教堂前的广场上，秧歌队的老太太们扭腰摆臀，横肉翻飞，不亦乐乎。一帮老头坐在不远处的石凳上眯着眼欣赏，老太太们更得意了，脖子、屁股、腰上一圈一圈的肉快乐地颤动着，像一群套着游泳圈的企鹅。

他心里有了计较，下楼去了广场。

哈尔滨这地方从前是金国属地，如今属于巾帼，不论是金国还是巾帼，都是统治阶层，都是说了算的。给你面子，你是完颜阿骨打，惹了老娘，完颜阿骨打折。现在，一群教士愁眉苦脸地坐在教堂的台阶上，扭秧歌的大妈又来了，赶是赶不走的，只求以血肉身躯堵住门口，维护最后一点尊严——有老太太嫌冷，想进去给上帝展示本土舞蹈文化。

在圣歌和秧歌交相呼应的伴奏下，鲍万向老太太们说明了来意，请她们去抄家。大妈们太激动了！她们文化水平不高，又想甩词，"披荆斩棘""披星戴月"也许是恰当的，然而她们说："这事披麻戴孝也给你办了！"

在搜查这个领域里，国际公认的冠、亚、季军是：已婚妇女、警犬、警探。警探排第三，连狗都不如。女人是谜之生物，第六感简直准到爆，也许是系统自带的天赋，尤其在查找私房钱领域。这些斗争经验丰富、手段凶狠老辣的资深大娘们在陈牧之房间边找边交流，纷纷表示自家老头心思敏捷最是狡猾，智商超越福尔摩斯。有老头把私房钱藏在空心椅子腿里，于是被打断腿；有老头以为吊顶是得天独厚的藏钱位置，最终自己被吊在了屋顶；还有在春天把钱用玻璃瓶装好埋在花盆里种下的老头，到秋天自己差点被埋进花盆里。

每一个巾帼面前的福尔摩斯，最终都泡进了福尔马林。

现在冠、亚、季军济济一堂——有大娘把陪她扭秧歌的哈士奇也带来了现场，这群大妈既专业又训练有素，翻找完毕，迅速将物品还原，丝毫看不出有人动过。进房间时什么样，出房间还什么样，只是变出一个从墙上抽出来的格屉。

白墙上全是格屉，陈牧之的生活用品和画具都放在里面，鲍万也都打开检查过，不过这个格屉下面还藏了一个暗格，当时鲍万还没有敲到，就被隔壁二姐的漫骂终止了工作。

暗格里全是往来信件。鲍万看了一遍，有几封写给陈牧之的情书。鲍万饶有兴致地翻看，姑娘们的情书基本以错字为主，别字为辅。有几封情书字迹和落款不同，内容却一模一样，估计是姑娘们订了同一本生活杂志，抄了它上面的情书范文。他也学杜拉客拿起信闻了闻，居然嗅到了一股香味，应该是姑娘们洒在信上的香水。鲍万都能够嗅到，可知这香水洒得多么豪迈了。

一个署名叫"秀姑"的来信，字迹和文采还不错。从通信内容和数量来看，和陈牧之关系比较亲密。鲍万觉得秀姑的职业很可能是尼姑，她在其中一封信里着重和陈牧之探讨了这样一句话："万象皈依，戒律传宝，化度心回，临持广泰，普门开放，光明乾坤。"

有一封信比姑娘的情书还要浪漫，它是写在五线谱上的："初七Dynamite到站。"没有题头也没有署名和地址，只有这一句话。从这封来信推断，应该是陈牧之订购大拿米炸药后，供货商回复他的信件。"到站"的"站"，应该是指火车站。

既然如此，也就与用寄存牌提出的那箱炸药对上号了。鲍万推测，陈牧之订购了炸药，打算刺杀督办大臣。可还是有疑点：驻地的地形图是陈牧之画的。按理来说，陈牧之如果自己去行刺，没必要带着这张地形图。最大的可能是他雇佣了刺客，在把地形图和炸药寄存牌送给刺客的途中出了意外，经三毛子的手落到了警方手里。

鲍万的思路清晰了，接下来要找到这三个人：炸药供货商、陈牧之、陈牧之雇佣的刺客。

与保障局长的安全相比，炸药供货商能否找到已经不重要；陈牧之已经逃亡，一时也不敢有动作；迫在眉睫的任务是找到这个刺客。

鲍万又翻了一遍那个有暗格的格屉，发现了一张描红纸。

鲍万盯着描红纸，越看越觉得可疑。从笔迹来看，这是一个受过严格书法训练的人写的，可是这字体却说不出来的别扭。这些字荒唐古怪，明明是汉字，却又不按章法。

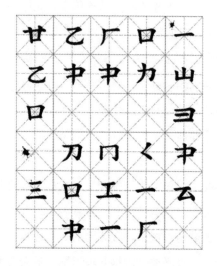

鲍万看着纸上两道明显的折痕，推测这应该是一封信，折两次是为了缩小尺寸放进信封。

"这张描红纸有鬼！"鲍万说。疑神疑鬼是探员必须具备的职业病。当一个探员达到道士境界，看什么都有鬼，就是合格的侦探了。

鲍万看了半天，觉得描红纸上写的不是汉字。这个"乙"字，会不会是英文字母Z？"口"字会不会是英文字母O或者D？"冂"字越看越像英文字母N。

鲍万兴奋极了，既叹服对手的狡猾，又叹服自己的睿智。英文藏在中文里，这个思路应该是没错的，可剩下的字，鲍万盯着描红纸又看了半天，还是推理不出对应的英文字母。

鲍万颓然地躺在床上，把窗外的一排电线当成琴弦，无聊地隔空拨弄着。电线下面忽然喧闹了起来："往左，左，哎呀，左多了，往右三寸。又斜了，左边抬高点，对，对，好！"

鲍万侧身躺在陈牧之的床上，无聊地看着对面楼，一群工人站在脚手架上安装牌匾，工头在脚手架下一手叉腰一手挥舞，气急败坏地指导着。

这群工人大概不是牌匾社员工，是街边随便请来的站大岗的，也就是农民工。之所以称他们为"站大岗的"，是因为他们站姿飒爽，标杆溜直地，如站岗放哨的警卫一样站在街口等雇主。然而他们和站岗的警卫一样，只是摆设，什么都不会，什么用都没有。

譬如上牌匾，技术动作没有问题，安全性也没有问题，问题是他们不识字。老板大概是因为店面新开张，事太多没有出来看，于是这群站大岗的自作主张地，勤勤恳恳地，一丝不苟地，将本应该竖着挂的牌匾，横挂在了门头。有路过的读书人大声在下面喊："好，对对对，就这么横着，再向上一点就妥了！"于是一阵"叮叮当当"，半尺长的大钉子砸进了牌匾，牢牢地吻在了门头上。

也不能怪这些不识字的站大岗的，中国大街上洋人开的洋行太多，招牌全是字母，牌匾都是横着来的，竖着的招牌不是没有，但过于稀少。工头儿在下面美滋滋地欣赏这个本应站着，现在却躺着的牌匾。他双手叉腰，一个站大岗的正在用抹布给他擦拭脸上根本没有的汗水。

躺在床上的鲍万，看着同样躺在门头上的牌匾，笑得很是灿烂。对于横卧床头的他来说，这个角度读起来不费力：工交公司。他乐了一会儿也就觉得没了意思，想起身继续破译密码，他还是坚信自己的思路，英文藏在中文里。就在他起身坐直这一瞬间，他找到了破译密码的关键。

"工交"随着他起身，旋转90度变成了"H -KX"。

写这封信的人确实将英文藏匿在中文里，但他狡猾地把英文字母横着处理了！只要将描红纸扭转九十度再看，一切都清楚了。

这"工"字，把头向右歪90度，再看就是H；"廿"字同样向右歪头看，是D；早前以为"冂"代表N，歪着看实际是C；而"厂"，正是L；难怪"刀"字的勾和撇连在了一起，歪着看是代表R。

鲍万把这份伪装成中文笔画的天书破译后是：13 MAP OF VILLA CHINA ROAD NO.111。

　　破解完密码的鲍万没有那么轻松，为保证万无一失，他特意叫来巡捕房的女文员，也就是闻出酸笋味道、长了一脸水果的刘莲。她扫了一眼说："13号别墅图纸，中国大街111号。"

　　"别弄错了，你再仔细看看。"鲍万的谨慎，却被女文员认为是在质疑自己的专业能力，她气得脸蛋红扑扑的，说："爱信不信！"

　　她有自己的苦衷，用45度仰头的动作展示她既倔强又脆弱的性格，也是很花费体力和精力的。按照小说的情节，此时两人应该相爱了，可这个不解风情的overbearing boss根本不吃这一套。

　　"是时候找茬发一顿脾气，往他身上泼一杯咖啡了。"女文员心想。

六

嫌　犯

中国大街111号。

华界警局大概也嗅出了什么，杜拉客在这里见到了熊代温。杜拉客以手做枪对着熊代温"啪"了一下。熊代温笑了，骂了句脏话。

熊代温说自己来大楼是有任务的。小探员杜拉客问："是不是彪哥被绑架的事儿？"熊代温摆了摆手说："你别问了，知道得太多不好。"在装资深老前辈这点上，熊先生是比较轻车熟路的。

鲍万希望刺客在这里，又希望他不在这里。最初，他当然想平平安安完成这次安保任务，可案情既然已经出现，心态也随之发生了变化。现在对他来说，抓到刺客和抓到三毛子没有什么区别，不过是制止了一起刺杀未遂案。但凡警察都希望破获轰动社会的大案，但要案件轰动，警察是无能为力的，罪犯才是案件的主角。现在鲍万倒是希望罪犯能把事情搞大，最好是死几个人。

死人这种事，每天都在发生，谁都逃不过一死。街上那些人东来西往，看着活蹦乱跳，最终全都会死，不过是在这世上滞留的时间长短不同而已，向东向西向南向北，最终都是一个方向，步履匆匆走向死，自己也是一样。念及此，鲍万不禁怅然又沮丧。

杜拉客叨叨咕咕说："把楼里的住户都召集到楼前的树下集合，绑起来关到道里监狱就完事儿了。"鲍万醒了醒神，对把整栋楼移民到巡捕房的做法，心里是有几分赞许的，不过黑龙江不是山西，那棵树也不是大槐树。

已有探员先行和看门人了解过大概情况，楼里有近百家租户。如果只是排查这栋楼，难度倒是不大，然而情况有点复杂：这栋楼的包租公汪老板特别虚荣，有勇夺"太平绅士"的想法，他虚荣又吝啬，将一楼进出口墙上的放报纸和信函的架子免费对外开放，包括租户，其他任何人也都可以在这收发信件，他认为这做法比捐款撒钱还有诚意，毕竟家书抵万金嘛。

这令鲍万有点心凉，若陈牧之把信寄到这里，刺客进来把信取走，真的很难查。

杜拉客分析，虽然排查范围变大，但刺客一定和这栋楼有某种关系，或就住在这里，或此前住过，或有同伙住过，或住在周边。以此楼为原点查找，应该能查到线索。

杜拉客在地图上画了一个圈。鲍万对师弟们并不抱什么希望，觉得他们脑袋里全是水。杜拉客主动请缨带队调查，热情很高。鲍万听见水声大约已经加热到沸腾了，只好叮嘱了一句："仔细排查！"

还真的查出了几个形迹可疑的对象，杜拉客在向鲍万汇报时神神秘秘地看了下四周，手遮在嘴边，往鲍万耳朵上凑，大有耳鬓厮磨之势。

鲍万赶紧躲开："大大方方说！"

杜拉客情绪饱满地站在办公室中间，以表演广播体操的姿态汇报："嫌疑人共计四人。"

一号嫌疑人，是住208室的熊在前。

他之所以被怀疑，是因为敲门的动作。杜拉客在楼梯口遇见了他，两人礼貌性地点了点头。杜拉客察觉此人走路姿势不对劲，脚不沾地，哆哆嗦嗦。

杜拉客在向鲍万汇报时表演欲发作，猫腰弓着身子蹲在桌边说："我当时躲在楼梯拐角偷看他回房间，这小子在门口不掏钥匙，一个劲地用手揉胸，仿佛心脏病要发作。我就等着他犯病，他就是不犯病。我正要走，他就敲门了！这一敲，暴露了身份！"

鲍万这时才想起，杜拉客是东清铁路俱乐部的话剧团票友。杜拉客很文艺地以朗诵的腔调抑扬顿挫道："任何一个房客走回自己房间时，都不会敲自己的房门。"

杜拉客的五官和长相都没毛病，但是表情管理不到位，面部神经过于发达，别人一笑是灵动可爱的，他一笑像摔跤，五官拥抱在一起，两条眉毛像是被刘邦刚刚斩断的蟒蛇，扭曲挣扎地在脸上打滚。

鲍万觉得这个表情肌活泼的师弟和手下在话剧舞台上应该会有很大成就。

"敲门时腿还有点抖，明显是做贼心虚！更可疑的是他敲得很有节奏，动次打次动次打次，三长两短，这很像接头暗号。这个人不在本案，身家也不会清白。探员把熊在前给绑到暗处，他的表现又特别像贼，连喊：'为什么抓我！我做错了什么？'声调和情感干涩，演技不是很入流。"杜拉客带着同行相轻的心态，向鲍万汇报了这个嫌疑人的情况。

二号嫌疑人，是住401室的丁笏堂。

丁虎棠是大成印刷公司的股东，江西人。据门房说，丁虎棠是被同乡骗来的，他听说在哈尔滨开印刷公司一年能赚好几万，便把南昌城的房子卖了跑来。门房说到这儿，咻咻笑："他不是来印刷公司的，是来开搬家公司的。这人搬家才有意思，从不雇人，都自己整。他也是真有劲，一个人扛着一人多高的铁柜上下楼，走二十个台阶都不用换肩。"杜拉客没太听明白。门房说："都是那同乡坑的。他到这儿就开始换房，从一楼换到四楼，又从四楼换回一楼，越换越小，原来租一楼三居室，现在租到楼梯拐角下面那杂物间了。"

杜拉客在向鲍万汇报时拉过一把凳子坐上去，两条腿缩到怀里，两手抱住，对鲍万说："据门房说，杂物间很小，这人天天这么睡。"

至于丁虎棠的可疑之处，门房说，这人住进来将近一年了，之前每次经过信报架都径直而过，从不看一眼，他也确实没有过邮件。可是，这段时间却天天在信报架前驻步停留，神态有些亢奋。

三号嫌疑人，是住303号房的姚清。

姚清是楚州人，在道外开了一家叫同兴酒楼的江南餐馆，说是酒楼，实际不过一间八丈方的临街铺面，另有三丈方的两小雅间罢了。此人对生意不是很上心，日上三竿才出门，去了哪里不清楚，肯定不是去酒楼，看门的从来没闻到过他身上有葱花味。姚清的解释是，江南菜从不用葱花。另外，姚清说最近他和参股人有点争执，少去酒楼可以缓解矛盾，自己也还有别的生意。

姚清的可疑之处和印刷公司的丁虎棠很像，也是从来没有信件，最近却把信报架当成了窑姐，趴在上面动手动脚连摸带找。和丁虎棠不同的是，姚清最近几天又恢复了对信报架目不斜视的状态。

杜拉客这次没演出，歪着脑袋看着手上的笔记。鲍万问："接下来还有谁？"他支支吾吾说："203室的何家干。他曾在日本学医，可听诊器都用不明白。此人嘴硬，说自己医学成绩很好，在所有外国学生中是第一名。他留学的医专其实只有他一个外国学生。"

若出现毒药事件，何家干是可以被列为嫌疑人的，可这是炸药。这何家干很有自知之明，怕自己草菅人命，已经改行做了作家，经常在《NEW周刊》上发表文章。鲍万问："他有什么可怀疑的？"小杜腼腆中带些兴奋，说："实不相瞒，我买《NEW周刊》主要是为了看何家干的文章，读起来真是爽利，一直想结识，又怕唐突，这次想请他到巡捕房，借这机会认识一下。"

审人也能作为一种福利，这是鲍万万万没想到的，他点了点头，表示支持何家干的脑残粉的假公济私行为。

鲍万用了两个小时听取了杜拉客的情景喜剧汇报，没一个人物入他法眼。再次深入调查，结果确实不怎么样。

最先接触的是没有任何嫌疑的203室何家干。此人见过些世面，西装革履坐着洋车来的，手里提着一个包，进屋先一鞠躬。鲍万问他："知道为什么叫你来吗？"他不错眼珠地望着鲍万，镇定地回答："我有嫌疑呗。"说完打开了带来的包，竟是漱洗用品和替换衣服，说："你们看，我是有准备的。"杜拉客特意叫了杯咖啡，把自己的目的说了。何家干却不喝，说别人喝咖啡的时间他都在写作。接下来杜拉客和他聊得不错，临走，杜拉客把从前没收的一把匕首送给何家干。何家干有点蒙，杜拉客说："你的文章就像这匕首一样，字字见血，见血封喉，痛快！"

杜拉客汇报上来的第一个嫌疑人，208室的熊在前，鲍万当场就根据面相排除了嫌疑。这是一张又天真又痴呆的脸，情商智商全身游走，就是不在脑子里，眼睛又太小，一笑便成两条缝。

杜拉客审后方知，熊在前敲自己家的门，是因为202室的女邻居马桶坏了，来他家借厕所，需要出门回避，所以回来时敲了门。腿抖心脏病发作的症状，是因为他暗恋这姑娘。"见第一面，我就觉得身上中了一刀，刀上还蘸着蜂蜜，又疼又甜。"熊在前指了一下胸口，开始扭捏，脸像大姨妈刚进门，有点红，又不是特别红。暗恋既已公开，他也开诚布公：自己着急回去，是想快些坐在马桶上，和女生间接亲昵……

"行了，够了！"杜拉客不耐烦了，自己的推理被熊在前推翻到了沟里，又羞又窘，"听君一席话，浪费一上午！"

鲍万对熊在前微微点了下头说："祝你打响第一枪！"熊在前当然明白"第一枪"是什么意思，信心满满地说："必须的！"鲍万并不知道，202的马桶水阀就是熊在前偷着关的，他打算下次关电闸，弄好了，与女邻居共度春宵都说不定。

第二个嫌疑人丁虎棠是架着拐来的。

"骨折了？啥时候的事？能动弹不？"杜拉客觉得这小子可疑，谁知道他是不是装的？

丁虎棠最近一次搬家的时候，不慎在楼梯上摔了一跤。为了证明自己不是装的，他把裤子脱了，只见膝盖上裹着厚厚的膏药，整条腿像个"中"字。他又从怀里掏出一张纸，是永德堂的坐堂先生开的药单子。这坐堂先生以误诊闻名。丁虎棠这次冲着骨科名医陈占魁去了省城，糊里糊涂落在这位坐堂先生手上，本是脱白，坐堂先生看过后给的建议是截肢。

鲍万端详着丁虎棠这条腿，突然给了一脚，这一脚用了七成力，不出意外的话，好腿也能踹成双节棍。先是清脆的一声"咔嚓"，丁虎棠愣了不足半秒，随即"嗷"的一声惨叫，两眼一黑，从椅子上摔了下去，两条腿缩到怀里，两手抱住，以胎儿的姿势满地打滚，鼻涕眼泪横流。

鲍万从丁虎棠的鼻涕眼泪中得出了结论："你没有嫌疑了。"

丁虎棠问："警官，您以前学过正骨？"

这一脚，居然阴差阳错把丁虎棠的腿骨复位了。丁虎棠在地上来回溜达，检验结果是，严丝合缝，甚至有加了润滑油的感觉。丁虎棠说要写封感谢信给巡捕房，若不是这一脚给他修复好，还得金鸡独立，再过段时间可能就趴窝孵蛋了。

第三个嫌疑人、同兴酒楼的老板姚清见到警察，两只眼睛像自行车轱辘一样骨碌碌乱转，应该是被吓到了。至于他的嫌疑，几句话便弄清楚了——他根本没有什么别的生意，生活来源全靠这间同兴酒楼。他和其他股东都不会做饭，可有一道菜特别拿手，就是炒鱿鱼。因为好吃懒做，其他股东对他意见极大，打算炒他出局。当然，这也是他们和姚清经营理念唯一合拍的一次——姚清也想炒他们出局。姚清偷拿了酒楼的铺约，联系买家想把酒楼转让出去，每天盯着信报架等买家的回复，最近已谈妥，也就对信报架始乱终弃了。

至此，这几个人的嫌疑算是洗清了。鲍万心里却疑窦丛生，隐隐觉得事情不会这么简单，这几个人也不是什么好东西。

调查中国大街111号这条线索陷入了困境，调查陈牧之的社会关系也不太顺利。陈牧之的浑蛋朋友和当年的手下倒是好找，这些人几乎都有案底。调查了一遍，也没有什么收获。

陈牧之从来没有自比孔子，可外界却传言他有三千门生（外地和外国的不计），其中精通打砸抢"六艺"的有七十二个，称"七十二贤"，这七十二人中最受他器重的，是"十哲"。"十哲"不是十个人，而是一个人，此人便是去年抗议活动的领头人陈无为，因其在江湖缠斗中屡次受伤，骨折高达七次，四舍五入叫成了"十折"。

上述传言的三千门生中，陈牧之只认识"十哲"陈无为，因为其中有两折是他亲手打的。所谓七十二贤，大概是某次谈判时为了场面好看，花钱雇来充当背景板的站大岗的。至于三千门生，真实数字应该是比3000多一点，这个点和做账一样要点在中间：30.00。

社团成员的真实数字，陈牧之并不清楚，陈无为也不清楚。三十人应该是有的，跟着陈牧之厮混的不过十几人而已，无非是占他便宜混个吃喝罢了。随着陈牧之和陈无为一起留学日本，团伙自然解散了。黑社会也要生活，兄弟们散入了农林牧副渔等各个民生领域，或回乡下种田，或上山伐木。大概是多年行走"江湖"以致路径依赖，成员中从事水产批发业的居多，有"尚在江湖"之意。

陈无为现在在哪里？当然在监狱。他从日本回来后，正赶上伙伴公司抗议闹事，以嘉年华形式围堵铁路局被抓后，他一直在监狱。监狱的体验非常好，生活规律，饮食健康，特别是骨骼非常平安——狱警二十四小时全天候持枪保护，没有仇家冲进来让他变成"十一折"。

巡捕房打电话去监狱，说要去提审。监狱那边说，巧得很，陈无为就是今天刑满释放。巡捕房这边一紧张，这不好抓啊。那边说："他还没走啊。既然你们又要抓他，不如直接过来，审完再塞回监房，这多省事！"

有个迷信风俗：出监狱后一定不要回头，一旦回头，则有重走回头路之意。陈无为不信，不是说"浪子回头金不换"吗？我偏要回头。

迷信能够伴随人类发展至今，是有一定道理的。陈无为一回头，见狱警满脸坏笑地追了上来。

鲍万好奇，在提审室很没礼貌地盯着陈无为的手，可惜陈无为一直攥着拳头。

提审陈无为之前，杜拉客告诉鲍万，这是个狠人：陈无为曾打折过一个成名大哥的手指，大哥手指接好痊愈后带着手下堵住了陈无为，要求很简单：你打折我一根手指，还我一根手指即可。这当然不公平，大哥的手指已经恢复到活蹦乱跳，现在却要陈无为斩下自己的手指。陈无为却说没问题，接过大哥递过来的刀。恐怖的是，他并不是一刀切，而是把刀放在自己的左手小指上，饭店雕萝卜花一样，一刀一刀开始削自己的小手指。最后削得只剩了骨头，像一根蜡烛芯一样，孤零零地站在伤口上。再看切口，强迫症发作，自语说"不太整"，又上去一刀，这一刀在小指根环绕一圈，将不规则的皮肉削平！

一二三四五六七八刀，九指十哲从此成名。

鲍万和杜拉客这次只想了解一下陈牧之可能的去向，语气和态度都很和善。陈无为却给脸不要脸，他认为自己已经刑满，没有义务配合这次问询，态度又嚣张，装七秒记忆的金鱼，什么事都不记得，回答如同赖床——"想不起来。""真想不起来。"

鲍万一言不发盯着陈无为，陈无为也仰头对视，陈无为戴着眼镜，却一点书生气都没有，他的两眼间距有点窄，眼睛发着狼一样的蓝光，透着一股邪魅的神经质，看上去却又心不在焉，有些异于普通人的平静，平静得阴森，阴森得恐怖。鲍万终于开口："你要是坚持不说，就走吧。不过，离开你屁股下的椅子，我可不会再给你机会了。你也不想一想，没事我能找你？"

陈无为从椅子上站了起来，不卑不亢地走了，走到门口，忽然又转身走到鲍万面前："我也给你个机会，趁我现在还没走，你还可以再审一次。"

陈无为见鲍万愣头愣脑的样子，大约是不会有什么作为，便大摇大摆出了监区，过走廊时还踢了一脚碍他走路的小偷。

陈无为入狱时是背着手的，出狱亦然，区别是此时手腕上没捆绳子，背着手施施然气定神闲。几十辆豪华马车在等待他荣归社会，两侧几十个小弟垂手而立，还有几个小弟忙着放鞭炮庆贺。那鞭炮可真是气派，十万响的鞭炮盘，竖起来有车轱辘大小，解开后往后面推，越推越小，最后直直摊在地上，像一条足有百米长的红线，不是一条，是十几条，仿佛运动场上画的线一样。

在道上混必须有排场，陈无为踮着脚仔细看了看，认识的不过十来个，其余都是来蹭接风宴的，可能也有一块钱一个雇来撑场面的。还有个女人，细看，是《NEW周刊》记者谭山山，她拿着采访本，边盯着他看，边"唰唰"记录。

兄弟们请陈无为上车，这车的车座卸下去一个，所以能站在车厢里对外挥手，还有个铁皮喇叭，检阅之余可以喊话。他不上车，只拿起铁皮喇叭喊："兄弟们辛苦了，我现在还不走，我要在这门口办点事。"

于是认识的兄弟不走，蹭饭的兄弟也不走，等着领出场费的兄弟更不能走。

有兄弟扛来一卷白布展开，铺在地上足有三丈长。另有兄弟双手奉上一根新拖把，陈无为拎着拖把沿着白布走了七步，盘算着间距。研墨的兄弟已经兑好了一大盆墨汁，他屏息静气，突然一声怪吼，将拖把捶进墨盆，一边猛刷猛扫，一边大吼大叫，手舞足蹈，鬼哭狼嚎，手起笔落，笔走龙蛇，一幅大字跃然布上。这白底黑字特别像吊唁现场的装饰品，具备了令人肝胆俱裂的视觉冲击力，看上去触目惊心，那三丈白布上写着的字气势磅礴，令人震撼："黑心狱狗，迫害良善，公理何在！"

一众小弟把横幅拉了起来，跟着陈无为的铁皮喇叭喊："还我正义，还我公理……"声音清晰洪亮，这边唱来那边和。

远远看着陈无为表演的鲍万和杜拉客想，陈牧之到底躲到了什么地方？这段时间全城搜捕，车站、码头、旅店、妓院、赌场、球馆……陈牧之有可能藏身的地方都被翻了个底朝天，却找不到一点蛛丝马迹，他仿佛人间蒸发了。杜拉客甚至想到了成语"东躲西藏"，开玩笑说："会不会逃亡去了拉萨？"

侦查方向只能重新回到中国大街111号。鲍万用十五斤冻梨又做了一条线，冻梨带来了好运气，它阴差阳错地把刺客撬动了起来，这一动竟有连锁反应，撬了个底朝天。

在调查111号楼这段时间，督察长送来了一筐冻梨和鸡胸脯罐头到办公室慰问。冻梨是北方冬季特色果品，白梨冻透后变得乌黑，吃的时候要先泡水，叫"缓梨"，缓好的冻梨身上会结出一层冰壳。捏碎这层冰壳，鲍万吸吮着冻梨，心里明白，这是催促他赶快结案——"冻梨"是动力，"鸡胸"是缉凶。督察长总是乐此不疲地整这些没用的小把戏。

鲍万当然不会低估刺客的狡猾，也对刺客何时采取行动没有任何把握。但现在案子不尴不尬，一潭死水必须打破。给刺客空间，自己才能有空间，给刺客机会，自己才能有机会，退一步海阔天空。

杜拉客附和说："《NEW周刊》主编封新城的院子就叫退步堂，英文写作Stoup，知退而后进……"他刚想念一下布袋和尚那句"退步原来是向前"，发现鲍万根本没在听。

鲍万和一群师弟边吃冻梨边研究，他们脑子最近像冻梨，脱水后明显好很多，商量出一个主意：撤掉墨镜警卫，换一批新的警察打扮成路人和小摊贩暗中盯梢。刺客应该还隐藏或活动在111号楼附近，不如把没吃完的冻梨作为道具，把假消息传出去，诱使真正的刺客主动出击。

事后看来，这个思路是对的，只是不够缜密，以致让荆轲钻了空子，在探员的眼皮子底下全身而退。他这一退，却把王季新一伙弄了个人仰马翻。

冻梨被杜拉客打扮了一下，绑了红绸带并蒙上一小块红盖头，送新娘子一样热热闹闹地送到了111号楼。曾经的嫌疑人每人收到了两斤，其余六斤送给了门房。

杜拉客说："感谢配合调查，因为你们的配合与协助，犯人已经抓到了，国泰民安的局面又回归了哈尔滨。这是督察长送给各位的小小礼物，不成敬意。"

包租公汪老板的反应最为兴奋，在111号楼外面挂出大条幅:"国泰民安今盛世,警民合作万古长。"整栋楼以及方圆一公里的住户们,全都知道一个刺客已经被神武的警察拿下,目前正在巡捕房里接受严刑拷打。

荆轲伏在111号楼斜对面楼的窗口,他到哈尔滨后,按照孙先生给的地址入住112号楼。无意中见到贴在对面楼的慈善小告示,得知这栋楼的信报架是公用的。准备与陈牧之通信联络时,他想到可以把信邮到对面,如此,在密信的基础上,再加上一层掩护。他观察发现,上午10点左右正是门房换班之际,大概有一刻钟的真空无人状态,因为上班高峰已过,此时也没有什么人进出,正好趁此取信。他考虑得很周全,又写了几封信邮寄到自己租住的公寓房间里。

上次调查时,荆轲与陈牧之只有一次信函往来,门房又不在,即便有住户从信报架旁经过,也根本不会对他留有印象。调查到对面楼时,他摔了一跤正在卧床养伤,卧床如何杀人?当时负责调查的警察也有些大意,就此排除了他用对面楼信报架的嫌疑。

现在他盯着像陈晓卿脑袋一样黑不溜秋的冻梨思考:这会不会是烟幕弹?如果不是,难道还有另一个刺杀的同行?若真如此,对自己来说倒是个机会。刺客已经拿下,考察团的安保自然会懈怠,行动的成功率就会变大。

他要再实地勘查一次。

他的腿并没有摔断,躺了几天,已经消肿。现在,荆轲以正常人的步行速度、正常人的平静神色在驻地别墅前逛了一回。门口的警卫撤走了，门房那一老一少也恢复如初，假牙老头带着新牙小孩正在啃着酱骨头，一脸的油光。一条流浪狗蹲在门口，谄媚地把尾巴摇得像电风扇，等着混块骨头。

在流浪狗被假牙老头吊在树上剥皮的时候，他确定，警察放出的是假消息。

荆轲至今安然无恙，得益于他曹操般的敏感多疑和神经质的观察力。似剪刀的二月春风和荆轲的目光，把这群人的伪装铰了个稀碎：首先眼神不对，总是不务正业四下打量；演技更是青涩、浮夸、造作。说到伪装，他认为在这个领域里泰山北斗级的伪装大师是生姜，它能伪装一切：猪肉、牛肉、鸡鸭鱼肉，肉块、肉片、肉丝、肉丁、肉末……

这帮暗哨的伪装和生姜比，中间隔着一百个演技爆棚的碰瓷老太太。

街口那三个年纪不大的浮浪人，双手插在两侧的衣袋里，流里流气地吹着口哨，应该还是警校的学警，努力让自己看起来是在寻衅滋事，但腰背笔直，一脸正气，正是警校训练出来的站姿。

蹲在地上抽烟的小贩，尽管穿上了万能的黑棉袄黑棉裤，脚上的鞋却出卖了他们。暗哨脚上的鞋子一定是便于奔跑的，脚上的鞋显得过于合脚了。在哈尔滨，一般人若是35码的脚，棉鞋必须是39码，不给鞋垫、棉鞋垫、棉袜、厚棉袜、加厚棉袜预留这4码的空间，整个冬天，你的两只脚将以鼓槌的形式存在，在冰冻如铁的大地上击打出悲壮的乐章。

至于那几个等活儿的黑篷俄式马车夫，更像是在开诚布公地告诉荆轲——我们是警察。虽然车夫在自己的车上闭着双眼，小贩的叫卖声都没有把他们从睡梦中惊醒。藏在车身后隐蔽角落的一个小细节出卖了他们：车牌是连号的。街口的马车号码是458，街中是457，街尾是456。至于穿过这条街左拐十几米那一辆正管456的567，应该是街尾马车的上级。

"对于你无法分辨的菌类，统统当成有毒处理。"荆轲这种处理方式是正确的，只不过他的观察对象出了小差错。他认为的警察里，有一个他的同行——王季新。

巡捕房前的便民鼓敲响了。

巡捕房有报警电话，但很少有人往里打。便民鼓是鹿中原的创意，他总能把平淡的工作弄出戏剧感，作为巡捕房督察长，他不用自比，属下也要把他比作包公，包公在中原开封设立鸣冤鼓，东北包公认为在自己的英明治理下肯定没有冤情，但百姓需要警察服务，进出大楼还是不太方便，就买了一面六尺宽的大鼓，名曰"便民鼓"。按督察长的要求，此鼓一响便要接待，不过没人去敲，东北人处理事情尽量私下解决，警察除了扰民没有任何作用。所以这个报警器对哈尔滨人来说，有点像21世纪的电动车报警器，除了扰民还是扰民。

鲍万被敲得心烦，伏窗看杜拉客正和一个半大老头急头赖脸说着什么。鲍万下楼，男人老脸蜡黄，像烧碱放多的老馒头，见鲍万一身官架子，转头气喘吁吁对着他喊："我要见督察长，有要命的事，有人在秦家岗大桥下干坏事。"

非常时期，一丁点异常都要密切关注。这人描述的地点确实有点敏感。

这座桥在郊区，除了运送物资的车辆路过，几乎没有人在此逗留。按照这人的描述，就在一小时前，有两个人鬼鬼祟祟在黑灯瞎火的桥下挖坑，鲍万有些警觉，会不会是刺客在埋炸弹？

七

拆　弹

敲鼓的人是个马车夫，专走从哈尔滨火车站到南边的三姓车站这条远郊线路。当晚在三姓车站上来一个乘客要赶回哈尔滨。马车快到城郊的秦家岗大桥时，便可远远望见城里的灯火辉煌。车夫的兴致不在灯火，却特意看了几眼黑乎乎的秦家岗大桥，透过城里的灯光，大桥显出了漂亮的剪影。

给大桥起名时，铁路局有文员曾以《阿房宫赋》"复道行空，不霁何虹"句中"霁虹"二字取名"霁虹桥"，解释说："霁虹者，谓雨止云散，长桥如虹是也！"这当然是文员的托词，实际是拍马屁，因为铁路局局长夫人名叫季红。不料文员拍在马蹄子上，局长烦透了自己老婆，被季红瞧，他难受，于是干脆以地为名，直愣愣叫了"秦家岗大桥"。

但是马车夫管这座大桥叫"鹊桥"，记得那年七夕节，他约了姑娘到桥上看风景，天降大雨，两人躲在了桥下，他挑逗说："七夕这天为什么总是下雨？你以为是牛郎织女的眼泪吗？"接着，便做了不可名状的坏事，他们的儿子就是在这里种下的，因此给儿子起名叫"桥制"，桥下制造，听起来很是洋气——George。

乘客也在看着大桥，似有所感，自语道："这地方干坏事不错，黑灯瞎火的。"车夫脸上的表情竟有了些娇羞，幸福甜蜜地发红了，又望了一眼，发现桥下居然出现了两个身影。乘客也发现了："你看，还真有干坏事的。""净瞎扯，那是两个铁路维修工。"仿佛自己的秘密被发现了，车夫为深夜桥下的两个身影辩解道。

车夫自己也确定了，这不是偷情，从身形看是两个男人。两个男人在一起没什么奇怪的，用道具助兴也没什么奇怪的，可是谁见过用锄头铁镐催情助兴的？谈恋爱带着锄头，林黛玉吗？两人锄头舞得风生水起，干劲十足，铁轨都砸出了火星子。

大概是车夫的反驳激起了乘客的好胜心："你怎么会认为是铁路维修工？如果是维修工，干活为什么不带灯？""可能灯坏了吧。"车夫说完，自己都觉得站不住脚，哈尔滨人都知道，铁路局设备都是最好的，维修灯自然也不例外，是委托伙伴公司代购的美国通用电气公司的进口灯泡，电灯一开，陈晓卿的黑脸蛋都被照耀成能吃软饭的小白脸。亮度、质量没的说，寿命更是长得令人瞠目，他们的广告很有意思，把寿星公那个大脑门PS成了灯泡，加上广告语："老不死的东西。"

这两个摸黑干活的，确实不像是铁路维修工。乘客兴致颇高，继续说："你看他们的轮廓，穿的也不是铁路局制服大衣，应该是貂儿。"

在东北，一般人的着装是：棉帽、棉袄、棉裤、棉鞋、棉袜、棉手套。如果还冷，那就学俄罗斯套娃，再套几层。但是有一件貂，就身轻如燕了。棉制品和貂的保暖机制不一样：前者是通过有效降低热损耗保持热量；貂是通过集中别人艳羡的炙热目光达到直接加热的效果。这东西也是真的贵，哈尔滨人把它叫"貂儿"，注意这个"儿"字，意思是貂和儿子一样重要，甚至重要过儿子，"貂"在前，"儿"在后。在哈尔滨，"三代单传"说的不是孩子，是貂儿，呵护备至，一代一代往下传。

经乘客这一提醒，车夫确定那个毛茸茸、圆滚滚的轮廓，确实不是铁路制服大衣，是貂儿。穿着貂儿干粗活是不可能的，这两个穿貂儿的不可能是苦哈哈的铁路工人。

乘客意犹未尽，盯着两个人的身影又说："你看，那两人躲到桥下枯草丛里了。他们心虚怕被发现，不是做坏事，是做什么？"马车拐上了桥，只有马蹄敲打声，作业的声音彻底隐匿了，下桥走了大约两里地，叮叮当当声再次隐隐地传过来。"要是家门口跳秧歌的也这么懂事就好了，要是隔壁那对新婚小夫妻也这么懂事，就更好了。"鲣车夫默默认同了乘客的判断。

客人下车后，深受启迪的车夫越想越觉得有理，桥下这两人非奸即盗，是偷枕木，还是撬铁轨？这不重要，举报奖金最重要。车夫调转马车直奔巡捕房，举报完，献哈达一样把两手摊开在鲍万、杜拉客面前要奖金。

杜拉克跟他解释说，这钱不是警察出，是巡捕房出。解释没用，给冻梨也没用，车夫不屈不挠地献哈达。杜拉客想起上午抓了个放风筝偷东西的小孩，这小贼也是有本事，在风筝上拴了个小钩，爬到屋顶，用拴钩的风筝偷了对面人家搭在衣架上的丝绸手帕，被抓了现行。杜拉客被逼出了小机灵，说："这样可好？有个小贼正等着家里交罚金，等他家人来了，罚款就当奖金转给你。"

车夫顺着杜拉客的手指望向楼梯角下羁押处，惊诧道："桥制，你怎么在这儿？"

小贼是车夫的儿子。这趟报警，像是他车上剩下的那半瓶酒，老白干了。

杜拉客已经把车准备好，特意选了辆大车作为补偿，把驾驶的位置让给了车夫。桥制已经上车，小手东摸西摸，忽然又不见了踪影。只听得一阵"咚咚咚咚"后，才爬上了车，小脸兴奋得蜡黄，像烧碱放多了的馒头，拍着他爹的背龇牙说："敲这鼓确实过瘾！"

星星像小偷的眼睛，贼眉鼠眼地眨着，回头看，银河如一枚炸弹，划过夜空直冲哈尔滨，炸出一片万家灯火，几乎和天上贼眉鼠眼的星星连为一体了。

炸弹的位置一到现场便被发现了，这刺客还算用心，埋好炸弹又铺了一层雪。可惜有点仓促，雪里轻轻一踢就露出一段线，一段粉红色的电线。

电线控制的炸弹在国内十分罕见，又安在枕木中间，排弹作业空间狭窄，稍有不慎就会引爆。铁路局接到求援后，急派东清铁路哈尔滨总厂的爆破专家赶赴现场，此人姓何，长相很是喜庆，有点像日本店铺里的招财猫，球形身材，眼眯眯的，脸胖胖的。鲍万发现他脸蛋的肉多到摇摇欲坠，转头时脸上的肉竟然能甩动，于是问他吃过饭没。他摇头，两个垂下的大脸蛋子果然甩得东来西往。

　　何专家围着大桥远远转了一圈，招了招手，招来一个扛快匣子的。此人有个习惯，工作前必拍照，目的有两个，万一爆炸，一是给同行留个资料线索，二是给家人留个凭吊的念想，"高手在人间，失手在阴间"嘛。只听"嘭"一声，快匣子的镁光灯腾云驾雾的瞬间，借着亮光，只见何专家胖胖的左脸刻着"百年好合"四个字，应该是枕头上的绣花压出来的，估计惊扰了一场新婚好梦。

　　原以为整个排爆过程会惊魂动魄、起伏跌宕，杜拉客都为这次排爆的报道打好了腹稿，谁料简直是轻描淡写，庖丁解牛。何专家循着粉红色的电线走出涵洞，钻进了十多米之外的枯草丛中，拎出了一部Siemens电话匣子，将电话匣子放回地上，沿着电线原路返回，直走到铁轨边上，拿出一把剪刀，庆典剪彩一样，"咔嚓"剪断了电线，扒开雪堆和路基石堆，拔萝卜一样拎出一个直径约一尺一二寸，高尺许的大铁罐。

　　排爆工作就这样结束了。

　　事后，何专家解释说，这所谓的"电控炸弹"原理其实并不复杂：把带有电热丝的电雷管放进炸药，连好电线，电线另一端连上Siemens电话匣子，电话一摇，产生的电流加热电热丝先引爆雷管，雷管再引爆炸药，就成了。所以只要把电线剪断，下面这颗炸弹就是个一点用处都没有的太监了。

　　鲍万问："既然只要剪断电线就没事，为什么不在电话匣子那边直接剪掉，偏偏冒着风险在炸弹的连接处剪？"

何专家说："你知道规矩吧？结案之后，爆炸设施我们要拿回去研究的。"

鲍万点头。何专家接着睡眼惺忪地说，他家卧室到接电房的距离，正好是电线到炸弹的长度。

安保工作的重点放在从别墅到火车站的路上，以及排查站内隐患，现在又要延伸到铁路沿线。鲍万当然知道这是不可能完成的任务，他根本不在意，因为这次回程，火车根本就不会出站。

炸弹拆除后，经化验分析，和在火车站提回的箱子里的炸药同出一炉。电话的来源很快就查清楚了，这款电话哈尔滨只有一家订购，就是陈牧之家。

拆弹的时候，桥下多了一群东倒西歪的醉鬼。此中有个洋醉鬼，鲍万自小就认识，他就是热烈喝彩影戏院的老板考布切夫。此人很有意思，不止放电影，闲暇之余还进行艺术创作，在市区里拍摄些城市民生，对哈尔滨抱有浓厚的猎奇心，结婚、乔迁、裹小脚、乞讨都是他的拍摄主题，运气好的话，还能拍到刑场杀头。总之，他没事总喜欢在大街上寻觅天灾人祸、奇人异事。

今天秦家岗的大地主秦老太爷下葬。中式葬礼对洋人来说很新鲜，考布切夫一直想拍一个千里冰封、万里雪飘的北国风光大葬纪录片卖到欧洲。岂料瞌睡遇到枕头，鬼佬拍鬼最是名正言顺，秦家人主动找上门来花钱请他去拍，他自然兴高采烈扛着机器去了。

考布切夫认真记录了葬礼全过程，确实热闹隆重，和尚、道士、牧师，三教合一济济一堂做法事。更令其震撼的是，虽说从秦家庄园到墓地的距离很近，但也有几里地，可送殡队伍一直延绵到墓地，甚至发生了插队加塞争吵推搡的现象，充分说明了秦老太爷生前人品好，死后免费的白事宴菜品更好，考布切夫吃到肚子圆满，农家小烧度数和味道都像伏特加，又喝到家庭圆满。他在酒桌上认了一堆中国兄弟，踉踉跄跄东摇西晃地结伴回城了。走到大桥，他们见到警车和快匣子"扑哧"一亮的镁光灯，知道有事儿，便围过来看热闹，赶都赶不走。

幸亏没赶走，以为追查铁罐来源要费些功夫，谁知这群酒鬼帮了忙。炸弹拎出后，和考布切夫勾肩搭背的铁匠铺老板一眼就认出了大铁罐出自自家店铺。他平日里谨小慎微，根本不想与警察有瓜葛，没承想看热闹看得兴起，酒后的虚荣心被周遭热情高涨的氛围点燃，不由得高高举起手，大声宣布主权，如愿地引来了所有酒鬼的炙热眼神。

运气不错，这批铁罐不但货量少，并且卖得很少。铁匠铺老板看了看说，不是前天就是前年卖出去的。问他能不能回忆出买铁罐的人长什么样，老板一个酒嗝，到边上吐去了。跟着他的伙计插言说，前天的那人很高，打扮和街上的人一样，黑棉袄黑棉裤黑棉鞋黑棉帽黑手套，长相实在不好说，那棉帽子捂得密不透风，应该是在外面走了很久，眉毛和眼睫毛上的霜结得很重，胡子上也是霜雪，"有点像谁呢？这人我肯定在哪里见过，具体在哪里却想不起来了"。

"他什么口音？"

可惜那人一直没说话，只用手指交流，在太极拳和"剪刀石头布"的肢体交流下，买了一个铁罐。这倒没有太引起鲍万的注意，这个城市的外国人太多了，只会一两个词儿也能活得舒坦惬意。

铁匠铺老板吐完回来，发现被伙计抢了风头，一脚踢了过去。这一踢，伙计忽然想起了一个细节：那人离开后，自己正好出门送东西，跟他一个方向，到了街的尽头，看到他从别人手上接了一捆木柴扛肩上就走岔了，他的动作很古怪，铁罐拎在左手，右手那捆柴扛得十分小心，生怕碰坏了似的，"我当时还在想，城里人真是可怜，一捆木柴就跟宝贝似的"。

他哪里知道这捆柴的价格足够给他娶个媳妇了。

"你个山炮！那是快匣子！"清醒过来的铁匠铺老板唠叨着。

哈尔滨照相有两种形式，一种在照相馆里拍，另一种是在街头找流动快匣子拍。快匣子机身是一面镜头，另一面是取景的长方形木匣子，下边是木制的三角支架。伙计认为的那捆柴，就是快匣子收起来的三脚架。

回到巡捕房，鲍万迅速查看了几处的进出记录，不论是伙伴公司、驻地别墅，还是111号楼，都曾出现过快匣子，引发爆炸的人有可能与刺客是同一人，此人极有可能是摄影师，或隐藏于某个照相馆，或在外摆摊。让他想不通的是，那刺客像蛇一样狡猾异常，一点点风吹草动便蛰伏冬眠，许仙都勾引不出来，可此番埋炸弹的行径和此前的谨慎判若两人，一个深思熟虑的案犯，在买铁罐的过程中一句话都不说，这种刻意不但会给人留下印象，甚至会产生可疑，这不是一个心思缜密的刺客应有的表现。一个谨慎狡猾的人，怎会处处给人留下线索？

这是一个人还是两个人？鲍万隐隐感觉到一丝不寻常。他心里已经有了一个判断，从电话订购单来看，这场爆炸案应该和陈牧之有关，现在他想知道的是，这到底是陈牧之独自策划的，还是团伙作案。

为了不打草惊蛇，可以先从工部局登记在册的照相馆摄影师档案里排查可疑对象。因为职业原因，这些摄影师的资料比别人多了一个特征，大大降低了排查难度——资料上都有照片。

到工部局辨认的过程，让探员们大开眼界。调查发现，整个哈尔滨没一个合格的摄影师。摄影刚进入中国时，中国人对这种盒子非常恐惧，他们认为摄影实际是摄魂，是洋人残害中国人的一种巫术。科普十几年终于破除了迷信，哈尔滨这群摄影师又回归从前，他们拍摄的照片都是对焦不准模糊一片，富有先锋意味和实验色彩，看着就是一锅胡辣汤的特写，五官模糊不清，确实像魂儿。加上此人去买铁罐时，全身裹得严严实实像木乃伊，唯一露出的那一双眼睛，睫毛和眼眉上又都结了一层白霜，伙计和老板都没有认出来。

倒是回去的路上，伙计见到秋林商场橱窗里亮着灯的圣诞老人白眉白须的样子，一拍脑袋："难怪觉得在哪里见过，就是这老头。"

热烈喝彩影戏院位置不错，在中国大街与西十二道街交会处。影戏院就是后世的电影院，电影进入中国，因为和皮影戏很像，就叫成了"影戏"或"活动影戏"。又因为放映用电，不是用蜡烛作光源，又称"电光影戏"，慢慢简化改叫了"电影"。

热烈喝彩影戏院被老板考布切夫打扮得花枝招展，醒目的大字招牌镶嵌在立面上神气活现。放映室外观有法国风度，大橱窗展示明星剧照，在古典主义建筑里彰显新艺术运动，豪华典雅，穹窿顶浪漫十足，女儿墙立面勾勒了线脚，窗上装点了饰物，好看，甚至还有一点儿梦幻感。

昨天考布切夫就在桥边拍摄葬礼全过程，其中一段路必须经过秦家岗大桥，运气好的话，或许能在胶片里找到某些线索。不出所料，葬礼全过程确实被他完整地录制了下来，整盘胶片五百尺长。鲍万突然产生了一个想法，问考布切夫摄影机价格，"等巡捕房以后有了钱，每个街口都安上一台摄影机。更有钱，每个商铺门口也都安一台，没日没夜地拍，有人做坏事就调出胶片来看，多么省事啊！"

考布切夫也来了劲："厕所和澡堂里面也安一个！"

当然，摄影师不能用考布切夫，他的胶片里人物脸孔一律虚化了，看清这些人的脸十分困难，就算是特写，考布切夫也能把这些人的脸拍成一堆黏豆包，他的影片风格就是这样。鲍万没有奢望看清五官，能有个身高体态作为参考，便可以推进一大步了。看了三遍，桥下一直没有出现人，他觉得应该让铁路俱乐部的话剧团票友杜拉客来看，因为除了掌握假哭的表演技巧，毫无所获。

考布切夫也不想再陪下去，去做舞台总监了。

放映大厅此时已经开启，金色大厅上的舞台幕布徐徐拉开，黑暗的舞台上突然出现了一束光，一个小胡子在椭圆的光圈里傲然挺立，巡视四周后鞠躬，朗声道："哈尔滨首家二人转电影剧场开业了，性感配音演员现场演绎，陪您嗨翻天，给您不一样的体验！各类视听享受，一角即可畅享所有！更多精彩，尽在热烈喝彩二人转电影剧场！"

鲍万问什么叫"二人转电影"，考布切夫有点得意，指着台上的小胡子说："他创造的新艺术。"

二人转这种东西出自田间地头，和庄稼一样，开始是绿色的，到了后期，肯定要变黄。最初哈尔滨的二人转也很黄，去年开始突然干净了，之所以如此，全赖督军张雨亭。张督军微服私访看过一场二人转，乐得前仰后合，但是回家一检讨，发觉笑是不对的，是违背价值判断的，可问题是当时怎么乐得那么起劲呢？张督军想"还是素质有问题"，不是自己素质有问题，而是演员素质有问题，下令改良，"二人转"必须去掉"转"，可以唱，但不能动。于是，二人转处在了灭亡关头。

而电影艺术也好不到哪里去。热烈喝彩影剧院刚开业时是引起过轰动的，但新鲜劲马上就过去了，中国不缺这东西，皮影戏票价要比它便宜多了。票价是一方面，主要问题是哈尔滨人看不懂，因为是默片，人物个个像进曹营的徐庶，一句话都没有。若是日本出品，悄然无声心照不宣地看一男一女"二人转"电影，生意是没问题的。然而这影戏院却一本正经地搞艺术，总是放映法国电影，只有《马赛曲》，没有马赛克，于是怨声载道，"热烈喝倒彩"。

就在电影艺术也要灭亡的紧要关头，一个英雄出现了，他力挽狂澜救艺术于水火，他独辟蹊径地将中西艺术有机地嫁接，他灵心慧性天衣无缝地发明了一个崭新的艺术形式——二人转电影。

创意就是这个小胡子想到的，此人有一项天赋——模仿声音十分厉害，只要你和他聊过天，他马上能惟妙惟肖地把你的声音完全复原，感觉是刚录制好的一张唱片。小胡子叫汪建刚，爱好文艺，自然看过电影，突发奇想找到考布切夫，说如果电影里的人物能够开口说话，那将是翻天覆地的革命性创举。考布切夫觉得这想法着实有趣，两人一拍即合。于是把乡下的二人转班子弄进城，根据电影里的画面，在角落里配音。

乐队在西边的暗处，东边是配音演员的位置。中间是大银幕。银幕左右是一副对联，上联是：《浔阳楼》上《大西厢》里《包公赔情》。考布切夫说这是二人转著名的曲牌，下联则是电影名：《定军山》前《宁武关》外《木兰从军》。横批"热烈喝彩"。鲍万只看过《定军山》，问："《宁武关》和《木兰从军》什么时候上映的？"考布切夫踌躇满志道："这是我将来要拍的！"

小胡子汪建刚退到幕后，板胡、三弦、竹板、大鼓、唢呐、铜锣按部就班叮叮当当奏响了前奏。电影上演，放映的是乔治·梅里爱的《月球旅行记》。影片讲述天文学家决定到月球上去探险，他们来到一座机器工厂，在一个漂亮女人的帮助下，科学家们坐进炮弹里被发射到月球上……

汪建刚和配音的二人转演员开了几次创意会，决定用二人转《回杯记》和《马前泼水》配这部电影。影片一开始是一轮明月，于是汪建刚就唱："我闷坐绣楼啊，眼望月球啊，思想起二哥哥在上面旅游……"画面出现大炮，汪建刚把手里的二踢脚点着，又用木棍使劲打一个空箱子，"嘭"的一声，科学家们就落在了月球上。不仅营造了真实生动的场景，也增加了趣味性。这哪里是视听享受，比立体电影还要逼真。珠联璧合的唱词，惟妙惟肖的拟音和画面衔接得天衣无缝，前排观众笑得前仰后合，把后排观众的鼻子都撞出了血。

鲍万眯着眼睛看着舞台上的汪建刚，忽然想起来了，这人他认识，是自己从前的街坊。看着舞台上的汪建刚，他忽然笑了，记得小时候这孩子学陈牧之说话，那可真是太像了，特别是笑声，学得惟妙惟肖。陈牧之的笑声很特别，有种清洁的气质，具体来说，笑得像是泡沫擦玻璃的美声版，嘎吱嘎吱的。汪建刚没事就学，陈牧之听后惊叫："这是我的声音？怎么这么难听！"接着，恼羞成怒把汪建刚揍了一顿，很没风度。

鲍万隐隐觉得这个从前的街坊有用，至于何时用，怎么用，用在哪里，还不清楚。

八

审　讯

巡捕房本打算带着铁匠铺伙计上街辨认快匣子，杜拉客桌上《NEW周刊》里的一篇文章让他们省掉了这番折腾。

1837年，法国画家达盖尔成功发明银版摄影术，"达盖尔的旗帜"开始在法兰西上空飘扬。七年后，法国海关官员埃迪尔带着一台相机漂洋过海来到中国。看官须知，这银版照相术，是用镀银的铜板放在碘溶液箱，生成碘化银底片。在自然光线下，碘化银依照光线强弱形成浓度不同的金属潜影，再放进盐水定影。这套操作程序使得拍摄时间超长，需要在阳光下暴晒三十分钟左右才能成片，这也是拍照与"茄子"的关系之由来，非拍摄时自语，乃手持小像，见脸晒得黑紫之慨然。

1901年，日本人石光真清在马家沟开设菊地照相馆，此时湿性珂珞酊底版已经成熟，摄影速度缩短到了一秒即可成像。茄子这才开始挂在哈尔滨人的嘴边。念叨多了，当地的一道以土豆、茄子、辣椒组合的"地三鲜"炒菜也开始有名了。茄子因为整日被人念叨，于是喷嚏不断。于是这道菜采用了勾芡的手法，黏糊糊的芡汁，形象直观地表现了茄子喷出的鼻涕。虽小小恶心，却是致敬之举。

这篇《茄子、摄影与地三鲜关系考》，便是守贞大照相馆的老板王季新发表的。杜拉客刚刚参加过《NEW周刊》的年会，年会也邀请了王季新，忽然觉得铁匠铺伙计描述的那个人，无论个头和眉眼都像极了王季新。更重要的是，王季新是广东人，而铁匠铺那个人全程用手势，一句话都没有说。这说明什么？说明他怕暴露自己的外地口音。

运气来了挡都挡不住，杜拉客本想去《NEW周刊》报馆查一下王季新的地址，孰料竟然遇见了这只傻狍子。

中国的保护动物，一般是中国人吃出来的。狍子比较特殊，是自己傻出来的——它们的好奇心很强，看见新东西总要停下来研究研究，甚至猎人大喊一声，它们也会停下来分析分析刚刚发生了什么，傻狍子一生的回忆录，就是一本《十万个为什么》。

杜拉客从巡捕房出发去《NEW周刊》报馆，特地叫车夫绕了一小段路去秦家岗大桥。他路过时往大桥方向瞄了一眼，这时，桥下忽然伸出了个脑袋，令他马上起疑。案犯再度返回案发现场的情况很常见，这个看似聪明实则是傻狍子的蠢货被他撞到了，就是王季新。

傻狍子观察了一下周围环境，在大桥下遗体告别似的转圈，边转边疑惑地挠头，第三圈后放弃思考，走了。传说狼在身体前行的情况下，脑袋却能180度转向，叫"狼顾"。傻狍子谨慎多疑地表演了这个动作十数次，这让坐在车上的话剧团票友杜拉客受益匪浅，原来表演回头可以如此夸张和重复，下次上台试一下。

狍子进了一个胡同，杜拉客要车夫跟上去，车夫说胡同太窄，不好掉头。下车后，杜拉客犹豫了一下，还是跟了上去，刚到胡同口，狍子竟迎面出来了！现在整条胡同只有一人一狍一根电线杆。杜拉客背上汗又下来了！谁知道他身上藏着什么凶器？仓促出门根本没有带枪，身上的铁器只有兜里几枚钢镚，用钱砸死他？

狭路相逢智者胜！只可智取，不可力敌！

距离只有十几米，怎么办？主动打招呼说"你好你好"？杜拉客这一想法电光石火之间化解了困境，胡同里有一家老北京炸酱面馆，北京人说"你好你好"，听起来就是"尿尿"。

杜拉客果断地一转身，解开裤带对准了电线杆！天寒地冻，他却忽然感受到一阵春雨般的温热——尿手上了。

这傻狍子好像真的傻，他并没有任何警觉，只是深深地鄙视地朝这边看了一眼，从杜拉客身后过去了。杜拉客顺着狍子的目光抬头，面前的电线杆上写着醒目遒劲的六个大字——"专治杨梅大疮"。

胡同里果然有一家守贞大照相馆，就在老北京炸酱面馆的对面，门口木牌上用隶书写着："弧光摄影、美术照相、精巧放大、冲洗胶片、各种着色、代制铜版、各式镜框、无一不备、工精术美、价目低廉。电话:一九一一号。"

老北京炸酱面馆外间只有掌柜，招呼打得亲切："尿尿，里面请！"这炸酱面馆倒是入乡随俗，满足客户需要：哈尔滨洋人太多，除了北京菜，还有西餐。杜拉客点了沙拉和比萨，东西上桌后，他笑了：沙拉是东北大凉菜，比萨就是煎饼果子。不用猜，汉堡肯定是肉夹馍。

杜拉客一边吃一边和掌柜闲聊："照相馆怎么开到一个小胡同里？"掌柜说："嘻，处处特别，就说开张，居然选了大年三十。"杜拉客心里笑：这日子选得有心机，想躲得过初一，也躲得过十五，必是犯罪团伙。掌柜又说："胡同口已经有了一家照相馆，他们还开。"杜拉客问："生意如何？"掌柜说当然没人来，不过胡同口那家沿街照相馆也没人来。

杜拉客问："那他们靠什么维持呢？"掌柜说："闹不清楚这些人，穿得倒是漂亮，个个洋服，油头粉面，花枝招展，当相公的材料。"

杜拉客问："这些人的钱从哪来的？""您还别说，这些人经济，还真是靠照片。"边上一个食客忽然插话，又暧昧地笑。杜拉客依稀想起这是一家照相馆的修版师父，便搭讪叙旧。这修版师父最初对杜拉客没有任何印象，一听请他吃饺子，马上印象深刻起来，又听说有啤酒，饺子就酒，越喝印象越有！杜拉客今天的运气确实好得不得了，此人名叫王星甫，现在是守贞大照相馆的修版师傅。

杜拉客本想再点一斤白菜馅饺子加一瓶啤酒，被王师傅抢了先，菜单都不看便娴熟地报菜名："三鲜馅饺子，砂锅白肉，里道斯红肠，鲇鱼炖茄子，小鸡炖蘑菇……"接着扯着脖子对后厨喊："二舅妈，别整太淡啊。二舅，今天我这朋友请客，你也过来整点！"二舅便是这家炸酱面馆的掌柜。

二舅亲昵地挨着杜拉客坐下，也扯着脖子对后厨喊："他二舅妈，加个锅包肉！""好嘞！"二舅妈把锅包肉端上桌后并不走，扯过板凳亲昵地挨着二舅坐下，拿起筷子不请自来地跟着吃上了。

杜拉客问"守贞"是何意，这修版师父不识字，却自以为是地伸出五指，努力伸张到五指欲裂，才说出名字的正确断句——"手真大，照相馆"。因为老板实力雄厚，项目投资时大手大脚花钱如流水。其实，这"守贞"实际是"守真"，名字是老板的朋友张学乘取的，语出《庄子·渔父》："慎守其真。"意为保持真元和本性。用在照相行业最是恰当——素颜如何，照片便如何，真实还原的意思。

这个名字倒解释了照相馆生意冷清的缘由。中国人除了自己的遗像没法动手脚，哪一张照片不想大刀阔斧地美图？老板好像对这名字和事业也没有足够的重视，做牌匾时并未找专业师傅，是朋友拎着油漆桶帮忙写的，迷迷糊糊把"真"写成了"贞"。"守贞"，弄得照相馆像做牌坊的。

杜拉客的钱虽然被炸酱面馆的二舅赚了，却也意外收获一个外甥。二舅在四两啤酒醉意烘托下情感暴发，和杜拉客成了结义兄弟，修版的小王师傅理所当然成为杜拉客结义外甥了。外甥比舅大三岁，大外甥不但赞叹小舅舅花钱手真大，因为老板说有事不回来，更答应带他进"手真大照相馆"暗房要要。趁着醉意，杜拉客和自己大外甥到了守贞大照相馆。一进屋，一股扑鼻的酸臭呛得他两条眉毛拧成了一根麻花。说这些人靠照片吃得脑满肠肥，可整个照相馆一张照片都没有，墙白得像不会化妆的女人脸。

暗房倒是专业，量杯、量筒、冲洗罐、固定夹、暗袋、放大机一样不缺。暗查的结果令人满意，杜拉客在桌子底下有了发现：一盘电线，有手指粗，粉红色，和爆炸现场起出的电线一点不差。

更重要的是，从外甥手里得到一张合影，上面的人，一个叫黄福森，一个叫王季新，也就是那傻狍子。

王季新能躲过上一次工部局的认证，除了自身包装得像圣诞老人，更重要的是他这家开在胡同里的照相馆根本就没有登记。现在这张合影里的王季新被杜拉客在眉毛和眼睫毛上涂了一层白油漆，再叫铁匠铺的伙计看，确定无疑了。

杜拉客率队再赴守贞大照相馆，大外甥被揍得鼻口蹿血才恍惚记起，隐隐听王季新说过"在桥下做"，更确定无疑了。

《基督山伯爵》的"等待和希望"，正在守贞大照相馆里了。胡同口现在像是貔貅的肠子，两端便衣已经就位，可以进，绝对不可以出。这次蹲守不像从前那般枯燥，快匣子就在屋子中间，杜拉克叫大外甥拿来底片，自己扮成摄影师，给同事拍了身份证照、半身照、全身照、大合影，"茄子"声不绝于耳。因为是守株待兔等王季新，他还自作主张叫了"胡萝卜"。"守株待兔"最终是"守株待two"，一捉就是两个，王季新和同伙黄福森一起回的照相馆。

回去的警车遇到了结婚的车队。道外那边结婚一般用轿子接亲，道里的居民时髦洋气，用汽车，不是一辆，是一支车队，新鲜气派又风光，相当唬人，引得路人驻足。结婚是喜事，处处讲究讨个好彩头，婚车自然也不例外。因为Ford有"福"字，彩头好，所以一般接亲都用这个牌子的汽车。今天这对新人有点特殊，算是半新不旧，女的丈夫刚死，继承了家产后再嫁，于是头车用的是新型Buick，意为"别克"新丈夫。

技巧过硬的头车司机现在控制着整个车队的速度，一切顺利。他回头得意地说："别以为拿一张地图就可以搞定这行车线路，地图上没法显示路况信息、行车时间、周边环境。说句不好听的，好司机跟犯罪踩点是一样的，做事前就得把路线弄清楚……"

司机说得对，只是有些突发事件是不受控制的。车队开到丁字路口，中间忽然插进了一辆不伦不类的警车。车里的人打扮却很应景，新郎身上绑着红绸带，警车上那个身上绑着粉红电线。最先反应过来的是中东铁路交响乐团的乐队，《婚礼进行曲》嘎吱一声就停了，接着便乱了套。

头车的新人和司机意识到出了问题，伸出脑袋向后看，一脸惊愕。王季新好像就是为了给这对新人添堵才来哈尔滨的。

原来都是熟人。这对新人是王季新的顾客，婚纱照就是在守贞大照相馆拍的。当时，王季新忙得满头大汗，终于对焦成功，照片确实没有糊，但是重影了，新郎虚得厉害，左看右看，怎么看都像新娘亡夫的魂灵。

游街是最受广大群众欢迎的行为艺术，可算是集观赏性、刺激性、娱乐性于一体了。围观的人一层一层地赶赴过来，一眨眼已经拥过来一大簇人。那三三两两的人，也忽然合作一堆，潮一般向前进，将到街口，便突然立住，簇成一个半圆。却只见一堆人的后背，颈项都伸得很长，仿佛许多鸭子被无形的手捏住了，向上提着。

王季新被电线绑得不能再紧，竟然勒出了八块腹肌，浑身的肌肉曲线毕露，性感十足。随着呼吸起伏，紧缚在胸口的电线不断收缩，像一根橡皮筋挤压着王季新的胸部，先是又涨又疼，忽然感受到一股异样的、夹杂着一种怪诞的幸福感蔓延到了全身。前车花童沿街抛出来的彩条随风飘到了王季新的脑袋上，围观群众便兴奋起来，顶着花花绿绿的王季新也开始兴致大发，当街赋诗一首：

空壳个因袭，苁蓉做出口。人都想一番，芭服修领头。

哈尔滨人觉得他们见证和参与了一首名作的诞生，更兴奋了，先拍着巴掌喊好，再回头问边上的人："他说的什么玩意？"

照相馆对面的炸酱面馆老板指着车上的汪摄影师，教育孩子说："看见没，活干不好，会被抓起来游街的。"

王季新一进大堂就赞叹："劲啊！"哈尔滨巡捕房有魄力，把刑讯室直接放在了大堂，这创意来自督察长，将接待大厅开辟为一块大的展览区，桎、梏、挈、老虎凳、枷具、杠子、脑箍、荆条、皮鞭、吊架、檀木靴之类的刑具，按展会商品一样布置在其中。不用复制品，直接上实物。这些使用多年的刑具沾满了鲜血和怨气，阴森恐怖。这本身已经很有威慑力了，督察长又突发奇想，令人从乡下搜集废弃破庙里的雕像搬进巡捕房，或者戴上枷锁，或者放倒捆绑在老虎凳上。选择破庙的雕像不是因为缺钱，而是因为这些雕像本身就残破不已，或没有头，或四肢残缺。加上刑具，更加直观。俗语云："人是苦虫，不打不行；人是木雕，不打不招。"

一般初犯或没见过世面的犯人，进了大堂，腿先软得像面条，经过展区，就像隔夜的面条，黏成一团迈不动步子了。再问："招不招？"这巡捕房就成了婚礼现场，犯人无不答道："I do."

比较适合刚才路遇的那对新人。

王季新也是新人，他从来没接触过警察和巡捕房，这也是他能躲过警察的视线的主要原因。俗话说"贼有贼相"，做坏事的人和正常人的气质是不一样的，以貌取人是科学的。然而这新人一张白纸，警察看不出端倪。毕竟，他的表现也和别人大不一样，被抓后第一个反应竟是：白瞎一晚上挖的坑了。

十几个宪兵和警察来到守贞大照相馆进行搜查，找到现洋五十块、金表一只、比国制七出手枪七支、《通鉴集览》计二十四本、阳明学计三本、残缺小说计七十一本、地图一张，更重要的是，搜出了一沓描红纸，上面的字说不出来的别扭，像鬼佬的字母。鲍万叹了口气："果然是陈牧之！"

搜出来的主要是照片，因为太多，统一装进一个大箱子，回巡捕房等候细查。手忙脚乱之际，滑出一盒照片。搜查工作是很枯燥的，这一盒照片令探员们兴奋了，呼吸也开始急促起来，双目圆睁，活像蜻蜓。

王季新的经济来源弄清楚了，确实如大外甥所言，是靠照片为生。

春宫图的诱惑是一个正常男人无法抗拒的。鲍万少年时代曾经看过唐伯虎的《风流绝畅图》真迹，身体里的血液就迷了路，先是涌上脑子，面红耳赤，发觉不是正确方向，转而直冲向下，直奔有海绵的宝宝。一张手绘的春宫画，让他傲然挺立了足足一个下午。而现在，是真人出演的照片！

杜拉客忽然明白了，摄影师嘴里念叨的"您是要侧光、逆光，还是全光"说的是这个，又觉得拍照喊"茄子"变得有点暧昧了。

王季新这批照片还兼顾了传统，中国春宫图都有题画诗，他的照片也有，选用的词牌十分贴合主题，有《贺新郎》《相见欢》《醉垂鞭》《入塞》《九日》等。探员们围着一张一张欣赏，边看边提问，蹲在墙角的大外甥和伙计一一作答。后发觉有一册照片画面一样，细看又有点小差别，有点疑惑。

"这个啊，卖得最好了。"大外甥有点得意，试探着站了起来，见没人呵斥，试探着走过来接过照片，"你像我这样快点翻。"左手捏住，右手把那一叠照片弯起，大拇指轻轻滑动，那一沓照片迅速翻动，照片上的西洋女人便动了起来。洋女人有点胖，大白虫子翻滚的场面有点像养蚕的科教片，一众探员看得目瞪口呆。

室内一片寂静，文书在搜获清单上"照片一箱"的"一"字上加了一横一竖一点一撇，成了"照片半箱"。这大概是巡捕房有史以来最具人性的一次贪赃枉法了。

"牧之道！"王季新的回答几乎是紧接着提问，干脆利索地蹦出来的。

最初杜拉客是比较欣喜的，郑重其事写下这三个字，问到具体是牧之道几号，回答依旧是"牧之道"。牧之道原来是江南人聚集的一条街，伙伴公司发达了之后，陈老爷子把这条街冠名"牧之道"，这条道的旁边是"晓卿街"，这两条街道的特色是没有路灯，暗喻这俩孙子一条道跑到黑，起码街道上的居民是这么认为的。

直到十三月酒家的广西籍老板娘和她弟、她老公、伙计等翻译团到来才弄明白，王季新说的"牧之道"，是粤语"不知道"。

原以为对付这样一个犯罪小白自是不在话下，哈尔滨的警察抓人不在行，审人却有一套：炒爆蒸煮熏酱熬，烘炖焖煎炸煸烤，一套操作下来，口供哗哗往外出，铁扇公主也得从嘴里吐出个猴儿。哪知王季新和黄福森两人合体成关汉卿的铜豌豆，蒸不烂煮不熟捶不破炒不爆，任你狂轰滥炸兀自岿然不动，一概"牧之道"。时间一分钟一分钟过去，审讯进展却像抛锚的车，一直停在牧之道上，没有挪动一寸的迹象。

爆炸案引起了哈尔滨官场的关注，老爷们派来师爷观摩，他们当然希望巡捕房动武，眉飞色舞地在大堂劝警员们赶紧上刑。记者甚至已经打好了腹稿，标题是"鹿督察长痛斥黄福森痛哭流涕，鲍探长拳打王季新鬼哭狼嚎"。

这倒激起了鲍万的好胜心，低级讯问才会蠢到用刑讯的手段，高水平的讯问是以理服人，拼的是智力和情商。不招供并不影响定罪，物证人证齐全，犯人口供并不重要。不过，口供是面子，"我招了，我服了，我败了"，鲍万一定要让汪、黄服输，自己舒服。

王季新一直盯着鲍万的枪看，那种目光仿佛是旧友重逢，开心却又带着不解和困惑。他终于开口了，飙出一串纯正的北京官话："您这枪从哪来的？"

"什么意思？"

"没什么。"

"说说陈牧之跟你什么关系吧！"

王季新总算是开了口，却一味耍无赖，声称自己不知道犯过什么事儿："要不，你们把陈牧之叫来，给我启发启发？"

鲍万和杜拉客交换了眼神，起身对王季新说："你在这慢慢琢磨，一会儿再给你启发启发。"

两人到了楼上的办公室，杜拉客一脸苦笑看着鲍万。鲍万点了支烟，慢悠悠地吐了个烟圈，又仰头望着天花板。半支烟的时间过去了，杜拉客忍不住了："说吧，你肯定有办法了。"

"去热烈喝彩影戏院，把陈牧之找来。"杜拉客一愣，随即醒悟："漂亮！"

王季新可能根本就没长心，警察传讯后，他在楼梯拐角的羁押处耷拉着脑袋睡得正酣，甚至发出悠扬的鼾声，不一会儿却被踢门声扰了好梦。警察二话不说，架了他就走，押解到走廊时，忽然听见屋里传出鲍万的声音："陈牧之，你他妈干的好事！"

稍停，鲍万又开口了，声音带着些爱恨交织的亲切："牧之，你们一伙都在这了，要我说咱也别扛着了，有什么说什么，知道多少说多少吧……"

片刻静默后，只听陈牧之道："当大哥的，拿兄弟脑袋去换命？我们曾经的出生入死、肝胆相照算什么？"

"算成语呗。"鲍万不疾不徐地说，"行，我等着，不信你不说。"

"你他妈慢慢等。"

支棱着耳朵的王季新凉透了，声音如假包换，确实是陈牧之。这位先生用东北话来说是有点"二"，他的家乡话叫"七"，大呼呼地要开门进屋和陈牧之聊一聊，被探员劈手拽回，一个趔趄撞开了对面的门，一股浓烟喷泄而出，云苦雾罩里，却见同伙黄福森正一身大闸蟹造型绑在椅子上。

被扯进黄福森隔壁房间里的王季新有点慌乱了，他竖起耳朵，门被半掩上了，隔音情况并不太好，隐隐约约听到陈牧之似乎没那么坚定了。这一惊吓，竟然出现了啼笑皆非的状况，审讯时有吓哭的，有吓尿的，还有吓瘫的，他的反应独特，吓得打喷嚏了。这一喷，相当于激活了账号，继而喷得昏天黑地、涕泪齐淌，喷得两个探员心律都紊乱了。两个探员问了半个多小时，废了好几页纸。并不是王季新不愿配合，实在是控制不住，一问就打喷嚏。两个探员也不再记录，盯着他不说话，任由他演。

此时陈牧之那边没了声音，大概是进入了灵肉交锋的阶段。黄福森的房间里，情况也不是很好，昨晚他在照相馆被守株待兔后，一直沉默不语，探员也是不露声色，在桌子上摆了一条烟，意思很明显：看谁能熬过谁。

"吸烟有害健康。"黄福森终于开口了。

好兆头，开口即开始，探员丢过一根烟："反正你也快死了，抽一根尝尝。"黄福森磕磕绊绊抽完了半支香烟，除了不停咳嗽，还是一言不发。隔壁王季新的喷嚏停不下来，和黄福森的咳嗽遥相呼应，一唱一和，有板有眼。

站在走廊的鲍万被两人弄得烦躁，忽然想到什么，跟审讯员耳语，让他把桌上的口供纸拿来。

一小时后，鲍万又来了，把一沓材料甩在桌上，点上烟，煞有介事地低头翻了几页，眉毛拧成了一根绳子。他狠狠把烟头掐灭在烟灰缸，突然抬头死死地盯着靠在暖气边上歪着头的王季新。

"你知不知道，我最喜欢你这种自作聪明的笨蛋了。"

王季新咧嘴一笑："我也喜欢你这种自作聪明的笨蛋。"

"什么时候听出来的？"

"第三句吧，声音确实和牧之很像，不过牧之从不说脏话。"

"聪明，可你的喷嚏打得也太久了吧？"

"什么时候听出来的？"

鲍万把刚才的口供拿到王季新面前，指着上面记录的"啊、嚏嚏、嚏嚏"，晃了一下迅速收回，面带笑意："摩斯密码嘛，都记下来了，信息量很大啊！"又把头转向对面审讯室的黄福森："他有几声倒是真咳……"

王季新的笑僵了僵，血色褪下来，点了点头："你问吧。"

王季新很快交代完毕，在供纸上按了手印。鲍万把黄福森的供纸也递到王季新面前："你看看，黄福森说事儿都是他一个人干的，你只是跟班。"王季新摇摇头："乱讲，他才是跟班。"

"都是砍头，不用争。"

傻狍子的好奇本性一直没丢，问鲍万是不是故意把他和黄福森放在一起的，鲍万实话实说："本来是想让汪建刚伪装陈牧之的声音，这才故意把你们放在一起的，结果被你识破了。可是你不该打喷嚏，他不该咳嗽。你俩聊得太出位了，傻子都听得出来是在发密码。"傻狍子倒是放得开了，说："那个人学陈牧之说话还真像。"鲍万笑了，说："能不像吗？汪建刚第一次模仿人，就是学陈牧之。如果不是陈牧之，他都不知道自己有这能耐。"说完，忽然来了兴致，像泡沫擦玻璃一样，嘎吱嘎吱笑了起来。

王季新也笑了，说："你也挺有才，也挺像，他笑起来确实是这样。"又问："我的供词对你有啥用？能升官吗？"鲍万也是实话实说："真没啥用！"

鲍万又说："再跟你说个实话，我只听出是摩斯密码，内容哪里翻译得出来。发现没？你的供纸上写的打喷嚏，跟你真实的喷嚏根本不一样。"

鲍万做到了让罪犯心服口服，还有戏弄嘲讽，算是出了30%的恶气，剩下70%的恶气，还要等真正的对手，可惜还没有找到。

王季新在供词里说，陈牧之和他是朋友，陈牧之要把铁路督办大臣弄死，作为朋友，他不能不帮忙，所有行动计划、设备、炸弹、住所、落脚点都是陈牧之安排的，他和黄福森只负责埋炸弹。

鲍万觉得，以王季新和黄福森的水平，并不具备执行这次行动的能力。陈牧之很可能是这样设计的：以王季新打前站做烟幕弹吸引警力，为真正的刺客行刺创造时间和空间。如若王季新露了马脚被抓，那么就牺牲他，以此蒙蔽警方，造成刺客已经落网的假象。王季新不过是一张挡箭牌，是为了掩护真正的刺客。

三毛子提供的信息让鲍万确定，还存在一个对手。

三毛子的家对探员来说，相当于巡捕房开设的窑子，想泄火就去，一通蹂躏，临走还得吃个宵夜。可这段时间每次都寻他不得，孰料今天他自己送上门来，挑着担子，一头放着被褥和换洗的衣物，另一头是煤球炉和锅碗瓢盆。

杜拉客对三毛子说："你先说说信封吧！"

三毛子说："捡的。"

"行，你说出从哪来的就行，今天肯定不抓你。"

三毛子却说不把他留在巡捕房，他就不说。杜拉客同意把他送进监狱。三毛子纠正说，是留不是抓，不能送进监狱。他拍了拍行李提出要住在这儿，并有指定位置，就是一楼楼梯下边的三角区改成的临时羁押房。这地方有铁栅栏可以把他和外界隔绝，他测算过距离，从铁栅栏到他预订的那张床铺，足有三米长，即便要杀他的人冲进来，只要躲在这羁押区的角落里，除了关二爷的青龙偃月刀，啥家伙也捅不到躲在三米外的他。

杜拉客叫他别废话，赶紧说情况。

三毛子便把当天在十三月酒家吃饭，遇见陈晓卿打人，他劝架时偷了信送给陈晓卿，结果越界遇到俄国流氓，藏信在雪堆，挨完俄国流氓打后回来取信，却遇到鲍万和杜拉客这一过程说了。

他最初只是后悔失去了和陈牧之结识的机会，哪料到事态急转直下，陈牧之因此逃亡。他原本不以为意，可是警察找到十三月酒家后，该死的饭店伙计把他和陈晓卿当天的事都说了出去，更该死的是自己又跑回去为陈晓卿买单，并在饭店当众宣布要帮他跑腿邮信。自己和这封信是脱不了干系了，陈牧之早晚都会知道是自己给他坏的事！即便陈牧之被抓，陈牧之的兄弟也不会放过他。现在只有一个地方能够保命，那就是巡捕房。

经过数日思考，三毛子打扮成小贩进了巡捕房。

三毛子豁出去了，把火车站偷了寄存牌的事也一股脑说了出来。这一交代，让鲍万彻底清楚了。三毛子先是在火车站偷了一个人的寄存牌，因寄存处的女人认识他，不敢贸然提出寄存物，想找个朋友帮忙，孰料没等找到合适的人选，就遭遇了十三月酒家陈晓卿与荆轲的战争，再然后，就没有然后了。

所以，除了已经归案的王季新和黄福森，还有一个刺客。

三毛子交代完，自顾自地把行李扛到了羁押区，摸出随身带着的铁丝打开锁，一头钻进去，从此三十个警察环绕身边，安全又气派。

九

爆　炸

荆轲从《NEW周刊》获知："卢楚铁路督办大臣将于二十五日十点乘坐专列从哈尔滨站返汉。"

早上五点，荆轲从方正县的旅馆起身，收拾妥当赶到车站，搭上了混合列车。恐车不准时，他特意早起，一小时后就抵达了哈尔滨火车站。

果然，火车经过秦家岗大桥时，警察的身影多了起来，待到下车，站台上已遍布警察与暗哨。

荆轲差点儿笑出声，却只是歪了歪嘴角。死士的微笑。

天给地又做了一件貂儿。雪下了一夜，远处的岗坡盖了一层皑皑的雪，仿佛巨大的白色孤坟。此时，雪还在下，灰蒙蒙的天黏黏地粘着雪地。远远地看着火车站，屋顶和墙壁都披挂了碎琼乱玉，像是被胡乱涂抹上奶油的蛋糕。

现在的车站像一只绑了脖子的鱼鹰，到站的乘客简单检查就可出站，而进站必须接受全身搜查。进站口排成了长队，一个警察把进站的乘客浑身上下摸了个遍，另一个拿着一大块黑乎乎的东西，应该是磁铁，再次全身过一遍。乘客进站后在一个区域集中等候。

安保收紧，荆轲早就预料到了，但没有想到会如此严密。

他在前一天洗了澡理了发，穿上英国的花呢料子西服，搭配围巾、费多拉帽，戴上没镜片的德国蔡司眼镜框，再次前往火车站踩点。路过站前旅馆时，他发现门口有人拎着暖水瓶和一个瓷盆，隐隐听见里面有人说"不许出门""想方便在屋里解决"。

这是戒严了。

如果旅馆都如此严格控制，明天进入车站的难度一定会更大。于是荆轲临时决定先坐车去外地，早晨赶火车回来进入站台。手上的列车时刻表里，无论距离还是时间，方正站最适合。到了方正站前宾馆，这里气氛倒是宽松，没有任何防范。

回哈尔滨这趟车只剩下不用对号落座的三等票。上车的情形让他耳目一新：站台前的少壮青年动作整齐划一，火车进站时，他们将袖子撩起，火车停稳后，他们把行李箱置于额前，车门打开，行李箱便成了开路之装甲，他们以每秒两米的速度狠狠地撞过去，凭借人箱合一高超的挤人冲刺技巧，从登车口杀出一条血路，迅速抢到座位坐下，然后便一动不动了。车厢极其狭窄逼仄，人挤人，动也不能动。一车人几乎是以装进坛子里的戚夫人的"人彘"状态被运输到哈尔滨的。

"贫"字拆开为"分""贝"，翻译家大约受了这拆字法的启发，把声音强度单位decibel译成"分贝"，这翻译倒是极具中国特色和中国火车特色——越穷越喜欢叫嚷。三等车厢的乘客以穷人为主，这些萍水相逢的乘客眉飞色舞地口头淫乱着，一个荤笑话说完，脚底那笼鸭子嘎嘎嘎笑得前仰后合。

好不容易下车时，荆轲隐隐感到有点不对。这个不对就是——没有人看他。哪怕他故意与警察对视，都能感觉到目光的躲闪。

候车室的茶馆里也是如此，几个便衣茫然地瞪着眼睛，掠过他环顾四周。他点了咖啡，没有动一口，茶房拎着的那个暖水瓶他认识，就是昨天站前旅馆用来方便的那个。车窗外，那节专列就停在铁轨上，还没有接上火车头。

他漫不经心地看着站台。九时许，警乐团在月台上开始演奏，白茫茫的站台花枝乱颤起来。一队挥着彩旗的送行队伍进了站台，茶座的便衣们也站了起来。荆轲起身去了行李房，取出寄存的箱子进了厕所，几分钟后，一个怀揣炸弹的警察从厕所里出来了。

一辆黑色福特车缓缓驶进站台，一队警员也早已等候在站台处。几个训练有素的摄影师架着快匣子在最好的位置上候着。

最佳中的最佳位置，自然属于热烈喝彩影戏院的老板考布切夫。他一本正经地站在月台上，身前是那台著名的摄影机，任务是拍摄一部"热烈欢送"的宣传片，以彰显此次送行的重要程度。

车已经驶入了站台，欢送队伍挥着彩旗，军乐队奏响了乐曲。督办大臣从车里钻出来，回身挥了挥手，向热情高涨的下属致意。摄影机追随着他的身影，仪式接近尾声，考布切夫的胶片还有五百尺左右。这五百尺胶片，将记录这次刺杀的全过程。

　　送行的专列一共五节车厢，前两节供随员乘坐，第三节是督办大臣的豪华车厢，第四节是警卫，最后一节装行李。

　　巡捕房新来了一批警校毕业生，面孔都很生。另外送行的人多，新警察们负责先将行李物品搬运上车，荆轲趁机混入了第四节车厢。他走近豪华车厢，发现门是开着的，只有一个守卫背对着自己看着窗外。时机不允许荆轲多做思考和判断，他一个侧身进了第三节车厢。

　　置身于这节奢华车厢中，荆轲的情绪有点复杂，有嫉妒，有愤怒，还有一丝惋惜。像《NEW周刊》主编封新城说的那样，这是一节"地球的头等舱"——"车厢两侧皆为大理石铺砌，上有镀金雕饰，光彩绝伦，车内设施均为极品，地板铺以大理石砖，上设洋毯，两边以缎帘为屏障，车厢有谈话室、休息所、食堂、寝室、洗浴所等。设备有电铃、蓄电池灯、电扇、靠椅，华丽精巧，比之御车亦不逊色。"

　　"旅途在乎的不是目的地，而是沿途的风景。"大约是受此话启发，车窗的设计很巧妙，用的是油画外框。这样，每一个车窗都是一幅画。倚靠或坐在座位上，可以欣赏不断变换的画卷，领略广袤无垠的风光。

　　待他欣赏完车厢的装饰，将炸弹攥在手里藏在身后，才发现整个车厢空无一人。

　　鲍万的设计成功了。

　　经过筛选，找到了一个最像督办大臣的替身，替身先从站台登上列车，向送行的警察挥手致意后，从火车另一侧车门下车，登上第二站台的另一列火车。从这时候开始，豪华车厢成了一个放大的捕鼠笼，等待刺客莅临。但凡可疑的人靠近车厢，一律放行，请君入瓮。

荆轲下意识地退了一步，车门外传来了两声"咔嚓"，这是落锁的声音。再抬头，他看见了另一列火车窗口里的督察长嘴角挂着一丝诡异的微笑。虽然相隔足有几十米，荆轲却清清楚楚地看到了督察长微笑时眼角细碎的皱纹。他又看到鹿中原摊开了手，轻轻地拍了拍巴掌，似乎要将他这个一直未谋面的对手，像蚊子一样拍在手心。

隔着两扇车窗，他们像美术馆里两幅油画里的人物，隔空对望。

一辆蒸汽车头正向刺客所在的车厢缓缓行驶过来。

火车汽笛长鸣一声，随即，车头后退与车厢接驳，惯性使然，车厢剧烈震动，荆轲被震得一个趔趄，身体开始向左倾斜，右腿因为脱臼刚刚痊愈，反应能力骤减，整个身体"咣"一声侧砸在了车厢板上，右腿又脱臼了。

手里的炸弹"咕咚"一声砸在地上，蹦了一下，竟又弹了起来，在空中似乎沉默了一下，忽然像花儿一样绽放了。一声巨响，车厢顶上顿时炸出一个大洞。整扇窗户像风筝一样飘上了天，白烟旋即从黑洞洞的窗口滚滚而出，这股烟浓郁又黏稠，如一团生机勃勃的少年的初液，恣意狂放地奔泻而出，转瞬间幻化成一只猛虎，翻滚着向上奔去，又忽然坍塌，巨大的白虎以自由落体的姿势砸到了铁轨上。振荡起的冰碴和雪沫，烟花一般铺天盖地向他冲了过来，噼里啪啦砸在玻璃上，爆响过后，碎裂的玻璃又从空中坠落，刺向目瞪口呆的人群，殷红的血珠四处飞溅，妖艳夺目地喷泻在刚刚沾满冰雪的窗口。

杜耒《寒夜》有句："寻常一样窗前月，才有梅花便不同。"

此刻这车厢壁诡异地文艺起来，那殷红的血点合着冰雪，雪白，血红，斑斑点点地铺在上面，瞬时成了一张绚丽的国画大写意梅花图。一株梅树笔直地挺立在车厢壁上，红艳夺目，一片片冰雪和一滴滴的鲜血。血梅花带着血腥的感染力，看起来就如同一丛丛火苗在窗上跳跃。它迎着漫天飞舞的冰雪，傲然挺立着，寒凝大地，洁白典雅，粉色如霞，千姿百态，灿烂芬芳，点缀着残冬。粉嫩的花蕊散发着血腥气味，那血花白里透红，润滑透明，美极了。

一股黏稠的血水从腹腔里直喷出来，如同一团猩红的烟雾朝车厢喷泻过去。身体贴在车厢上的荆轲用手摸了摸自己的腹部，却摸不到，低头发现已经炸透了，透过窟窿，他看见了车厢的大理石，银白色的大理石非常好看，纹理自然，干净又朦胧的意境，他把手伸进窟窿，石头摸起来温润光滑。荆轲觉得自己快要融进这块石头里了。车顶的雪如瀑布一般倾泻而下，落地后又再次反弹，整个窗户白得像电影幕布，看起来冷峻且神秘。

教堂的钟声敲响了，十点整。栖息在钟楼里的鸽子飞向天际。

考布切夫的摄影机旋转着，忠诚无比地记录着。

经过昨天夜里的折腾，为安全计，那条埋着炸弹的火车线只能暂时封闭，车厢要换轨，火车头也要重新接驳。鲍万感觉到脚下的铁轨有些微微发颤，并听到了一声汽笛。他的笑僵住了，皱纹像火山熔岩一样慢慢布满脸上，停滞了。

这节火车头的出现是意外。为了保密，巡捕房只简略对车站站长做了口头通知，火车调度这一块，因为戏要做足，考虑再三，决定不能把抓捕消息透露给司机，爱岗敬业按部就班的火车司机按照工作流程，把车头开了过来。

本是荆轲为督办大臣送行，现在调转为大臣送荆轲上路了。

荆轲没有想到的是，自己在马车上的分析导致马车夫报案，把王季新送到了警察手里；王季新没有想到的是，因为自己埋下的炸弹，迫使火车重新接驳车头；鹿督察长没有想到的是，这接轨的碰撞居然引爆了炸弹；Jimmy没有想到的是，为了表达诚意多放的两个雷管……

无论是谁都不知道竟是这样的结局。

进入现场的鲍万眉头紧皱，两眉间的肌肉挤成一个翘臀形状。车厢已经烂得像一锅东北乱炖，稀溜溜黏糊糊狼藉一片。爬进车厢，这锅乱炖里西红柿的投放比例偏大，红呼呼一片，惨不忍睹，车厢后半截炸得破烂不堪，厢顶炸出一个大洞，一束灿烂的阳光透过洞口，瀑布一样倾泻下来，车厢内到处是飞溅的碎片、鲜血、断肢，在这束光柱的照射下显得诡异恐怖。

欧洲人狩猎有个习惯，他们吃掉动物的肉，会将猎物的头做成标本挂在墙上，现在鲍万面对着这样一整具半成品。刺客就粘在车厢壁上，全身血肉模糊，头颅高高地望天，肚子彻底开了洞，像一个"京"字。这"京"字下边的"小"不完整，右腿不知去向。荆轲还没断气，但已经没有太多力气睁眼，只余一条细小的缝，茫然地看向天，目光停滞在半空，好像在抓什么。此时他还能说话，时而昏迷时而清醒，必须马上"双抢"，抢救、抢口供。

杜拉客大喊"棉被"，想用被子堵住创口，无人回应，又喊"有没有毛巾"，然而都没有，倒是站前卖馒头的一直向前凑，问："用馒头堵一堵？"杜拉客呵斥着，顺便普及下常识，说这种人血馒头是不治痨病的，要砍头的才行。他不知道能做些什么才能延续荆轲的生命，喉咙里不由自主地咕哝着《金刚经》，也不管是否有用，他只知道现在这个男人的每一句话，都是破案的关键。

在鲍万的逼问下，荆轲含混不清地说了一些真假难辨的昏话，鲍万先问他名字，他说自己叫"五月"，很显然，在身遭如此重创的情况下，他还保持着一定的清醒，还在自我保护。杜拉客插嘴道："我他妈还叫屈原呢。"鲍万示意杜拉客闭嘴，连珠炮般地发问："炸弹从哪来的？同伙还有谁？"这壮志未酬的刺客眼神却已开始迷离，世界突然失去了颜色，空落落白茫茫一片，自己茫然地站在这白茫茫里，好像是封存在布丁里的果粒，动不了。没有时间，也没有空间，前后左右都是白，视觉、听觉、触觉、嗅觉、味觉全都消失不见了，彻头彻尾的寂静，又冷又黏稠。这是一种被锁住的感觉，宇宙只剩下了自己，自己也变得越来越轻，越来越白。就在他觉得有点孤独的时候，他被一只手拉住了，这只手白得近乎透明，他抬头，手的主人隐藏在白茫茫中看不见，只是拉着他向前走。手上的一颗小小的黑痣让他欣喜："秀姑，是你？"

"秀姑"两个字让鲍万一愣，鲍万依稀想起陈牧之的信里有"秀姑"这个名字。"是秀气的秀，姑娘的姑吗？"他想确认得精准些，又问了一遍是不是这两个字。荆轲已经筋疲力尽，"嗯"了一声，陷入了昏迷。

要搞清楚刺客的身份、作案工具和作案动机。现在只能通过爆炸现场的细微线索，再由此判断、追寻其可能的来源。首先要弄清的是爆炸物成分以及引爆方式，探员们将金属碎片、纺织品、冰碴碎石浮土装了十几麻袋，弄到站前广场上用施工筛子一批批过滤。

探员们人手一个放大镜，认真细致地排查筛选出的物证。阳光很好，杜拉客尤其认真，因为专注于某个点思考，以致放大镜持续聚焦，为探员们的工作增添了很多亮点，成功地将一批遗留物烧出斑点变成七星瓢虫。关键性的证物就是这样出现的，杜拉客的放大镜下忽然"刺啦"蹿出一簇险些把他眉毛烧掉的火苗，炸弹的雷管铜皮和罐头残片就这样被发现了。经过组合复原碎片，大体上推断是一个长约5寸，直径约3寸，和罐头形状大小一样的铜罐。化验残留物，确定了爆炸源是大拿米炸药，铜雷管引爆，炸药量应该在半斤左右。现场没有发现定时装置和导火索残头，属于撞击火雷管引爆。经检验，与火车站寄存、王季新一伙的炸药成分一致。

　　探员们还在分析能够从冰地上抠出多少有效物证时，杜拉客去了医院，情况很糟糕，事发现场的当事人基本都陷入恐惧中，特别是负责车厢落锁的那个探员，因为离得比较近被炸晕了，在医院里摸着自己的脖子说："我脑袋去哪了？"没头脑跟着不高兴，大骂刺客，没一句人话。杜拉客只能耐心启发其他人尽量回忆当时场景，然而这些人给出的答案活像莎士比亚的名著，一千个现场目击者，拼凑出一千个哈姆雷特。

　　荆轲死了，只留下含混不清的"秀姑"。鲍万认为，既然荆轲临死时说出了"秀姑"，就按照确有秀姑这个人来查。可是现在警方对荆轲的身份一无所知，怎么查？陈牧之家搜出的信件中有一个落款"秀姑"的人，陈牧之和秀姑有交集，这个死去的刺客，也和秀姑有交集？

　　本以为调查这个"秀姑"会是一番人仰马翻的大动作，

孰料鹿督察长听说"秀姑"后，表情很是难看，自语道："难道不是为了刺杀督办大臣，而是为了杀我？"

鹿督察长上一次被刺，就与这个秀姑有关。

当时，督察长的老上级要给一个亲戚在巡捕房谋份差事。这个老上级刚在残酷的官场斗争中失败，高风亮节地禅位了。督察长倒是有情有义的，读过老上级的信，收好信里只够安排个传达室打更的银票，毫不迟疑地给老上级这个亲戚安排了一个领导职位。

鹿督察长也好，老上级也好，当时都不会想到，这个名叫林叙西的亲戚竟然是被通缉的逃犯。毕竟这种事，就连《NEW周刊》的主编封新城都不敢这么胡编。

三年前，呼兰发生了一起命案，巡警局一名马警回家途中被人暗算，头部和身体遭受重创，同时配枪被抢。杀人抢枪的，就是这个林叙西。一直到雇佣林叙西杀人的幕后老板终于落网，这才供出了林叙西。可是林和他来往用的是化名，叫"光汉子"，他只是隐约听说林在哈尔滨。于是呼兰来函，恳求督察长协助破案。督察长偏偏将信交给了林叙西，想着他是呼兰人，与同乡会应该有联系，可能会有某些线索和发现，搂草打兔子，有枣没枣打几下。他哪里知道，这个杀人犯"光汉子"，就是林叙西本人。

林叙西拿到呼兰来函，估计事是瞒不住了，也过够了提心吊胆的日子，决定再杀一个督察长，多杀一个赚一个。还未行动，便被人发觉，继而拿下，砍了头。经过与呼兰的往来电报，弄清了林叙西的家庭背景，这个秀姑，和林叙西是亲兄妹。

鲍万考虑，是否因为秀姑的哥哥林叙西刺杀督察长被法办，她怀恨在心打算报复。自从督察长被刺后，警惕心和安保都大大加强，秀姑考虑到自己的身份和形势，会不会雇佣荆轲来哈尔滨刺杀鹿督察长？而在哈尔滨接待荆轲的，就是她日本的同学陈牧之，这倒是说得过去的动机，她和督察长有仇，陈牧之也和督察长有怨，两人便联手策划了这起案子？

若上述假设成立，这个秀姑必须归案。这个假设，探员们是同意的，当然，只要是上级的分析，他们都同意。鲍万自己本来认可这个假设，布置任务时，心里却掠过一丝忐忑，觉得哪里出了问题，却又抓不到，这感觉让他不太舒服。

十

秀　姑

东北女人的一生，可以说是诗词的一生，覆盖宋词的两大流派：婉约和豪放。既可以"和羞走，倚门回首，却把青梅嗅"，也可以"金戈铁马，气吞万里如虎"，看似截然不同的性格奇迹般地统一在东北女人身上，成为矛盾综合体。

变化之关键点，便是结婚生子，在东北叫"出门子"，跨越这个门，柔情似水瞬间成92#汽油，少女时代标准的婉约，切换成豪放火爆的大江东去横刀立马了。可谓"身不得男儿列，心却比男儿烈"。这种情况将随着年龄增长愈演愈烈，特别是生过几个孩子后，本已"左牵黄，右擎苍"的刚烈泼辣发展升级成"西北望，射天狼"，所谓"三十如狼，四十如虎"也。

纵观整个东北，此地女人的后半生几乎全是这样彪悍凶猛。如果说"几乎全是这样"不准确，那么，可以改成：有几个不是这样？

秀姑和她们不一样，其母怀孕时便出现端倪，喜食醋泡姜，俗语云"酸儿辣女"，以为是龙凤胎，结果生出一条女汉子。秀姑和她的家人们一致认为是投错了胎，她的兴趣爱好审美和男孩子没有差别，拒绝学女红，拒绝穿女装，欺负小女孩，试图站着尿尿。

秀姑是要来的孩子，可也不是外人家的，她现在的舅舅家里孩子一堆，而她的养父母，也就是她的姑姑和姑父，两人却没有孩子，便讨了她来"招弟"。这种情况下，对她打或骂都不太合适。秀姑的姑父，是小有钱小有地小有权势的官僚。在中国，这种半脱离土地，半接触官场的家庭，就像肯德基，既有外邦汉堡，也有本土的鸡肉卷，守旧与新潮碰撞，传统与流行并存，脱胎换骨却又骨肉相连。

姑父是去过外国，喝过洋墨水的，认为顺应天性是好的，如果她表现得像男孩，就别逼她一定要像个女孩子。就这样，情况发展到不可收拾。

少女开始发育时，注意到了自己身体的变化，因为越长越水灵，越长越秀美，因此也曾有过微妙的矛盾，但也只犹豫了片刻，便踏上了恶少之路。虽是女儿身，却范本式小流氓造型，歪戴礼帽，西装革履，口叼香烟，手持文明棍。于是街上便出现了一个面庞清秀、齿白唇红、精神抖擞的姑娘，穿着西装，脚踏马靴，遛码头、逛大街，招摇过市。如果不是胯中羞涩，甚至打算去逛逛窑子。

自然有卫道士看不惯，也有小流氓看不惯，却都不敢招惹她。女人打架和程咬金差不多，惯常抓、挠、咬三招，气势上唬住对方罢了。秀姑根本不是这个路数，直接用刀。她清楚自己体能不占优势，于是刀刀见血，尺度掌握精准，眨眼间便在不紧要的部位捅出几个不深不浅的窟窿，让人吸取血的教训。她的最佳战绩是在一个小子胸口连划了十三刀，十三道刀口排列整齐有序，看上去就像一组条形码。

开明的养父母也开始头疼，他们还是希望秀姑有正常的人生节奏，把彪悍爆裂勾兑稀释一些，雌性气质还是要有的。传说日本女人是女人中的女人，恰好舅舅家的表哥，实质上的亲哥正在日本，便联系了日本青山实践女校，弄了一张船票就把她送了去。女校突然出现了这样一个酷烈的人，观念、形象、做派处处不同。她办女报，搞社团，影响和名望比起一般留学生大得多，得了个外号：So Cool，听起来正是秀姑。

她和荆轲的结识，便是哥哥林叙西介绍的。

见面的形式是相亲。这对秀姑来说简直是侮辱，她觉得相亲的本质就是配种，或者倒卖人口。可她竟然开开心心地去了，无他，骗钱尔。

养父母和亲生父母送她到日本，自是要她脱离旧环境，在日本文化熏陶下熏出点女人样。所以，相亲是出国后的主要工作。

秀姑本身不是跨性别，也不是异装癖。她只是要像男人那样出入公共场合，穿上男装以彰显女权，所以也并不极度排斥相亲，并且，她发现相亲是个创收项目，可以做假账。她出国后的经济权始终掌握在哥哥的手里。财务不自由，任谁都挠头。

秀姑今天打扮了一下，短皮靴，紧身猎装裤，短款黑貂儿。这很考验身材和气质，穿在脑满肠肥的胖子身上，就是个志得意满的垃圾袋，披在肤白貌美大长腿的秀姑身上，便英姿飒爽，俊俏得令人有点心旷神怡了。

荆轲的西装马甲三件套是出国前定制的，英国的花呢料子，搭配围巾、费多拉帽，印花真丝领带上插着钻石别针，他又在上衣口袋上放进一朵布艺红玫瑰，戴上没镜片的德国蔡司眼镜框，又洒了蜜丝佛陀古龙混合香水，一丝不苟地出了门。

两人路上有一搭没一搭地聊着，进了一家昏暗的酒馆，选了二楼靠窗的座位坐下。服务员跟上楼，把菜单摊开放到荆轲面前，荆轲很绅士，将单子推给秀姑，秀姑也不客气，在菜单上指了两下，服务员便像太监一样弓着腰退下了。荆轲注意到这招待胳膊上的皮肤有点与众不同，隐隐嗅出一股不寻常的气味。

彼此相面模式开启，秀姑直勾勾看着荆轲，荆轲直愣愣看着秀姑。他见这假小子英姿飒爽，大约也是个爽快人，便开门见山说："你喜欢女的吧？"脸上挂着明察秋毫又不失风度的微笑。

秀姑明朗地笑了。

荆轲说："既然如此，咱也就谁都别瞒着谁。我是家里逼着来的！"

秀姑大笑："巧不巧？我也是。你敷衍敷衍，我应酬应酬。"说罢解开了头发，这头发也是漂亮，像貂皮上的毛，油光水滑的。

假小子显了女相，很是标致亮眼。荆轲忽然说："你有没有想过，爹妈介绍的对象，可能比你自己找的更靠谱？"

"也许他们的选择，是最适合的。"见秀姑不语，荆轲停顿片刻后又补充道，"你排斥的不是相亲这件事，而是觉得长辈们强迫你相亲是对你的一种侵犯。像你这种新派女性，大约想的是，结不结婚、跟谁结婚是我的自由。强迫更让你产生了逆反心理，对爹妈的拒绝背后，可能只是一种自己觉得成熟、独立的标志。"

秀姑扬了扬漂亮的眉毛。

"父辈和我们的分歧，一般是在外貌与家庭背景之间。我们重视的是相貌和性格，父辈则偏重出身与能力。在父辈看来，对方长得好，很可能更喜欢拈花惹草，而不是养育孩子。对传统的中国人来说，结婚的目的就是繁衍后代。经看不经用，怎么行？"

"难道自己找对象就一点都不靠谱？"

"有研究表明，年轻人在约会时，还是外貌因素影响更大：我们追求那些外表对我们产生巨大吸引力的人。但是你有没有想过，身体吸引力并没有那么重要。随着时间的推移，身体对我们的吸引力越来越小，所谓人老珠黄嘛。"

"这个'研究表明'，是谁研究的？"

"我。"荆轲答道，"并不是说我们找的对象不靠谱，也不是说父辈认可的对象就好。不过他们一定是经过了理性客观的筛选，提前了解彼此的家庭背景，你在接触时可以少很多试探，更专注对方这个人本身。认识了解一下，也并不是一件坏事！就算不合适，也能扩大交际圈，认识更多优秀的同龄人，又有什么不好？"

"你怎么会有这么多的歪理邪说！还有吗？"

"没有了。"

确实没有了，荆轲这套理论，是他朋友何家干的研究成果，他觉得新颖，便背诵下来，时不时卖弄一番，语速语感节奏越来越娴熟，久而久之，荆轲都以为是自己独立研究出来的，理直气壮了。他又懂得见好就收，阐述完，以一个神秘莫测的微笑定格，切换回人间。

窗外正好开始飘雪，不大，一层丝袜的厚度，天地风物若隐若现。这层丝袜就把人间弄得有点性感和蠢蠢欲动了。荆轲说："晚来天欲雪，能饮一杯无？"秀姑答："必须的。"

服务员问上什么酒。秀姑说："你看着上吧。"服务员意味深长地看了一眼，去了吧台。

上来的不是绿蚁新醅酒，是红酒。荆轲对红酒有点研究，想卖弄一下，又怕孔雀开屏太频繁，显得有点轻佻，忍住了。

荆轲和秀姑一口酒下去，就想吃包子了。食欲是这款红酒的口感引发的，它涵盖了吃包子所需的全部调料：在摇晃酒杯的时候，闻到了酱油和酒精混杂的刺鼻气味，入口后更加确定是蘸料，除了酱油还有醋。它的酸，是典型变质陈醋的那种带有灰尘霉味的酸。恰好，苦涩粗糙辛辣的单宁又仿佛辣椒油，秀姑的五官被这蘸料蹂躏得扭曲变形，集中缩到了脸中间，活脱脱包子褶的样子。

红酒的拙劣并未影响他们觥筹交错。酒过三巡，秀姑醉眼蒙眬，吹气如兰。荆轲推杯换盏，意气风发。最后，秀姑执意要请荆轲，伸手要抢荆轲正在端详的账单。

荆轲伸手挡了挡，跟招待说："怎么这么贵，这桌菜一百？"招待说："贵啊？那就两百吧！"荆轲火起："把你们经理叫来！"招待撇嘴："叫经理五百。"经理马上不请自来了，他虽然戴着眼镜，却一点书生气都没有，两眼间距有点窄，透着一股邪魅的神经质，人未到身价先到："八百块，管你谁！"手里耀武扬威地挥着一把短刀，身后五六个彪形大汉，面相很是骇人，满脸横肉，面目狰狞，服装却是有趣，一色花花绿绿的东北被面儿改成的紧身褂子，近了细看却是一身刺青。

荆轲扫了一圈，并未发现任何一人文有龙，看来没有一个是大哥，黑帮规矩是领导阶层才有资格文龙，龙头老大嘛。荆轲又扫了一眼，刺青的造型都肥头大耳。"妈的，一堆猪头。"他心里骂。

荆轲一脸嫌弃，说："你看我们两个像是有钱人吗？"

"不是像，就是。"

"为什么？"

"没钱还穿貂儿？把貂儿押这儿，换酒。"说罢，很色情地用手在貂儿上来回摩挲，回头跟小弟说："瞅这毛，多带劲！"

东北文化竟然漂洋过海输出到了日本。

黑店很仁义，给两人留了回去的路费。出得店来，朔风扑面，秀姑缩了缩头颈，边走边说："气死我了！"

荆轲把自己的西装脱下来给秀姑披上："我先送你回去，一会我把貂儿和钱都拿回来寻你。"荆轲衣服里一个硬邦邦的重物让秀姑觉得别扭，原来是一把五发的左轮手枪。她掂着枪看了看他，说："我买几个橘子去，你在此地等我。"

荆轲刚要追，脚下一滑，身体失衡，一个趔趄，整个身体"咣"一声，砸在马路牙子上。

一刻钟后，她穿着貂儿回来了。

秀姑这一回去，黑店里多了一个男人在训人，她瞬间便判断出他是大哥——只有他身上没有文东北被面。接下来的事情简单至极，在这帮笨蛋发愣的时候，左轮手枪已经顶在了大哥的额头上。这小子真高啊，秀姑举枪的姿势像是摘桃子。

除了貂儿和钱，经理那把刀也归了她。这把艾弗·约翰逊左轮手枪，荆轲送给了秀姑，秀姑转送给了表哥林叙西，将那把倭刀留下了，这是战利品，是荣誉和勇猛的纪念。秀姑为此专门去拍了张照片，打扮得像个日本浪人，端庄威武，眉宇凝秀，英气逼人，带着满脸的不耐烦。照片拍得很累，表情都僵了。拍照师傅高度不专业，连拍了十二张才拍好，摄影师名叫王季新。

一语成谶，几天前和秀姑说"爹妈介绍的可能比你自己找的更靠谱"的荆轲，在和秀姑见过一面后，没来得及深入发展，一封"母病急回"的急电就到了日本。待他马不停蹄赶回，只见家中张灯结彩，地上一片火红，他脸上一片惨白，却也没有反抗，便和家人安排的女子成亲了。能接受包办婚姻的人，一般也都没多大勇气离婚，荆轲从此再未踏足日本。

很久以后，那天被左轮手枪顶着额头的陈牧之问秀姑："秀爷，当时我要是不依着你，你会不会开枪？"秀姑嘴角微翘，以手做枪，从陈牧之额头向下一划直指腰间，朱唇轻启，"啪"，随即嘬唇吹散"枪口"处并不存在的烟。

十一

追　凶

少年时的陈牧之，平时进出中国大街都是天文学家的造型，一概仰面朝天跟谁都不搭腔。有人喊他"之哥"，他头都不转，用眼睛斜着瞄。遇到小孩就扔过去几颗糖果，遇到少年则扔几根烟，还是头也不转。他属于面冷心热的高傲，为人又大方，凡街坊邻居或朋友向他告贷有求必应，开口求助，闭口可得。钱借到这些人手里，相当于借给了阎王，死也不还。他也不在意，下次别人厚着脸皮再开口，他照样爽快大方，从来不提旧账，忘了一样，类似七秒记忆的金鱼。例外的一次是有人向他借十块钱，当时他身上只有八块七，就都给了人家，接着耿耿于怀，十分煎熬，终于再次遇见，又给了这人一块三，凑齐十块，这才神清气爽。

陈牧之因此人缘不错，也因此更需要钱。

陈牧之这段时间一直没有消息，也没有回家。专案组分析，他没有回来找钱，不过几种可能：

一是陈牧之以小博大，去钱庄赢了钱。这不太可能，如果真是这样，江湖会有传闻。

二是藏身某处，让小弟送钱。但其手下均被羁押看管，也没处取钱。

三是投奔亲戚。陈牧之哈尔滨的亲戚现在都在警方监控之下，其中，他的二姐夫是个关键人物，与陈牧之关系亲密，巡捕房想派人盯梢，可是此人行踪不定，神出鬼没全国乱窜，莫说是巡捕房，就是他自己都不知道自己明天身处何地，不知道什么时间什么地点露一面，然后就消失不见了。

他这个做派，甚至启发了后世的量子物理学家。

还有一种可能，就是陈牧之投奔了他的朋友，一个在警方视线之外的朋友。他的朋友倒是遍及天下，在日本的时候，和五大洲的留学生都眉来眼去，这给警察排查带来很大难度。

案件进行到此时，刺客或抓或死已经有了着落，找到幕后指使人陈牧之是重中之重。鲍万不想久留，打算发通缉令，自己好快些结案回楚州。

同僚表示反对，认为纯属浪费纸和糨糊。巡捕房从前是发过通缉令的，虽然疑犯姓名、性别、年龄、体貌特征、案情描述、流窜时间和可能的流窜地点等都很详尽，撕下来甚至能当旅游护照用，却有个致命的缺陷——老百姓普遍学历是胎教，没几个人识字。

除非通缉令上有画像。

东北画匠水平整体不高，只会在柜子上画点中国结之类的吉祥图案，这些画家画人像都是"野兽派"风格，一组犯罪团伙的通缉令就是一张动物园导览图。他们居然还振振有词："这帮作奸犯科的浑蛋本来就是禽兽。"靠他们的作品捉人基本不可能。

哈尔滨也有神奇的画家，曾帮着巡捕房画过犯人像，这画家厉害，竟能根据目击者口述，还原罪犯长相。老北站行李房被冒领一个皮箱，恰好画家被请进巡捕房做客，听说后来了兴致，根据描述随手涂鸦，刚画完眼睛和鼻子，还没动笔画嘴，几个探长异口同声道："这不是女贼'白猫'

吗？"赶到"白猫"家时，她刚打开皮箱，里面是小贩子从外地带来的一箱子蝴蝶结。

不过，这次绝对请不来这个画家，能请来的话，也就不用发通缉令了，这个画家就是陈牧之本人。

鲍万还是有办法的，他打算把陈牧之的照片直接印在通缉令上，只是实施起来有点难度。比如，赏金从哪里出。

三百元赏金不少，督察长看了看说："做就做到位，五百！"他总爱做这种拍脑袋的决定，却从不拍自己脑袋，只拍下属。鲍万不管，转拍给了杜拉客。杜拉客脑袋开始疼——巡捕房根本就没这笔预算。财务室的保险箱简直能做回音壁，一毛钱都没有。督察长说这钱不用巡捕房出，说完在这张通缉令的三分之二处画了一条直线，要杜拉客将这下面的三分之一留白。杜拉客不明白，文书拟字的时候，他一直叮嘱要字大醒目，满满登登，这又缩回去留白，意欲何为？

"这不是白纸，是白银。"

接活的印刷厂是大成印刷公司，接待鲍万和杜拉客的是丁虎棠，也就是住在中国大街111号的曾经的嫌疑人。丁先生说感谢鲍万的那一脚，不但骨头复位，竟比原来还要好用有力，动作更加顺畅。所以，丁先生表示要亲自送货。这一送，震慑了鲍万，让他想起了王八扛石碑。远远地，一座纪念碑在巡捕房门口出现，移动得特别快，碑下一个弯着腰的红脸汉子，牛一样喘着粗气——为了省运费，他一个人扛着十几包通缉令，从厂房驮来了巡捕房，这么冷的天，打着赤膊，热气腾腾地进了大厅。

哈尔滨历史上第一个印有犯人照片的通缉令就此问世了：

通缉令

为悬赏缉拿事，照得陈牧之，哈尔滨人，身高英尺六尺五寸，曾留学日本，现无业，家住鸿远楼1号，比小照稍形苍瘦，因于今年正月间涉嫌车站爆炸案，已出牌票捉拿，今特悬赏购缉，倘能捕获者，赏羌帖五百元，报信因而拿获者，赏羌帖一百元，诸色人等有知下落者即行报告巡捕房，是实为谕。

哈尔滨巡捕房刑事监察科

二月初五

督察长确实有弄钱的本事，通缉令的空白处，拍卖给商家做了广告。最终冠名权被亨得利眼镜店夺得，通缉令下面的广告语是："看清他！"接着是眼镜店的介绍和产品价格，老板想给通缉令上的陈牧之加个眼镜，警察说："加眼镜可以，墨镜不行。"

卖渔网的最适合用"法网恢恢"作广告语，但实力不济，冠名不得。这就比不上卖耗子药的这帮小商贩聪明，他们集资做了一张大海报，陈牧之的脑袋边上有四个粗壮的大字："鼠辈休走！"老巴夺烟厂也觉得这热点应该蹭，将陈牧之的照片印在烟盒外，在脸的边上加了一只挥舞的手掌，并加画了三条代表速度的线条，下面四个字："抽他真爽！"充分表达了冰城人民对犯罪分子的愤怒之情。

陈牧之不但在白天注视着哈尔滨人民，深夜也废寝忘食地俯视着，守候着。

热烈喝彩影戏院门口挂着两盏红灯笼，考布切夫把车站爆炸案的胶片分成四个段落，到照相馆放大到灯笼大小，按照动作顺序粘好，中间穿插着通缉令，点上灯便转了起来，陈牧之便像拉磨的驴一样转着圈，一次又一次地表演爆炸过程，引得行人驻足。考布切夫说："想看陈牧之爆炸案全本请买电影票。"有外地人真的买票进去看，发现陈牧之只出现在开始的第三秒，是通缉令的定格画面，其余都是爆炸后的车站，直接开骂："骗我们花钱！"倒是诞生了一个电影用词"片花"。

"有能耐你咋不上天呢？"这话不假，有商家精明，用免费的通缉令做成了孔明灯低价兜售，一时间整条街道上空全都是飞翔的烛光，场面十分温馨。陈牧之就这样飘飘悠悠上天了，半空中烧着了几盏，彻底火了。

除了通缉令，督察长还充分利用媒体宣传。报纸正愁没有新闻，得知巡捕房召开发布会，记者蜂拥而至，除了连篇累牍地报道警方的侦查进展情况，还对陈牧之的性格特点进行了报道。一篇题为《陈牧之家人解析其堕落轨迹痛斥孽子恶行》的新闻稿这样报道："最后，记者问两位老人还有什么话要对陈牧之说，陈老爷子显得很激动：'他这不是惹事，这是害人。天网恢恢，这回他跑不掉了！'"真实情况是老爷子两个孙子都丢了，着急上火嗓子发炎，有口难言，只能任由记者胡说八道了。后来的情况越来越乱：《教你如何捉逃犯，月入五百》《太恐怖了，整个哈尔滨都在疯转！》……

《远东报》为陈牧之做了一个专版，另辟蹊径将陈牧之与阮小二、阮小五、阮小七相提并论，并说在某种程度上，陈牧之超过了阮家这三个流氓。还说陈牧之不仅胆大妄为，冷酷无情，而且智谋过人，阮家兄弟是团伙作案，而陈牧之却是单独作案，由此可见陈牧之是多么可怕。

《NEW周刊》则以标题吸引读者，总编封新城不知受了什么刺激，发明了一个词叫"大盘点"，于是有了《大盘点：陈牧之做过的坏事》《大盘点：丑陋的陈牧之》。后来封新城认为陈牧之行踪飘忽不定，突发奇想又造出一个新词叫"飘一代"，有了《飘一代：陈牧之逃亡，地方随便》《飘一代：陈牧之的故乡在八十年代》《飘一代：陈牧之高调隐居》，至于具体飘到了哪里？她怎么知道！她只负责胡说八道。

越报道越走偏，最后竟将陈牧之打造成了一个潇洒霸气帅，云游天下徐霞客一样的人物，让巡捕房上下很是恼火。并且，失实报道给警方的侦查工作带来很大的困难。作为总指挥的鹿督察长对新闻媒体的干扰，心里真是五味杂陈。一方面，舆论的介入可以引起社会上识字人士的广泛关注，另一方面，新闻记者的死缠烂打让人无法忍受。

督察长只要一露面，就成了新闻记者追踪的重点目标。特别是《NEW周刊》女记者谭山山，为了弄到独家消息，鹿督察长到哪里，她就跟到哪里，万一没跟上，就锲而不舍地给他打电话，询问他的去向。这让鹿督察长对自己的职业产生了微妙的困惑：自己是督察长，还是谭山山的导游？

督察长正需要安静的环境研究如何改善与火热瓦特的关系，谭山山电话又打了过来，鹿督察长气急道："我老婆已经生气了！"说罢挂断电话。

冷静了一会儿，鹿督察长又主动回拨电话："你来吧，有些话要跟你们说。"

谭山山来到局里。这天突然降温，她身上只穿了一件花袄。鹿督察长见她冻得瑟瑟发抖，心有不忍，便对一个小警察说："去拿件棉大衣给她。"吩咐完后，穿着貂皮大衣的他对谭山山说："你们天天这样穷追不舍，从你们的工作态度来说，有敬业精神是好的，但是，你们这样天天搞跟踪报道，对我们的工作有很大的负面影响，我希望你们能够支持我们的工作，我们也会支持你们的工作。只要案子破了，一定告诉你们！"

鹿督察长用的是"你们"不是"你"，意思针对的是一个群体而不是谭山山一个人，这是与谭山山个人保持距离，与谣言切割的一种语言应用。他确实发现最近谭山山的眼神有点不对劲，她看他的眼神里面有水，一汪汪的。

果然，这个叫谭山山的记者此后再也不乱写跟踪报道了。孰料陈牧之这事太具轰动性，防不胜防又冒出了一个叫"陶子将"的记者继续胡说八道，督察长查了一下，还是这个谭山山，白搭了一件棉大衣。

陈牧之最近休息得并不是很好，房间的味道很是难闻，洒了一瓶香水才勉强压住了异味，但是隔音也不好，左邻右舍吵得他根本睡不好觉，焦躁不安，却又无计可施。邻居们制造的噪音很有个性，分别是：嘎嘎嘎嘎嘎嘎嘎，叽叽叽叽叽叽叽，吼吼吼吼吼吼吼，哞哞哞哞哞哞哞，呱呱呱呱呱呱呱，咩咩咩咩咩咩咩，汪汪汪汪汪汪汪，吱吱吱吱吱吱吱，笃笃笃笃笃笃笃，喵喵喵喵喵喵喵，喔喔喔喔喔喔喔，嗡嗡嗡嗡嗡嗡嗡，呦呦呦呦呦呦呦。

这些噪音的来源是野鸭、野鸡、野牛、野猴、野猫、野鹿等动物。此外还有虎啸、鹤唳、熊咆、狼嚎、马嘶、猿啼、犬吠、蛙鸣。

陈牧之现在躲在万牲园里。

这家万牲园原来是雅什金花园。几年前，工商部领衔筹建农事试验场，"开通风气，振兴农业"，把花园拆成了三块：一是农产品试验场，场内广泛种植棉、桑、麻、茶、蔬菜、果树和豆类；二是植物园，以花卉种植为主，设有大温室；三是动物园，展出国内外购来的动物，名曰"万牲园"。

事发当夜陈牧之没有外逃，而是趁着夜色来到万牲园饲养室，投靠他的朋友蒋博魁，此人曾在江南省的楚州城当兵，前段时间刚告探亲假回哈尔滨。蒋博魁的姨夫是万牲园的园长，家里住不下，动物园又缺人手，姨夫便叫他过来帮忙。万牲园一共只有三个人：他、他姨、他姨夫。每天的工作很简单：喂动物、不让游客喂动物。

园里动物不多，主要有猴、骆驼、梅花鹿、老虎、熊、狼、野猪、斑马以及各种鸟。陈牧之住的屋子对面有一笼鹦鹉，是从北京的万牲园买来的。那地方动物多，鹦鹉耳濡目染学会了模仿秀，以鸟体留声机的形式带来了首都的欢声笑语。

这间房是半露天格局，外面是铁笼，里面是屋子，屋子中间有一块大木板，离地一尺高的样子，就是他的床。房间的原主人是一只东北虎。

蒋博魁本想让陈牧之和他在宿舍挤一挤，又担心被姨夫他们撞见，考虑了半天，问陈牧之："住在废弃的虎舍行不行？"那间房现在改成了温室，养着隔壁植物园的过冬花卉，很暖和，只是原来老虎留下的味道还没散净。陈牧之觉得新鲜，还有点兴奋。蒋博魁从家里拿来干净被褥和洗漱用品，把房间和铁笼之间的门封死，用油漆写了八个血淋淋的大字："内有猛虎，不样近前。"陈牧之想了一会才明白，

"不样近前"的"不样"是"不让"的东北发音。

陈牧之白天不敢出去。时值隆冬，动物不愿意出笼，人也不爱出门，园里人迹罕至。可谁又能保证没有"卧冰求鲤""踏雪寻梅"的神经病过来游园呢？须知，陈牧之现在的身价，可是超过园里的任何一只动物的，安全起见，他只能坐在虎舍里愣头愣脑地赏花。房间里很热，反季节的温度把花期弄乱了，满屋子的花色彩缤纷，争奇斗艳。他的怪癖再次发作，按照色谱的明度、色相、饱和度把花挪动归类，从左至右：蟹壳青、樱桃红、柠檬黄、鱼肚白……这才满意。他又忽然笑了，觉得这房间给陈晓卿住更适合，全是吃的。

黄昏闭园后稍好点，可以和动物聊天，他说"榆木"，母鸡答"疙瘩，咯咯嗒"。他喊："警察来抓你了！"娃娃鱼配合他，吓得"哇哇"哭。他问："你爸的妹妹叫什么？"鸽子就答："姑姑。"难度更大的成语接龙也能玩，他说"人心"，布谷鸟接"不古"。最好的捧哏演员是那头野驴，无论他说什么，驴都扯着嗓子答"嗯啊，嗯啊，嗯啊"。他玩了一会儿，兴致索然。天彻底黑了，可以训练猴子了。

动物园是参照《西游记》出场顺序安排的笼舍。进园先是猴子，然后是野猪，再然后是沙丁鱼、斑马，徒弟们凑齐后，就是路上刁难它们的动物们了。

猴子是街上耍猴的留下来的，去年那场瘟疫死了很多人，耍猴的死了，猴子却没什么事，就送到了万牲园。蒋博魁给他们分别起名叫麻将、的士、酱油，没事就打。

蒋博魁说："当官有啥难的？老百姓就跟这猴子一样，先打服它，再给它一块糖含着，就天下太平了。"

陈牧之问："碰上怎么也打不服的怎么办？给糖也不服的怎么办？"

蒋博魁说："那就让它当官呗。"他指着那个膘肥体壮，眼神中透露着不羁的大猴子："它跟我耍横，我把它拴住用拇指粗的柳条死命抽，叫它跪下，连着抽断三根，问它跪不跪，不跪接着抽！抽累睡了一觉，谁知它趁我睡着，居然解开绳子跑了！出园后钻进一家小吃店，老板娘见它进来吓了一跳，怕被挠，躲在角落里看。它先抓起老板的茶缸子喝了一口，嫌难喝吐掉，转身翻货架，干掉了一坛白酒，想要出门继续流窜，酒力发作晕那儿了。抓它回来接着抽，第四根柳条抽断时，我清楚地看到它嘴角微微上扬，好像是在微笑，眼睛突然变成了绿色。它那神态，让我心里发毛。我知道打不服了，就拉着它到猴群前，说以后它就是头儿了。这浑蛋通人性，当上官后，再也不闹了。"

正享受小猴抓虱子的这猴子，大约听到自己是谈话主角，先踢了小猴子一脚，转头忙不迭地跑过来，熟练地接过烟丝和烟纸给蒋博魁卷了一根，再跳上他肩膀，给他按摩，捏脖子捶肩膀。

陈牧之想起了一句话，谁说的忘了："凡是可以做主子的，也最容易变成奴才。"

蒋博魁做过小调查，万牲园的动物衣食无忧，寿命是野外的三倍，失去自由也不见得很差。"有吃有喝，有我伺候，还想怎么样？我要是能过这种日子，关起来也愿意。"

陈牧之觉得他在说自己。蒋博魁看出来了，说："之哥，你别多想，我肯定是说畜生。不过，人跟畜生也没多大区别，你看街上那些人，一个个的，不都是行尸走肉吗，不过是关在更大的笼子里罢了。来，喝酒，喝酒。"

耍猴的行头还扔在万牲园的仓库里，蒋博魁翻出来一堆面具，问陈牧之要不要看猴戏，好几个猴子会演。

猴子戴的面具都是京剧人物，面具后面固定着一根横棍儿，猴子咬住这根棍儿表演，叫"啃脸子"。陈牧之看漆面已经斑驳得不成样子，也是技痒，叫蒋博魁去街上买点颜料，给这些面具修复一下。蒋博魁第二天早晨起来一看面具乐啦，猴子见到后也是眉飞色舞。陈牧之一夜之间使面具焕然一新，他最初按照原来的样子描了一遍，认为中国画的表现力不足，自作主张以西洋油画的画法重新创作了一套，强调了色彩的饱和度和对比度，譬如蓝脸的窦尔墩，眉毛和嘴唇用的是橙色对比色，五官突出又生动；为了表现张飞的怒吼，他将爱德华·蒙克《呐喊》的表情挪到了张翼德脸上，五官不但生动突出，还十分具有冲击力。

最后两个面具，一个和蒋博魁长得一模一样，猴子戴上后，活像蒋博魁的私生子。另一个面具，陈牧之惟妙惟肖地还原了鹿督察长的脸。他原本担心新刷的油彩呛人，猴子会抗拒，便在面具的横杆上又刷了一层糖浆，想着猴子叼上大约不会松口。这猴子戴上督察长面具，蒋博魁哈哈大笑，围着他转了一圈，鞠了个躬，说给大人请安了，其余猴子有样学样，也跟着鞠躬。众星捧月前呼后拥的体验，令"鹿督察长"非常陶醉，除了吃饭，一直叼着面具，糖浆没了还叼着。更甚的是，给它摘掉面具后，它竟然吃不下饭睡不好觉，哭了起来。

权力的滋味比糖浆还诱人。

蒋博魁有些感慨，说在动物园避难，也算是一桩奇闻。又说，其实真被抓进去，只要不是死罪，以你的性格估计也不会遭罪。人生在世，活的是人格和体格。你两格都不错，以你的人格和体格，娶了典狱长家的格格也说不定。"格格"是满语，就是女儿的意思。

陈牧之说："犯人娶典狱长的格格？格格不入啊。"

蒋博魁说："这有什么奇怪的，身边就有个活生生的例子，胡缨这段时间就准备在监狱和'狱女'办婚礼呢。"

听蒋博魁提起胡缨，陈牧之乐啦，此人是他在日本的结拜兄弟之一，顶有趣的一个人。两人刚认识时，陈牧之问他是哪里人，他一会儿说是湖南桃源人，一会儿又说是长沙人。最后才弄明白，他要表达的是，他是一个常杀人的桃源人。和陈牧之满街寻衅滋事不同，胡缨醉心暗杀，只是技艺不精，这个对外宣称常杀人的桃源人，还没杀过人就折进了监狱。

蒋博魁说胡缨准备在监狱和"狱女"办婚礼，这话说得比"常杀人"和"长沙人"还让陈牧之糊涂。

说起这事，蒋博魁也忍俊不禁，说："胡先生不一般啊，被抓后以为必死无疑，装腔作势写了首绝命诗，打算流芳千古。报馆听说杀人犯会写诗，赶紧登了。谁知宣判下来是终身监禁。典狱长也是个怪人，在报纸上看到那首诗后大加赞赏，得知这位留过洋的大诗人归自己看管，特意召见，一见倾心。典狱长阅坏人无数，一眼便看出胡缨坏得另类。这小子风姿俊美，谈吐儒雅。如此有学问的青年，又有好多有头有脸的朋友探视，绝非寻常之辈，有朝一日必会扬眉吐气。典狱长于是产生了不寻常的想法——这个奇货可居的潜力股必须拿下。如何拿下？把自己的女儿嫁给他！典狱长的女儿，不是'狱女'是什么？"

陈牧之常年进出监狱，可以说是监狱外派人员，对内部的传闻和奇闻早就麻木了，不过对典狱长把自己女儿嫁给犯人这件事，还是有点难以置信。蒋博魁说他最初也不信，可探监时眼睁睁看着两口子在牢房里喝下午茶，举案齐眉，琴瑟和鸣，不能不信啊。

陈牧之歪着脑袋想了下，问："这姑娘长得有多丑？"

蒋博魁一个愣神，笑骂："长得很标致！"

"长得像头狮子？"

"什么意思？"

"没什么意思。"

学设计的陈牧之因为"标致"，联想到了一个叫"标致"的法国汽车牌子，它的标志是头狮子。这种专业知识跟蒋博魁解释起来费劲，陈牧之又改问："这姑娘身体有啥毛病？"

"没毛病。"

"精神有啥毛病？"

"没毛病。"

"那就是典狱长有毛病。"

蒋博魁笑了："我看你有毛病。"

"有机会我得去楚州看看他老婆和老丈人，这家人太有意思了。"

听陈牧之说到楚州，蒋博魁说："之哥，前天楚州来信了，叫我回去。你跟我走吗？"

"我还有事，不能走。"

"那好。"蒋博魁顿了顿，掏出一沓钱，"我走了，你在这也待不下去，这是一百块钱。"

陈牧之说"不用"，举杯干了。

柳暗花明，巡捕房很快接到消息：有人在呼兰见到了陈牧之。

这个人，就是巡捕房的女文员。她最近越看鲍万越不顺眼，鲍万看她也越看越心慌。几天不见，她换了一个眉飞色舞妆，脸蛋画了两坨腮红，口红渗透到了牙缝，浓妆艳抹却遮掩不住戚容，见到鲍万竟然抽泣了，哭得很艺术：泪水在眼眶里转，就是不流出来，保证了脸上的粉底不被泪水破坏。她低着头说："我在呼兰看见陈牧之了！咱们到你办公室唠。"又抬头幽怨哀伤地看了他一眼，这一眼似乎与爱情有关。像在街上看到胸口碎大石，吓得鲍万心脏颤了一下，进办公室时留了一条足以带球过人的门缝，避免孤男寡女的尴尬。

鲍万纯属自作多情。文员悲戚幽怨的眼神，以及必须避人密谈的原因，确实和爱情有关，但和鲍万一点关系也没有。

她这次呼兰之行是秘密相亲，结果却和雪碧一样，去时心飞扬，回来透心凉——居然连小县城的男人都没有看上她。她一怒之下以逛街购物来平心中怨恨。呼兰小得可怜，只有一个和索菲亚教堂十字架一样大小的十字街。十字架和十字街还是有区别的，十字架驱鬼，十字街见鬼，鬼使神差，她看到了陈牧之！

当时正值县城最大的杂货铺举行开业庆典，人很多，却没有一个能够理解她的心境。她抑制不住眼泪，手帕已经饱含泪水和鼻涕，只好新买一条。就在卖毛巾的柜台前，她忽然看见一个背影，叫伙计给他打捆，身边一个下人打扮的姑娘拎起毛巾和他一起走了。这人转脸的瞬间，她发现这张脸似曾相识，顿时蒙了：像是陈牧之啊！她定了定神，深吸了一口气，闻到了一股熟悉的味道。这味道是香水和荷尔蒙混杂的，专属陈牧之的味道。她扶了扶眼镜想看清楚时，人却消失不见了。

她断定此人就是陈牧之。她和陈牧之曾经做过十多年邻居。从她十二岁开始，为了引起他的注意，总在他前面丢了手绢、钱包、胭脂等等，岂料陈牧之古风浩荡，路不拾遗。最狠的一次，她把自己丢到了地上，那么大的一坨肉，可陈牧之眼神比她还差劲，长腿一迈而过。为此，还被过路司机骂她碰瓷。

等挤出人群，她把呼兰城跑了三遍，却再也没看到那张似曾相识的脸。想到陈牧之一直无视她的眼神，又想到相亲那男人轻慢她的眼神，以及所有男人的眼神，越想越气，风向恰巧也对，带着一肚子气飘回了哈尔滨，家都没回，直接飘到了巡捕房。

看来，暗杀阴谋失败后，陈牧之潜逃至呼兰隐藏下来了。大家觉得稍稍轻松了一些，呼兰就这么大，找到他太容易了。

鲍万走神了，陈牧之买毛巾干什么？这个衣来伸手饭来张口的少爷，怎么会去买毛巾？并且一买就是一捆？

鹿督察长在办公桌上重重地捶了一拳，桌上的文具和茶杯都被震得跳了起来："我早料到了！陈牧之这小子，果然去了呼兰！"

鹿督察长说："小刘看到陈牧之，陈牧之可能也看到了她。你们觉得陈牧之现在还在呼兰吗？你们每个人，都发表一下意见。"

所有人的意见一致：听督察长的。

鹿督察长停顿了一下，向天扔了三回硬币，都是字，东北话形容运气好叫"走字儿"。

"去！"鹿督察长又拍了下桌子，"立即去呼兰追捕陈牧之！"

上车前，买列巴和汽水的杜拉客回来时眉飞色舞地说："我看到熊代温去买毛巾了！"这让鲍万一愣。更让鲍万惊诧的是，杜拉客又眉飞色舞地说："熊代温居然没跟人砍价！"

车上一片哗然。自从在咖啡馆误会后，巡捕房算是认识了这个华界同行熊代温，又因为此后总能遇见，对其也有了一点了解。此人做警察是一场误会，他最适合的职业是采购，其名言曰："砍价，必须砍到别人想砍你，才算砍到位！""无论要什么价，你就半价砍。他要是答应，再砍一半！再答应，再砍一半！无限循环。"熊警官生不逢时，若晚生几十年，不折不扣的核专家，绝对能砍到原子核裂变。

所以，今天实在是太古怪了。据杜拉客说，熊代温这次一口价都没有还，更没挑毛巾的瑕疵，干净利落地说要五十条。

熊代温反常的表现，让杜拉客觉得奇怪。而对杂货铺老板而言，简直是心里发毛。

老板先是发愣，拿毛巾的时候嘀咕，是不是某种欲擒故纵的阴谋？是不是自己进货时做了假账被他察觉了，要碰瓷？凡此种种，脑回路全是问号。他把毛巾放在柜台上，熊代温还是没有还价；清点完数量，还是没有还价；打捆装包，还是没有；直到离开柜台，老板还在等着他说"买了这么多毛巾，送我点什么呗"，然而还是没有。他蒙了，心不在焉了，收钱的时候还在琢磨熊代温今天是怎么了，却百思不得其解。直到晚上清账，他心里这块石头才算落了地——熊警官给他的钱，最大面额那张是假钞。他这才释然，一身轻松地睡着了。

车驶过松花江进入呼兰地界，呼兰是满语"胡刺温"的音转，本意是烟囱。呼兰地处松花江北岸，天气好的时候，能看到索菲亚教堂的洋葱头。不一会儿，车毫无征兆地抛锚了，发动机浓烟滚滚就像是"呼兰"。司机打开车前盖检查，杜拉客下车问："什么问题？"司机说："我哪知道，我看别的司机抛锚都是这样做。"此处前不着村后不着店，回去不太可能，司机说可以走一段路去呼兰城。问司机要走多远，司机说沿着路直走，逛着逛着，见到万家灯火，就到了。

"诳"和"逛"，这两个字实在太像了，鲍万总是分不太清楚。今天，他记住了。

司机诳了他们四人从上午逛到中午，又从中午逛到下午，万家灯火的呼兰城依旧渺无踪迹。鲍万想回去揍他一顿，又希望过了前面的坡，万家灯火的呼兰城就出现了。爬上坡，又想回去揍他，又希望再过一个坡……司机骗他，他骗自己，越走越远，有点像这个案子，总以为就快见亮，却不知终点在哪里。

没风，只是冷。万物像被点了穴，凝固了，一片无可奈何的寂静、凄凉和肃杀。那棵冰雪覆盖的大树，短短长长闪着富足白光的冰挂，如同粉条一样晶莹剔透。

唯一的声响是脚下踏雪发出的"杀杀"声，这"杀杀"声像是鲍万的心声，是对司机的怨恨，对陈牧之的诅咒。

下午三点半过后，赶着下班的太阳便急匆匆向西滚落，碰瓷一样扎到了地平线下。天墨墨，雪白白，一种不知身在何处的恐惧感忽然涌了上来。再走下去，呼兰不一定出现，胡狼倒是可能出现。东北话里，成绩最后一名称为"打狼"，因为东北狼多人少，出行的队伍最后一人，都要手持木棍防狼偷袭，所以有了"打狼"一词。

鲍万下意识想找一根粗木棍，上了坡四下撒目，发现前面有个孤零零的亮光，如果是普通人家，煤油灯都特别小，根本没有多大亮，只有商号才会点大煤油灯。

近前才知道距离呼兰城还有十多里地，这是家大车店，也就是中国的汽车旅馆，为货运马车提供服务的。这家大车店像是鲍万开的，名叫"万家大酒店"。周遭漆黑一片，只有这里点了汽灯，鲍万这才明白司机说的"万家灯火"，是这家店点了灯的意思。

若在平常，鲍万绝不会住在这里，现在不住就得冻死。探员们小乌龟一样把脑袋缩进衣领里，亟待找个暖和的地方伸出头。院子里弥漫着柴草、马粪和饭食混合的气味，大院宽敞，十几间土平房，西边是一排马厩和草料库，东边是一排卸了辕的大车，卸了车的马在地上快活地打着滚，尘土飞扬，喷嚏连天。

一个大肚子孕妇肩上扛着东西，晃晃悠悠进了院。马厩里正弄草料的一个年轻人一脸喜色看着她："秀姑回来啦？"孕妇美滋滋答："秀姑回来啦！"回音壁似的一问一答，面色也一模一样，一个甜蜜蜜，一个油腻腻，一看就是新婚小两口。

鲍万问："你叫秀姑？"孕妇见秀恩爱有了观众，表演欲起来了，卖个关子说："不是。"又拍了拍肚子说："她才是。"她男人过来美滋滋解释："她是秀姑的娘。"伸手拍了拍孕妇肚子："她才是秀姑。"

开门进屋。窗户是老式的木棂上下对开窗，糊着粗纸，中间镶嵌着一块小玻璃，这算是很高级了。屋顶没有天花板，是裸露的秫秸，钟乳石一样倒吊着，一堆碎秫秸剥落的叶子，挂着一层灰。但好在房子够热，不是和睦的热，是扎脸儿的热。热源是地中间一个烧火正旺的大铁炉子，为均匀加热，铁皮炉筒在屋子里左拐右绕。中间是一口锅，炖着酸菜和土豆。有人把自带的煎饼、窝头、火烧放在炉子上，边烤边粗鲁地吃着。炉子两旁是对面炕，是那种能散热的奇大无比的土炕，长得可以跑自行车。

大屋里有三十来人，南来的，北往的，闯西的，走东的；种蒜的，种葱的，中了彩票中风的；沉默的，开朗的；抽烟的，算账的，捉虱子的，小声嘀咕的，打呼噜的，莫名其妙哼哼的；天南海北，贩夫走卒，大神巫医，人生慨叹，市井妙语，满汉回蒙，赫哲高丽，济济一炕。烟雾缭绕，乌烟瘴气，酸臭加上霉味儿，汗脚夹体臭，还有旱烟的热烘烘的怪臭味儿扑面而来。

这混合香型，大概就是陈晓卿常说的"风味人间"吧。

鲍万鼻子是闻不到气味的，令他惊诧的是炕上的被褥，它诞生的年代一定十分遥远，泥垢形成了一层包浆附着在表面，均匀地覆盖着每一寸布面，看上去仿佛厨房地上铲起的一块厚厚的油泥，散发着幽幽光泽。可以肯定自出世便没有拆洗过，并有服务终老之势，一被子便是一辈子，历经岁月实属不易。

这摊黑腻让鲍万震惊，并产生了对历史的敬畏感。

"上次进城卖粮，网门家儿媳妇、小孙孙、老姑娘一齐拉了来，馆子里的烧麦、馅饼、锅盔，想吃的都尝遍了。一算账，才几块钱。"

"网门家今年打了一万斤粮食，八千斤油料，进钱三百五十块，那场面才叫美气哩！拧门家不行。"呼兰话里"我们家"要念成"网门家"，"你们家"念成"拧门家"。

"拧门家真行，网门家光会做油料，这回进城才卖了三万多斤油料。"这是先抑后扬，说到这里，"啪啪啪"三声响，说话的人拍的是他鼓囊囊的上衣口袋，用力过猛，咳嗽了一阵。

满屋子都像老熟人，牛皮越吹越起劲，越吹越高兴。火炕被吹得烈焰熊熊，屋里温暖如春。

门口人来人往，果然来了卖大炕的，挨个问这些大炕上的男人是否需要她们的服务，一把一利索，价格合理，一毛就行。半天没人应声。卖大炕的没开张，似乎遭遇了性骚扰，大吼："他妈的，别乱捅咕！"

鲍万进了里面的雅间。所谓雅间，和大通铺的区别是被褥相对干净很多。他从地上捡起一根秫秸捶了捶被子，很软。掀开被角，蹦出两个雀跃的迎宾的跳蚤。

炉子上坐着开水。他上炕前用热水洗漱了一遍，双脚泡在热水里，一股沁人肺腑的暖流从小腿直冲到腰间，再蔓延到上身，惬意得很。

鲍万是被硌醒的，因为太累睡得死，早晨才觉得硌得慌，褥子底下鼓了个包，掀开一激灵，是一套照片。快翻的话，照片上的人能动，右下角一行小字：守贞大照相馆。可以确定是王季新的作品。这个房间的上个住客，一定和陈牧之团伙有关，甚至可能就是陈牧之本人，因为桌上有一条崭新的毛巾，淡黄色的。

"之前谁住过这儿？"

大车店经理扛着个大行李箱进了屋，打开，是个听筒和话筒分开的老式电话机，他把烧饼大小的听筒挂在耳朵上，脸上有了笑意。鲍万和杜拉客看得都有点蒙。经理一手扶着大听筒，一边靠近鲍万，做派有点像小男孩边走边尿——听筒的电线像尿迹一样跟在他身后。杜拉客眼睛不时在听筒和尿迹上游荡。经理笑了，说："耳朵背，没办法，只能戴着它。"见杜拉客还是有点蒙，经理解释说："这不是电话，是碳晶助听器。不过，发明人和电话是一样的，都是美国的Bell。"杜拉客当然知道Bell发明了电话，却没想到他还发明了这玩意儿。经理说电话局要感谢Bell，因为Bell最初只是想发明助听器，阴差阳错弄出了电话。

"之前谁住过这儿？"鲍万问第二遍时，这耳背的经理却不答，一个劲儿拍助听器，机器忽然蹿出一股烟。

恰此时，老板来了，杜拉客以为看到了一匹马，脸居然长到这种程度，又有些地包天，侧面看像是一弯新月，下巴更怪，轮廓分明，光亮整洁，仿佛刚洗过的脚后跟。杜拉客想，这人以后胖了，有了双下巴会怎样？不能再想了。

鲍万盯着老板看，老板也盯着他看，都笑了。

鲍万问："你怎么会开起了大车店？"老板还是笑。

"说吧，牧之藏在哪里？"老板继续笑，却不作答。鲍万也笑了，说："职责所在，身不由己，我们一定得抓到牧之。你得帮我！"老板这才开口："怎么你的事总要我帮呢？"

鲍万没忍住笑："可是，我也帮过你娶老婆呢！"

这个大车店老板，就是陈牧之的二姐夫。

此事要从十年前说起，当时鲍万十几岁，便被家里强令婚配，他当然不高兴。成婚分为纳采、问名、纳吉、纳徵、请期、亲迎、合卺七步，在鲍万根本不知道的情况下，已经到了第三步——测算生辰八字的"纳吉"了。鲍万的祖父有套理论，论证了八字相合对婚姻的重要性，大意是：结婚是为了传宗接代，所以八字必须相合，"八"字合一起才是"人"，不合整不出人。对于这一很有说服力的解释，鲍万根本不屑，鹏程万里前途无限的大好青年，怎么会被婚姻羁绊？抗婚未遂，他毅然与封建家庭决裂，逃婚了。

此事有趣之处在于，女方，也就是陈牧之和陈晓卿的二姐，根本不想嫁他。二姐长得好，身材好，就是脾气不好。大约是风水和家族生意的原因，陈家早前的位置应该是加油站，产品又一直与火有关，陈牧之这一辈的兄弟姐妹生来就脾气火暴，点火就着。这姑娘自尊心强又霸道，鲍万的逃婚严重伤害了她的颜面。退婚就是退货，对她来说是极大的侮辱。我可以拒绝这门婚事，你凭什么？我嫁不出去吗？鲍万逃婚不知去向，她直接跑到鲍家，说此前彩礼是不会退的，并且自己马上就要结婚，老头必须随份子，金额不能低于100元。

所谓嫁人，嫁祸于人。

鲍万祖父这才知道，陈二姐早有了意中人，只是还没有到谈婚论嫁的地步，现在为了荣誉，她马上要和这个意中人结婚，这个人，就是现在的大车店老板。

二姐夫就这样成了鲍万的接班人，二姐极度隆重地嫁了。为了嘲弄老头，二姐严格按照"周礼"流程，与二姐夫把剩下的"纳徵、请期、亲迎、合卺"完成了。唐代孔颖达《毛诗正义》疏谓："男以昏时迎女，女因男而来。"因此她的婚礼是晚上举行的，并且男方穿的还是黑礼服，婚车也选了黑色的，在黄昏的街上一路狂奔，仿佛回巢的乌鸦。这就轰动了，东北的二婚才是这种做派，严格来说，算上鲍万，二姐也可说是二嫁。正因如此，陈家的大姐，从此被叫成了二姐，有点二的大姐。

可恨的是，这段时间二姐和老公耍性子，两口子吵架，气却全撒在了鲍万身上，所以上回在陈家，鲍万怯声怯气，缩头缩颈，很是憋屈。

想到此处，鲍万又气又笑："你不说牧之在哪里，我不勉强，你就告诉我，他来过没有？"

"昨天来的，来了就走了。"

"他说没说过什么时候回来？"

"我是他姐夫，不是他大姨妈，他什么时候回来，我哪里清楚？"

鲍万知道问不出陈牧之的去处了，想了想，说："你跟我说说秀姑的事。"二姐夫笑容冻住了。鲍万注意到他的眼眉跳了一下，若有所思地伸出中指和无名指，轻轻向下点了点桌子，微微歪起了头，意味深长地看着鲍万："问这个干吗？"

"我必须知道秀姑是怎么回事！"

"啪"一声惊堂木响，大车店老板雇来的瞎眼说书先生开腔了。

瞎子盘腿坐在炕桌边，扯着气冲山河的大嗓门："却说警局引军追至铁路大桥，只见探长伸手掏出通缉令端详片刻，扬手对陈牧之说：'我喊你名字，你敢答应吗？'那陈牧之倒竖虎须，圆睁环眼，手绰炸弹，立马桥上，厉声大喝曰：'有何不敢？我乃中国大街陈牧之也！谁敢与我决一死战？'声如巨雷。喊声未绝，只见探长身边的探员惊得肝胆碎裂，倒撞于马下。陈牧之这一喝，警察倒退数里，何敢再追？陈牧之仰天长笑，笑罢，把炸弹往空中一扔，两臂有四象不过之力，无人能敌。炸弹一飞冲天，半晌不见下来。陈牧之抬头观望，那四百斤重的炸弹掉将下来，'噗'的一声，正中陈牧之脸上，一时间飞沙走石，尘土冲天，火光乱舞，霹雳之声，不绝于耳。稍停，再一看，只见牧之的金盔金甲都在地上，人却不知去向了……"

新评书《陈牧之演义》集小将罗成、猛人张飞、飞锤李元霸等之大成，说书先生被自己胡编的故事、混搭的剧情弄得激动了，兴奋得直喘。

说书先生的表演没有得到任何喝彩，屋外安静得可怕。坐在雅间门口的鲍万回头望了望大屋，僵住了。满汉回蒙赫哲高丽,济济一炕的三十来人,点穴一般,直愣愣地看着鲍万。这种眼神,像是猎豹扮成家猫,微微阖目,却掩饰不住目露凶光。墙角边,炉子前,大炕上,每一个关键位置,都有一个披着大衣的家猫,隐隐看见探头探脑的枪管。

装家猫的猎豹,让鲍万也变成了两种动物——狼和狈。确实狼狈,三十几个人上前给他劝酒:"领导干部不喝酒,一个朋友也没有。"鲍万喝了一杯。"中层干部不喝酒,一点信息也没有。"杜拉客喝了一杯。"基层干部不喝酒,一点希望也没有。"剩下的几个探员喝了一杯。

二姐夫边劝酒边说:"不要慌,我们不在哈尔滨做事。来来来,再吃口菜。"鲍万一行把掺着蒙汗药的酒喝完,把秀姑她娘用大麻榨出的油汁炒的菜全部消灭,肚子直撑得像是河豚。

鲍万以为自己会手脚冰冷,四肢无力,头昏脑涨,肠胃迸裂,七窍流血,呜呼哀哉。然而并没有,蒙汗药带来的感觉居然很美好、安定、惬意、轻松、愉快,充满着幸福,全身骨肉松弛,美滋滋想什么有什么。他开始笑,控制不住地笑,笑声充斥着整个房间。

鲍万身心愉悦,慢慢转为陶醉,恬静而又自得。此时的他,身体动不了,眼珠还能转。他盯着秀姑的爹娘看,发觉自己的触觉、味觉、嗅觉都在强化,脑子也更好使了,有参透万物的通彻。他看到秀姑的娘肚子开始透明了,胎儿是个女孩。女孩在他眼前逐渐长大成了一个姑娘,忽然画面中出现了一个眼熟的人，留着刺猬一样的发型和浓密的胡子。仔细一看，原来是何家干。长大的姑娘手里拿着一沓文稿，请教何家干说："书名叫什么好呢？"何家干装腔作势思考后说："叫*The Field of Life and Death*，如何？"再然后，鲍万的眼睛便睁不开了。二姐夫这才带着人放心出门了。

世间的事，有时让人哭笑不得。这一天，陈牧之的经历与鲍万一行竟有些相似。鲍万在炕上，陈牧之在车上，自己家的车上。

十二

幻 象

鲍万前脚刚进大车店，陈牧之便从后门溜了，雇了一辆马车连夜赶回哈尔滨。陈牧之少爷脾气发作，没多想便把身上的钱全赏给了车夫，待发现自己身无分文时，已经晚了。家是不能回了，住进宾馆也绝无可能，他又不想给朋友带来麻烦，想着等天黑和二姐夫一起去广州。火车站里全是他的通缉令，他便在铁路周边转悠了一会，溜进了火车调度厂。停在轨道上的废弃车厢是个很好的避难处，其中一节他很熟悉，正是自己家订购，后来被巡捕房强行没收的车厢。

这节车厢本来要运回生产厂维修的，巡捕房拿不出足够的钱，便一直放在这里。侦缉取证后，车里的家具和装饰品，没有破损的，全被巡捕房拿走了，破损的，全被铁路局职工偷走了。陈牧之精心设计的车厢已经被荆轲和警察弄得面目全非，车厢的角落胡乱堆了稻草，几个石块搭成的灶台，架着半口破铁锅，流浪汉可能已经扒火车走了，未见踪影。

车厢地板上躺着已经支离破碎的东北"岁寒三友"——干白菜、干萝卜、干土豆，他在车厢的餐车段还找到了一小串干蘑菇。岁寒三友往锅里一摔便分崩离析了，拆掉车厢的木板架在锅下，淡红色的火苗像舌头一样舔着锅底。雪水开化，颜色慢慢加深，淡红变为深红，又变成带青色的火红，水青色的汤底缓缓变得云润光滑。

锅底火苗雀跃着，锅里翻江倒海，锅上热气腾腾。这是个美好的时刻。

人是铁，饭是磁铁。他确实没有想到，贫民食品居然如此美味，一顿下来，眼瞅着肚子由铁饼变成铅球，暖和了起来。一瞬间，一种特别舒服的陶醉感，夹杂着一种说不清楚的酸爽，传遍了全身。离晚上还有十个小时，此时需要养精蓄锐。他裹住衣服，躺在没有床垫的木板床上，心满意足地睡去了。

一觉过后，世界变了。他不知道，刚刚吃掉的蘑菇叫见手青。这见手青采摘时只要用手轻轻触摸它，就会出现青绿色的痕迹，吃下去更魔幻，是一种温和型的致幻剂，会让人看到《桃花源记》《拇指姑娘》《格列佛游记》《变形记》《白雪公主和七个小矮人》等中外名著。

现在地球成了一个陀螺，它在疯狂地自转。陈牧之跟不上这节奏，先是踉踉跄跄，接着便摔翻在地板上。地球仿佛在加速甩掉他，他勉强坐起，靠在车厢墙板上，竟产生了飞机升空时的推背感。公转也仿佛加快了，一年缩成一天，这一天里冬夏交替，忽冷忽热，冷得发抖像马达，热得发烫像工作过劳的马达。呼吸急促，心跳加快，身体和四肢失去控制和感觉，类似被斩成几段的蚯蚓，都是自己，又不听命于自己。

陈牧之人不能动，头晕，闭上眼睛，更晕。再睁眼，发现自己开了神通，透过车皮竟看到了外面的建筑，再努力看，那建筑外观先是像瀑布，忽然水量骤减，只剩下几条灰白的水线，非常精细，这水线便是建筑的骨架，内部结构也看得清清楚楚了。现在哈尔滨在他眼里，是一张骨感十足的结构素描。

厢板的大理石纹路开始流动起来，黑白之间高山流水，云烟顺着脚缓慢飘上来。车厢里忽然出现一道闪电，闪电形状有些眼熟，是一张铁路交通图，起点是哈尔滨火车站，蜿蜒地在眼前伸展，经过中原，越过秦岭，一路南下，线路幻化成了一条水墨花枝，再看过去，整张交通图俨然成了一幅大的写意花卉图，笔道遒劲有力，构图疏密有致，枝条穿插，枝简花繁，梅花或正或仰或俯，含苞待放，随枝点染，浓淡分明。

"花瓣飘起来会更美吧！"陈牧之心念方动，花瓣真的飘了起来。他伸手去接，花瓣却穿过手心落在了地板上。他迷迷糊糊想看清楚，红艳艳的花瓣却变成了一张张年轻的、生龙活虎的人脸。

这些脸开始不安分，长出了四肢和躯干，待到长到一根手指长，便开始三三两两地从枝丫上走下来，成了一群色彩缤纷的小人，在车厢里稳步前行。陈牧之发现他们的身体可以变换颜色，紧张时是红色，愤怒时变为蓝色。小人越来越多，渐渐填满了车厢，四周出现圆滚滚的云朵，云朵像浮在水中的饺子一样，在车厢里上下翻滚，每一次起伏，都驮出一个小人，陈牧之并没有数，却直接得到了数字，七十二个，当最后一个小人沉下去后，车厢的光线变得昏暗，气氛宁静又旖旎………

他感觉到不正常，想过反抗，但无法控制自己，一次次闭眼睁眼企图挣扎，不久，大脑放弃了努力，一切开始合情合理了。

一声螺号吹响了。小人们集合在一处，开拔了。他们都穿着黑面橡胶鞋，相互在胳膊上绑淡黄色的毛巾，脸上开始浮现五官，陈牧之一怔，二姐夫的脸也在其中。

一时呜呜声动，杀声震天，风起云涌，直扑向前。整个车厢布满了声波的轨迹，只一瞬间，车厢变成了一座雄伟的斗兽场。小人们的对手，是一群长着长尾巴的小猪，它们前蹄落地，腰身一用力竟然倒立了起来。屁股上的猪尾巴挺起，成了枪管，子弹叭叭叭从猪尾巴里奔泻而出。

小猪们叠起了罗汉，每组五层，子弹便画出了五条彩线，也不消散，几次之后，空中竟然打出了一张五线谱。死掉的小人们向上飘，挂在乐谱的高音符号处，再不动了。五线谱上挂着的小人越来越多，似乎都变成了音符模样。陈牧之音乐天分不足，但画面记得一清二楚，此事过后按照记忆复原，给懂音乐的朋友看过后，居然是《马赛曲》。

短暂的停歇后，忽然又蹿出一队小猪，领头的小猪胳膊上绑了毛巾。这猪长着人脸，细看，正是熊代温，毛巾是标志。至此，陈牧之才知道他原来是自己人，是内应。

小猪见熊代温裹着毛巾，立即转头开打，熊代温摘下毛巾，跳到高处挥着毛巾喊："自己人，自己人。"对面小猪喊："口令！"熊代温答："等待，希望。"小猪便停了枪转头回去了。熊代温领着一群猪自顾自向前走。挥手喊过话后，他却忘了再绑上毛巾。这次换成小人们打他，他再次跳到高处喊："自己人，自己人。"

陈牧之转头看对面小人的反应，一望之下暗叫不妙——对面是没有戴助听器的大车店经理！

经理哪里听得见这"自己人"，他双手持枪，"啪"一声正打在熊代温脸上，"自己人"一头从高处栽了下去。这一枪是彻底的误会，误会在这种情况下是解不开的。熊代温身后的小猪立刻反击，只一枪，也打在了大车店经理的脸上，子弹穿透头骨，血水和脑浆不断涌流。

误会再也没有机会解开了，形势也彻底逆转了。猪尾巴喷出的枪弹一阵猛似一阵，暴风骤雨般不停地倾泻。小人们的身体吱吱地碎裂，空气里弥漫着血水的热气和令人窒息的火药味。碎屑飞溅，烟雾腾腾。车厢像网袜一样密布洞眼。

五线谱上的一个音符忽然亮了起来，如萤火虫一般扑闪了一下，发着幽蓝的光飘了起来，紧接着第二只萤火虫也亮了，第三只，第四只……一只只飘浮起来，向车厢顶汇聚，越来越多，最后聚集在上空，在深蓝色的背景下闪闪发光，如夜空中的群星。

片刻，爬出一个小人，拿着个罗盘式样的东西低头边走边查看，径直走到了陈牧之的身上。陈牧之动弹不得，眼睁睁看着他从腿上走到腰间，又走到了胸口，在心脏处停了下来，手搭凉棚遥望一番，随即用脚跺了跺陈牧之的胸口，陈牧之心脏被震得发颤。他又俯下身，撅起屁股把耳朵凑在陈牧之胸口听了听，大约很满意的样子，站起来向车厢顶招手，先是指了指脚下，又迈步向左或者向右，停驻后便跺脚留下记号，那些变成繁星的小人，又像梅花散落一样，依次随着指点的位置缤纷飘落，接触到陈牧之的身体后便迅速融化进去，一朵朵钻进了他的心里，只在胸口上留下一片片粉红的痕迹，细看似梅花花瓣，娇艳欲滴。

一瞬间，他感觉自己被赋予了某种使命，心道："放心吧！"话音方落，胸口便被这些梅花填得发胀，隐约听见小人们在嘀咕："死不畏死，生不偷生。男儿大节，光与日争。"

陈牧之脚边挂着和饺子一模一样圆滚滚的云朵，它们在慢慢地消失，到了傍晚，车厢恢复了从前的空荡荡。他使劲眨了眨眼，车厢还是车厢，厢顶还是厢顶，再也不能透视看到厢外，那锅乱炖静静地在他脚边。他有些失落，像是做了一个梦，越来越恍惚，若不是身上有七十二个梅花一样的紫红色斑点结结实实地印在身上，他甚至怀疑刚才的事是否真的发生过。

兄弟们几乎都有文身，他自己却是没有的，虽说弹痕是警察最好的勋章，刀疤是大哥最好的文身，可他认为无论多么漂亮的文身，看起来都像是东北被面。现在，他身上鬼使神差地有了图案，这些粉红色的梅花位置十分巧妙，它们沿着刀疤的走向，三三两两地铺满了全身，刀疤如梅花的枝干，天衣无缝，浑然天成，仿佛就是为这些梅花准备的。

一束强烈的月光透过车厢上的大窟窿，瀑布一样倾泻到他的胸口。梅花在光线下圆润晶莹，娇艳欲滴。

鲍万不清楚此时自己是身处梦境还是幻觉，画面却很清晰，天上忽然飘下来一朵朵梅花，落在一处起伏的山冈上，怪相开始显现，这片山冈忽然变成了一具横卧的身体，梅花落在上面，竟然融化进了皮肤，成了紫红斑点。片刻，身体爬上来一支披麻戴孝的出殡队伍，经过鲍万身边时，飘过一股非常淡的苦味，他嗅出这味道是棺木散发出来的，棺木开始透明，里面却没有人，装满了怒放的樱花。再一恍惚，这具装满樱花的棺木已经下葬，坟上已经长出了枯草。鲍万看到自己走到了这座坟前盯着墓碑，这墓碑不过是一小截石条，上面共八个字——"山阴女子秀姑之墓"。再往上仔细看时，却不觉吃了一惊：这数九寒天里，棺木里的樱花居然蹿出冻土，长出了新枝叶。他折下一根，搓捻了一下，花头在他手里像私塾先生一样摇着脑袋。

鲍万彻底清醒过来了，现在盖在他身上的，就是那床让他产生了震惊以及对历史的敬畏的被子，摸上去阴湿黏滑，像是一块沥青。昆虫的战斗力更让他惊叹，据说晴朗的夜空下，肉眼能看到三千多颗星星，现在他发现，跳蚤在他身上一颗不少地复制了整个夜空，最大的那个肿包比满月还要圆。

他又是被硌醒的，这次硌醒他的不是相片，是一把枪，五发的左轮，可以肯定不是他自己的那一把。他恍惚记起药效发作后，二姐夫要把他们的配枪拿走，有人说："四个警察的枪都丢了，巡捕房肯定会大动干戈，没必要自找麻烦，子弹卸下不就得了。"另一人说："嗯，言之有理。"又对别人说了句什么"光汉子的枪"，大概就是那个时候掉包的。同一型号的枪，掉包干什么？那把左轮不但旧，击锤也有点问题，用新枪换了那把旧的，他要干什么？

杜拉客也醒了，见鲍万盯着枪发呆，问："怎么了？"鲍万说没什么。子弹丢了事不大，枪要是丢了面子可就彻底丢了。好在没人看出枪被换掉了，他就不作声了。

杜拉客软绵绵地走到院子里，找了半天弄到一根长木杆架在房檐上，考拉一样慢吞吞顺着杆子爬上了房，寻觅许久，终于在西北角找到了那个小布袋子。二姐夫临走前哗啦啦摇晃着一个布袋子，告诉他："子弹一会扔到屋顶上，你醒来慢慢找。"

短时间抓不到二姐夫。经此变动，他肯定是要通知陈牧之的，至于秀姑的娘和爹，抓他俩也没有什么用。鲍万决定先回哈尔滨。

呼兰在哈尔滨的北边，西伯利亚过来的北风，先经过呼兰，再冲向哈尔滨，所以这回去的交通工具就很拉风。

远远看到雪坡上冒出一个桅尖，接着出现一张鼓鼓的、孕妇的肚子一般的白帆，在白雪的映射下闪闪发光。雪地的银光跟着晃动起来，接着，一整艘大船便出现在坡顶，帆后一个小孩撑着船篙把握方向，大声吆喝着"不要乱动"。大船在雪坡最高处吱呀呀上下晃动了几下，雪地发出抵抗的嘶吼。小孩双手一用力，一丈长的篙将船头压了下去，一声欢叫，那艘大船一头冲下了雪坡，迅疾地击碎了雪的鳞甲，一排排雪浪涌起，白色的浪头翻滚起伏，弹起的雪雾罩住了整艘大船。映照在雪雾上的阳光银亮耀眼，如包藏着火焰一般，闪动着，翻滚着，升腾着。后面的一团又升腾着，翻滚着，闪动着喷涌而来。大船冲进一层层白茫茫的冰雪碎末，旋即片片飞散。银光消失了，船后的雪坡上，留下了一条两丈宽不可弥合的划痕。

黑龙江每年进入十月便遍地白雪，这时候一部分马车和人力车的生意，就要让位给这"雪地飞舟"。这名字是文人起的，俗称"爬犁"，也叫"雪橇"。客运马车是从俄罗斯传入的，爬犁是本地土特产，源远流长。明清时塞北的驿站冬天就用雪橇传递公文或载运商旅，在千里雪海上，这种无轮的马拉雪橇速度比四轮的马车还快。它本来就像一条船，双辕贴地，前仰后平，通体木制，上有围盖。虽然东北一年只刮两次风，但因为一次刮半年，就有聪明的人，实际是偷懒的人，把冬天闲置的船帆安在爬犁上，如遇疾风天，风向又对，前面拉雪橇的马屁股，就会被行驶如飞的爬犁头骚扰，顶撞得黑中透紫，像陈晓卿的脸。

鲍万此行坐的就是九匹马的雪地飞舟。因为刚才的大下坡，那个实际还是小孩的雪橇司机怕把马撞飞，先把马卸了下来。此时他已经站在坡下，那九匹马却还没有从雪坡走下来。可见刚才的速度是如何风驰电掣。然而快也有弊端，一路都是雪坑，一步一个，可以下跳棋的那种，颠簸得一伙人五官错位面目全非，两眼不在一条直线上，胃的位置在膀胱处，膀胱颠到了脑袋的位置，脑袋进水的下属，现在多了点尿素。

鲍万一直在琢磨"秀姑"两个字领悟得是否准确，是不是弄错了，会不会是另一个意思，是不是因为荆轲临死时说了"秀姑"，并且也确实有这个人，就先入为主了。

这个观点引起了探员们的重视，当然，只要是上级说的话，他们都高度重视。经过讨论，他们认为之前对秀姑耗费了大量时间和精力进行调查，结果一无所获，是否可以调整调查思路，从"秀姑"的发音来查。

思路转对方向，只一瞬间，这团迷雾便散开了。

鲍万忽然想起昨夜那场幻觉，那支埋葬樱花的队伍里，每个人的胳膊上都戴着的黑纱袖箍，突然醒悟——"秀姑"，会不会是"袖箍"？接着，几乎未经思考，便脱口而出："要出大事了。"

哈尔滨街头战斗，通常是一对一PK，即使是大型斗殴，双方人数也最多几十人，其中还有一大半是雇来做背景板的，如果话事人在前面吹牛失败，真打起来就都跑了。陈牧之少年时代以一敌七大获全胜，就是这种情况。

这次战争，被攻击的一方最后逆转了战局，他们人数虽少，却胜在有统一标识。当时气温还可以，两伙流氓都脱了衣服，文身让本来灰头土脸的大街瞬间花红柳绿姹紫嫣红。地面部队的步兵直捣黄龙后，形势突然急转直下，混战中分不清敌我了。致命的问题就此暴露出来，误伤队友的情况开始出现。若常规战斗欺行霸市打砸商贩，脱了衣服露出文身，就是天然的军装，敌我一目了然。此时是两伙流氓的战争，都有文身，都花花绿绿，于是误伤引发内乱，内乱导致自相残杀。

陈牧之虽然人数和装备不占优势，但视觉系统做得相当到位，每人一副白袜子。在这个统一标识下，步步为营有条不紊地打击对手。

战斗到后来，局面已经失控，兄弟阋墙，拉都拉不住。背上文哪吒的在打身上文龙的，胸前文武松的追着后背文下山虎的。哈尔滨是移民城市，看文身就能分辨出原籍：都说广东人吃福建人，然而文鸡头的那个来自广东东莞的流氓，正被文蛇头的福建籍流氓追杀；文狗头的大约来自特产军师的绍兴，被来自成都的兔头流氓踩在地上麻辣地蹂躏……主攻方从元气满满到元气大伤，话事人拎着铁皮喇叭，气急败坏地呼吁和平。

一群白袜子悠闲地站在路边，欣赏着煮豆燃豆萁。

此役过后陈牧之团伙就此崛起，哈尔滨的流氓们也开始重视VI（视觉识别系统），稍具规模的社团都会找专业公司设计logo以及全套的VI，陈牧之也是因为尝到了甜头，开始对平面设计感兴趣。

可以肯定，陈牧之买的那捆毛巾，是为一场大型械斗做准备。因为这时是冬天，裤腿挽不起来，所以用毛巾做袖箍。鲍万还猜到了袖箍的颜色，一定是淡黄色。

探员问："为什么？"

鲍万说："大车店买回的毛巾是淡黄色。"

进市区后，路过汽车站，鲍万叫小孩司机停一下。杜拉客有点困惑，再一抬眼，明白了。那个曾诳过他们的汽车司机，正斜靠在车头眉飞色舞地与两个俄国妇女调笑，鲍万一脚过去，司机滑轨一样从车头直滑到车尾，如果不是雪堆阻隔导致摔了跟头，他能一直滑到呼兰。

这是鲍万此次出行最快意的瞬间。

十三

落　网

喝着中式咖啡的陈牧之正在翻看关于自己的专题报道。这是很厚的一份剪报，每张剪报旁都有两颗手绘的心，被一支箭扎穿，看起来像是一串烤大腰子。这串烧烤让他别扭，更别扭的是剪报的边缘不直，如果不是身上有事，他甚至想借把剪刀修整它。

从剪报内容来看，事态越来越不受控制，比他预想的要严重。当初他出逃时，只是租界巡捕房成立了事件调查委员会，内部通告，还是口头的。后来对他的追查已发展到租界、华界联手，有了文件通报。又过了几天，竟然上了《远东报》，引起了市长的注意，其《公开表态》一文发表在哈尔滨各大报纸上。

一个未遂的案件有必要被如此关注吗？这帮没有见识的土鳖。

被十恶不赦的陈牧之感叹媒体的力量强大。翻完报纸，他除了焦虑还有哭笑不得。《远东报》上大字标题从道听途说到危言耸听，最初鲍万追捕他的时候，只称"两少年穿内裤追凶，结局太意外了"，后面的标题开始触目惊心——"刺客陈牧之在外埠又涉灭门凶案，无辜市民全家遇害均为此人所为"，这纯粹是栽赃。更令他愤怒的是俄侨办的《戈比报》，和《远东报》居然玩起了唱和，标题是"哈尔滨最厉害的十个黑社会刺客，知道一个算你牛！"，并说："陈牧之排名第二，欲知第一是何等人物，请看下期。"

他还翻到了八卦桃色类新闻。美国有个《华尔街日报》，哈尔滨风月界就有《花街日报》，标题为"和悍匪陈牧之谈恋爱，是一种怎样的体验？"，还附送蹭热点的软文《为了那瞬间的心跳和刹那的永恒》，从陈牧之参加马拉松比赛开始，到心脏保护和营养补充的医疗广告。另有遗言式文章《陈牧之的最后一句话，警醒十万哈尔滨人！》。

陈牧之感叹："我居然这么厉害！"

在这些记者眼里，陈牧之曾是跑得飞快的神行太保戴宗，又是能上房梁的鼓上蚤时迁，还是男扮女装放翻无辜群众并进行猥亵的母夜叉孙二娘。倒是被比喻成水下三天三夜不换气的浪里白条，陈牧之还算有几分认同，他这段时间活得确实很憋气，哈尔滨是绝对不能留了，去广州的时机已错过，去哪里是个问题。日本的朋友几乎都回国了，先生黄传镒现在美国，最近也不好过，被自己堂口的双花红棍坑得焦头烂额体无完肤。现在的陈牧之像走在一条细线上，只有一线的自由，还看不到这条线的尽头。

陈牧之走后，嫂子发现小姑子两手捧着下巴，盯着空座位和杯子发痴，瞳孔已经变成了心形，并点缀着星光。医学上有一个名词叫作"邦妮和克莱德症"：一部分女性会对超级罪犯心生崇拜，并产生刺激感和兴奋感，甚至病态的安全感。陈牧之现在就把哈尔滨年轻女性弄出了这种病，一帮大姑娘小媳妇把通缉令贴在墙上，日思夜想。某次杜拉客在街上见一个姑娘花痴地盯着通缉令看，以为有线索，谁料姑娘指着通缉令问："警察啊，是不是谁抓到他，他就归谁？"

杜拉客哭笑不得："对，那500块赏金算嫁妆。"

道外泰华西药商行的老板娘最近发现儿子没事就哭，暗中观察，居然是被待字闺中的小姑子掐的。作恶动机一瞬间就被她识破了，在东北，吓唬孩子最常见的是："再哭，再哭某某某来抓你！"这个某某某，这段时间被陈牧之取而代之，老板娘吓唬孩子："再哭，再哭陈牧之来抓你！"于是小姑子没事总掐侄子，因为她十分想见陈牧之。她把陈牧之认作偶像后，每天的报纸必买，但凡有关陈牧之的新闻都剪贴下来，终于成了一本厚厚的剪报集。寡嫂支持她痴迷偶像的活动，因为悬赏金额高达500块，甚至，有事没事自己也掐几下儿子。

精诚所至，金石为开。尽管陈牧之戴着帽子和口罩，小姑子一抬头就认出了那双黑夜里注视她的眼睛，绝不会错！她被这突然降临的幸福惊吓到有点眩晕。陈牧之问："有没有坐堂大夫？"没有回答。再问："有没有安神醒脑的药？"还是没有回答。现在需要安神醒脑的不是陈牧之，而是她自己。这姑娘糊里糊涂冲了一剂外感风寒发汗的麻黄汤，特意加了糖，这样喝起来有咖啡的感觉。陈牧之在药店的休息区坐下，背对着她，边喝边翻看桌上摆着的一本剪报集。

喝完，陈牧之就离开了。

"你不能报警！"小姑子阻止刚掐完孩子回店的嫂子，她和陈牧之正好迎面遭遇。"可是，你想让他每天风餐露宿亡命天涯吗？”两人正争执，鲍万和杜拉客进了店，跳蚤的大面积无缝攻击让他们苦不堪言。嫂子认识杜拉客，低声颤抖地说：“陈牧之刚走。”

临时会议是在不远处的马迭尔饭店开的，房间正好可以居高临下观察整条大街。鲍万基本确定陈牧之现在应该就在药店附近，依据是：第一，他衣着单薄，并且睫毛上没有霜雪，可知是从不远处来到药店的；第二，小姑子注意到他的头发像刺猬一样一缕一缕冻结在一起，应该是刚刚洗漱过，没等头发干就出门；第三，陈牧之刚走，鲍万就来了，30分钟内全城的交通要道卡点已经到位，至今各卡点没见到陈牧之，他应该还在这个包围圈里。

鲍万的分析是正确的，布防也是英明的。鉴于陈牧之的奔跑速度，他还加选了一批年轻的警察，配有狼狗和自行车辅助，陈牧之跑得再快，他们也能应付。只是怕陈牧之跳，这个浑蛋田径方面的天赋不容小觑。鲍万小时候流行一种叠罗汉打架的游戏，陈牧之几乎在没有助跑的情况下就能飞身越过两个人，所以要考虑好如何进行空中围堵。

楼下忽然一阵嘈杂声，夹杂着“你瞅啥”之类的谩骂，大约有人打起来了。这种事本来警察就不会管，并且时间短促，很快便销声匿迹了。

鲍万安排完后下楼，发现这次“你瞅啥”引发的争斗强度颇高，满地狼藉，汤汁、残羹、餐具碎片和布满污垢的桌布，让他不得不踮起脚走起芭蕾步。一个鼻青脸肿的伙计边收拾边骂着脏话，因为总是被领班支使得满场乱飞，还要挨客人的巴掌。杜拉客认识这个外号叫苍蝇的伙计，苍蝇嘴里骂着的人名让杜拉客停了下来，他骂的是彪哥。

"是陈家老二陈晓卿吗？""除了他还有谁！王八犊子，砸店就砸店，我又不是表，砸我干啥！表砸养的！"言罢，缩头四下望了望，并没有黑脸出现，补了句："他回来我也不怕。"

这次砸店简直莫名其妙，苍蝇暗恋的女服务员要嫁去江南省，他恨，给彪哥点烟时不由自主低声嘀咕了一句："谁去江南省谁傻×！"话音刚落，刚点好的烟就砸在了脸上，接着便是常规操作一通乱砸。

杜拉客不理这缘由，问："他不是被绑票了吗？什么时候赎回来的？知不知道被谁绑的？"

苍蝇根本不知道彪哥被绑这事，愣了一下，问杜拉客："怎么不撕票？"

鲍万对两人的对话不感兴趣，他盯着正在铺新桌布的领班，整套动作行云流水，颇有艺术感，推、拉、抖、铺，动作利落大方，分寸控制得恰到好处，雪白的桌布端正地罩在桌面上。他饶有兴致地欣赏了几眼，走到饭店门口对跟上的杜拉客说："你到蹲守点看看，我要去影戏院。"

"去影戏院干吗？"杜拉客有点蒙。

以为要花几天时间蹲守，谁知不到半天，陈牧之就在药店后面的胡同与蹲守的探员正面遭遇了。

"别跑！"

杜拉客曾请教过警界前辈，这费劲费力费肺活量多此一举的"别跑"有什么用。贼真要那么听话，大概也不会作奸犯科了吧？前辈说自己当年也没想明白，也请教过前辈，前辈的前辈说有三点作用：壮一壮我之胆；杀一杀贼之胆；喊一喊街坊。

貌似有理，实则无用。这一喊，确实为自己追逃增加了震慑力，只是贼逃跑用的是腿，不是胆。这一声喊，对贼来说相当于发令枪，是一种变相的鞭策和动力，至于街坊，也只是傻愣愣站着看，懂事的会喝个彩叫声好，更懂事的会拍巴掌，并无人助拳。拍巴掌的，贼到了身边，两个巴掌只会从胸前举到头顶。

陈牧之听到"发令枪"，开始飞奔，快如逐日的夸父，疾似追韩信的萧何。他第一次要命的狂奔，还是二十多年前，他父亲大叫一声，还有尾巴的陈牧之便一马当先地冲了出去，身后几亿兄弟在追赶。现在陈牧之的身后依然有一条尾巴——警察们紧紧地跟在他的屁股后面。陈牧之跑得还是那么着急，以投胎的心态甩掉身后的对手。

每个堵截的路口安排的是十个警察，再加一个外援。陈牧之见探员人人有枪，转头向身后胡同口疾奔。探员一面吹哨呼叫支援一面猛追，拐弯一看，陈牧之已经跑到了胡同出口。探员紧追不舍，陈牧之刚出胡同，和左侧马路上赶来的几名探员劈面相遇。为首探员大喜，一个跳跃直扑过来，陈牧之灵巧闪过，急转身往右侧胡同奔去，后面是密密麻麻会合过来的探员，呼喊声此起彼伏。他兔起鹘落，转眼溜进了另一条胡同。跟着的探员见状暗喜，陈牧之这奔逃路线，竟然完全按照鲍万的设计，风驰电掣地奔向绝境。

杜拉客在陈牧之身后紧追不舍，奔跑中的肌肉记忆唤醒了警校的回忆。老师说过，不要一下子就追上，可能会遭遇反抗，很危险；应该跟住他，吊住他，刺激他，让他紧张，越紧张越喘不上气，越喘不上气他就越慌，让他心跳像打鼓一样，打着打着，就成了退堂鼓，就好捉了。老师教的当然是扯淡，陈牧之是一头上足发条的活驴，越跑越欢乐，越欢乐越加速。有小孩在路边翻橡皮筋，她把两只手分别放在陈牧之和杜拉客的位置上，调整好角度和高度，透过皮筋再看陈牧之和杜拉客，就像是在皮筋儿上跑的两个木偶。一抻，皮筋变长了，陈牧之和杜拉客的距离，也跟着变长了。小孩再抻，皮筋更长了，两人的距离也更长了，又抻，皮筋"啪"一声断了，抽到脸上，她呜呜哭了起来。

追赶的探员们一直喊："站住！站住！你给我回来！"可浪子是不可能回头的，能让浪子回头的，只有南墙。

幼年时陈牧之犯了事从不认错，受罚时转身就跑。叔叔牵着狗，不疾不徐地拿着棍子跟着，直到陈牧之嘴角噗噗吐着白沫子才按住开揍。周而复始，少年陈牧之越跑越快，终于有一天叔叔跟得不再从容，必须用尽全力甩开膀子狂追。第二天，家里多了一匹马，叔叔由步兵升级为骑兵，挥着长棍子继续跟在陈牧之身后吆喝："加油加油，加点地沟油！"陈牧之只要稍稍慢下来，屁股上就是一棍！陈牧之不是陈晓卿，他开始专挑胡同跑，终于有一天，飞过墙的陈牧之听见"轰"一声巨响，马失前蹄，叔失前牙，人马合一地撞在了墙上。自此之后，叔叔退役，陈牧之的跳高纪录也就没有再进一步，保持在了2.7米左右。今天，他有些后悔，叔叔当年若是再买一只袋鼠，或许他将会轻松翻过身边这高达7米的围墙。

他定了定神，见南墙的左边有一条宽大的胡同，穿过这条胡同就是一望无垠的空旷沃野，只要拐进去，身后这些人就算是夸父、萧何，也都追不上自己。

此时的艳阳在南墙前打出一个硕大的金黄色的光影，一个人的影子映在了东墙上，看轮廓，应该是个女人。他稍稍减速，左拐进被人影分割的金黄里，准备迎击这个围堵他的对手。果然，胡同口立着一个人，他眯起眼睛细看，确实是个女人。

一切就像是电影，英雄身后都有个摇摇欲坠的太阳，此时恰好是夕照，英雄逆光而来，脑袋后一团光晕，身后的光线像豪猪刺，一根根发射状态直立，身体是黑的，轮廓是一圈金边。云彩是必须要有的，用乌云搭配要挂了的英雄，火烧云则是要做大事的前奏。现在，陈牧之眼前是红一块黄一块的番茄炒鸡蛋云。

他心里是疑惑的，巷子两丈宽，一个瘦瘦小小的女人怎么可能堵住他？但这个剪影就这样叉着腿威风凛凛地等着。她的姿势有些奇怪，看起来像是抱着一个孩子。陈牧之此时奔跑速度极快。按照物理定律，体重和奔跑速度相乘，其撞击力极大，而这个人在撞击下，必然会像保龄球瓶一样被撞倒，甚至会向后飞起来，像一只苍蝇融入番茄炒鸡蛋云里。

陈牧之又向上看了一下，左右两边的墙上并没有埋伏，即便有也没用，这墙高约7米，他飞不上去，别人自然也不敢跳下来。陈牧之觉得这个诡异的拦截必然有诈，她会不会是诱饵，前面是个挖好的坑，自己饿虎扑食，然后"咔嚓"一声掉下去？他的反应很快，到此时必须加速，在这个女人身前两米处起跳，左脚踹在墙上，身体倾斜，右边跟上，在墙上走三步，越过这个小个子后落地一个打滚，360度滚完起身再拐进大胡同。

陈牧之开始加速。8米，墙边是一张他的通缉令，墙上的陈牧之看着自己；7米，又是一张通缉令；6米，是两张他的通缉令，他注意到两张通缉令张贴得并不整齐；5米，速度太快，奔跑制造出的疾风刮掉了前面两张通缉令，气流形成真空状态，这两张通缉令竟然被吸了进去，随着陈牧之一同向前飘，4、3、2、1……起跳！

就在他起跳的瞬间，街口的小个子换成右脚在前、左脚在后的站立姿势，一扭身，两手把"孩子"提到胸前，双臂与肩平行，上身向左转体，下肢不动，右臂与身体回转，脆生生地大喊道："来啦，老弟!"话音未落，便把怀里的"孩子"飞掷在空中，半空中的陈牧之眼前突然出现了一座闪着无数细碎亮光的巨大的、银白色的冰山，它直铺过来，把夕阳遮盖得严严实实。他身体一紧，从空中轰然坠落，被牢牢罩在了一张巨大的白布里。小个子女人上身转体回位，恢复至正位站立，双手一回抽，再往上一提，将陈牧之与两张通缉令上的他纠缠在一起。

现在，陈牧之的嘴和通缉令上自己的嘴紧紧地贴在一起。被探员追，他并不害怕，现在和自己接吻，着实吓了他一跳。

杜拉客已如捕食的猫科动物般直扑上去。手不放在犯人身上，怎么证明人是你抓到的呢？后面追过来几个探员一堆手按在了陈牧之身上，擀饺子皮一样按住揉搓。出了力让领导看见，是一个下属起码的修养。

杜拉客狗一般兴奋，他是第一个按住陈牧之的，就在人堆最里面的位置，正趴在陈牧之扭动的身体上心潮起伏。两人扭动还不到三个回合，"啊!"一声撕心裂肺的惨叫声传来——那条借来的哈士奇正对着杜拉客屁股一通撕咬，神情威猛，充分体现了对主人的赤胆忠心。为了捕捉到陈牧之的犯罪气息，这狗就是当年随着叔叔追击陈牧之的那条，老而弥辣。

空气里弥漫着白雾，惊骇和紧张过后，兴奋终于释放了，探员们笑得七窍生烟，烟雾腾腾。东北的户外，每个人都是行走的加湿器，奔跑过后的喘息更加激烈。陈牧之被雾气滋润得水水灵灵，像刚从地窖里拿出的葱。

他迅速恢复了从容和淡定："抓就抓，拽我头发干吗？"

一双双目光射向陈牧之，他的脸令所有警察生气，颠沛流离的逃亡生涯，没有在他的脸上留下一丝一毫的狼狈，健康俊俏、朝气蓬勃，滋润又精致，任谁都无法将他和一个逃犯联系在一起。

"你是不是陈牧之？"

"废话！"

"知道自己干了什么？"

"全哈尔滨都知道。"陈牧之不以为意地说，"你们想知道什么？列个清单或者做个提纲交给我，我想说的自然会说，不想说的，那些歪门邪道的手段也没有什么用，没必要！"气焰狂妄嚣张。

陈牧之昂然立于街头，身后是只剩一丝红光的夕阳，边上是巡警，还有正忙着收布的小个子女人。陈牧之看到了她的脸，这女人他认识，是马迭尔西餐厅的经理刘兰芝。名字虽俗，却像是为这次行动量身打造的——"兰芝"即"拦之"。

兰芝得罪的不只是陈牧之，影戏院老板考布切夫也跟着骂："说好了不能弄脏，我晚上怎么放电影？"

罩住陈牧之的那块白布，是热烈喝彩影戏院的银幕。

鲍万考虑到桌布面积不够，把考布切夫的幕布骗出来给兰芝用。当晚，考布切夫把银幕重新挂好后，发现陈牧之摔得不轻，幕布上粘了一大块血。观众倒是没挑理，这颜色和放映的《拉郎配》十分契合，小娘子一会儿恋爱脸红，一会儿又新婚落红，可谓歪打正着。

十四

入　狱

在车上，陈牧之问鲍万怎么想到用电影幕布的，鲍万这才想起灵感来自陈晓卿砸店，导致领班重新铺桌布，继而想到更大的幕布。因为过程复杂，鲍万只说了起因是陈晓卿。陈牧之对弟弟已经回家仿佛漫不经心，只"哦"了一声，摆弄起腕上的手铐，戴着马蹄铐的他说："信不信？拷上手我也能飞。"说罢把两只手交叉，夕阳下，车厢壁上的手影便成了一只鸟，扑扇着翅膀飞得很快乐，很自由。"你这个鸟人。"鲍万不无称许地骂了句，也伸出手掌，曲回无名指和小手指，以手为枪，"啪"，对那鸟开了一枪。

陈牧之发现左手的铐结比右边少了一段，怪癖再次发作，使劲按了下去。鲍万笑了，他清楚陈牧之的怪癖，记得当年在学校，卫生间一边写的是men，另外一边写的是ladies，陈牧之说："每次看到都想砸掉。"

鲍万好奇地问："牧之啊，你这么介意秩序，为什么要破坏规矩，以身试法呢？"

陈牧之说："这规矩本就不规矩。"又自顾自嘀咕了一句："公民不服从。算了，和你说不明白。"

鲍万笑得灿烂，前面堵车，堵着的那条车队歪了，他对陈牧之说："要不要把它捋直了？"

杜拉客也好奇，问陈牧之到药店买安神醒脑药干什么。听了陈牧之的梦幻经历，鲍万将信将疑，自己前天被蒙汗药加大麻弄得确实可以透视孕妇，但身上长出梅花这事太过神奇。陈牧之被迫脱掉了上衣，杜拉客吓得几乎摔倒，这瓢虫一样的斑斑点点，是黑死病最典型的症状——发绀。

去年，傅家甸一个小旅店的老板突然咳嗽不止，继而吐血，皮肤出现红色的斑点，然后变成了黑紫色，再然后，死了。家人围着哭，哭着哭着也开始咳嗽吐血，身上也长出红斑，最后，全都死了。

当时没有人知道，这就是曾经横扫欧洲的黑死病，一种极为凶险，传播非常迅猛的传染病。

如果及时隔离，疫情不会发展到不可收拾的地步，可是没有人意识到这场灾异。老板一家人缘不错，邻居们发现后主动帮忙收尸。他们不仅收拾好尸体，也把小旅馆收拾得干干净净——拿走了屋里所有东西，家具、门窗、炊具、衣服、被褥，甚至孩子的尿布都没有放过。直到小旅馆像一间待售的毛坯房，他们还不善罢甘休，邻居卖豆腐的杨二嫂爬上房顶，用圆规一样的小脚奋力把苫草向下踢，嘴里念叨着："还有这些破烂，让我拿去吧。我们小户人家，用得着。"然后，"啊呀呀"一声从房顶栽落到地上，死了。

参与这次收尸和抄家的邻居们几天之内相继暴亡，死后一身黑斑。热心的邻居再次重复上述动作：收尸，抄家，暴亡。直到把傅家甸拆到十室九空，那片尿布被风吹到了衙门上空，才引起老爷们的重视。

面对鼠疫，他们什么办法都没有。疫情就如松花江决堤般蔓延开来，横扫哈尔滨，人像秋后被收割的高粱一样，成片栽倒在地。外媒报道"感染黑死病的患者无一康复"，

"状况无比的惨烈"，"患者从被感染到死亡，时间是两小时到两天；受感染的病人外表看起来十分健康，到街上游荡并宣称自己无病，抬到医院几小时后就死亡"。

傅家甸教堂的法国神父声称，只要信仰虔诚，无须惧怕病疫上身，自己随即染病身亡。本土跳大神的上场，仙家上身后声称老鼠怕猫，抱着一只猫头鹰绕着傅家甸走了一圈，猫头鹰飞了，他死了。大神染病身亡后，外地的、外省的、外国的医生轮番上阵，法国黑死病专家迈斯尼声称，只要杀光哈尔滨的所有老鼠，疫情自然消退。六天后，他死在了属鼠的妓女怀里。此后，再没有任何所谓的专家敢来哈尔滨了。

本土中西医联合起来自救，各尽所能。"中医用针灸，服牛黄、犀角等凉血败毒药，西医用泻盐加非精班松咽松打、鸦片酒、金鸡纳霜、白兰地酒、毛地黄酒、马前委精酒、信石水"，这些联合，依旧是"挽联"，疫情依然没有得到任何控制，傅家甸死掉了上千人。

整个哈尔滨黑云压境，瘟疫在狂舞，这座国际化小城瞬间由天堂变成不折不扣的人间地狱，变成一座极端惊悚的生死之城……

外地的、外省的、外国的医生全都无用，只能求助于外星的。

英雄登场了。

这位医生叫伍星联，是毕业于剑桥大学的医学博士。

伍星联经外务部推荐，作为全权总医官赶赴哈尔滨。当时他年仅31岁，但熟谙细菌学、流行病学与公共卫生学，堪当重任。

伍星联几乎凭借一己之力，拯救了哈尔滨。

他深入疫区调查研究，追索流行路径，并采取了加强铁路检疫、控制交通、隔离疫区、火化尸体、收容病人等多项防治措施。正是凭着伍星联准确的判断，周密而科学的防疫方案，不久便控制了疫情。当然，民众的配合也至关重要，《NEW周刊》的主编封新城亲自撰文，呼吁市民和政府支持伍医生的隔离措施。她原名叫凤莲，十分乡土朴实的名字。伍医生建议封闭哈尔滨这座新城时，她突发奇想，给自己起了个笔名，就叫封新城。

四个月后，疫情得到控制，偶有发现，渐起渐灭。这场震惊中外的瘟疫最终销声匿迹。

这场瘟疫里，陈家也做了诸多善举，伙伴公司倡议全市商家捐款抗灾、捐药、送药、施粥，参与救援，件件不落。其中最令陈家津津乐道的是：疫情结束后，在商户答谢宴上，伍星联问主厨能不能设计一种餐桌，放上公共筷子和勺子，尽量减少病菌交叉感染。厨子哪有解决方案。黑少年陈晓卿就在隔壁桌，傻小子别的事情糊里糊涂，在吃上可谓天才，他灵光乍现，突然想到街上骗人的旋转奖盘，建议在八仙桌上安个竖轴，轴上面再安一个圆餐台。吃饭时公筷摆在餐台上，随转随用。伍星联赞不绝口，试制后却发现不太好用，中间带竖轴的餐台旋转几圈就变形，陈晓卿又弄出个改进方案：在桌上挖个导槽，槽里面放上轴承，再盖圆餐台。餐台转盘就这样横空出世了。

陈家对伍医生的专业很是敬重，相信他的朋友圈子里也都是业界精英。二姐试探着问："是否认识好的脑科医生？"伍医生说："这孩子没什么问题，很聪明呀。"陈晓卿就很得意，二姐说："除了吃，你还会什么？"陈晓卿答："还会饿呀！"伍医生认真看了看陈晓卿，建议他去楚州的同仁医院检查一下，那里有最先进的进口仪器，最主要是医院的脑科医生陈武很厉害，浅部脑瘤都能处理，甚至能开颅。为此，他专门给同仁医院写了信，楚州回信说陈武医生出国进修，大约要明年才能回国，医院另有好的脑科医生，欢迎就诊。陈家迷信权威专家，说能否带着陈晓卿出国去找这位陈医生。伍医生说何必折腾，况且陈医生在国外，仪器和团队都在楚州，相当于关羽在麦城，青龙偃月刀和扛刀的周仓却在长坂坡，不如等他回来再去。治病一事暂时搁置。

哈尔滨全城已经平安了近半年，陈牧之身上的发绀，再一次让形势紧张起来。

滨江医院的伍星联医生连忙赶到，立刻对陈牧之做了检查化验，依据其临床表现及发病过程否定了黑死病，因为没有找到病毒。督察长却还是害怕，宁可错杀一千，不能放过一个，必须按照黑死病的手段隔离处理。当晚，先给巡捕房做一次彻底的消毒，傅家甸的山西商户倒了霉，必须捐献老陈醋用以消毒。与陈牧之接触的所有警察，一律隔离检疫化验。

三天后，杜拉客穿着一身神秘莫测的防护服进了审讯室，这套防护服是滨江医院老中医约翰大夫提供的，据说是路易十三时代的御医发明的。"携带瘟疫的恶灵隐蔽在鸟的身上，而这些鸟会被形象更加凶恶的鸟嘴面具吓跑。"这一理论为这种防护服提供了灵感：大檐皮礼帽扣住整个脑袋，牛皮的头套上面镶着红色玻璃镜片，最酷的是口鼻处用皮做成鸟嘴形，鸟嘴下方开小孔以助呼吸，鸟嘴内部是装了香料和草药的布袋，用来隔绝有毒空气并减少闻到的异味，披肩和长袍都是过了蜡的亚麻布。

审讯室和监室恰好在一条直线上。杜拉客找来两个绕线的小轱辘，分别固定在监室和审讯室门口，在轱辘上绕好绳子，绳子上捆上两个夹子，一个传输用的定滑轮便做好了。监室里放好文房四宝，纸用得最妙，是陈牧之的通缉令，背面朝上，厚厚的一沓，有令犯人回顾犯罪经过，自我审视，改过自新之意。

杜拉客跳过常规审讯，直抒胸臆地在通缉令背面写道："爆炸案是你主使的吗？"然后夹好，小心地拉动绳索，定滑轮将这问讯纸飘飘悠悠地送到陈牧之所在的监室门口。杜拉客远远地挥手，陈牧之骂杜拉客胆小怕死。杜拉客不在乎，继续写下第二张："不说上手段！"陈牧之对这个威胁做出了回应，透过监室的小窗摘了纸，笔走龙蛇在自己的通缉令后面回复，也学着杜拉客夹上纸条，缓缓地将自己的供述拉到审讯室门口，上书四个大字："扫榻以待。"

杜拉客倒是想上手段，哈尔滨警察的拳脚功夫在东三省是有名的，可叹竟遇到这种极端情况，一身功夫没了用武之地。使用刑具倒是可以避免身体直接接触，但都不够长，审讯室的皮鞭不过三尺二寸，这个距离肯定不是安全距离。倒是可以找中国大街的马车夫，他们的鞭子加上鞭杆两丈有余，可是车夫听说要打陈牧之，怎么都不来，只肯把鞭子借给巡捕房。两丈是不是安全距离？杜拉客也不清楚，就算清楚他也不敢用，甩鞭子是技术活，新手肯定会抽到自己，抽陈牧之三鞭子，大概自己也会挨上一鞭，若把陈牧之抽出了血，再回抽到自己身上，感染病毒先不说，和陈牧之有了血肉肌肤之亲，传出去鸟脸何在？

审讯陈牧之，鲍万本来是申请回避的，从案情进展来看，陈牧之的归案，也就天下太平了，没必要和老同学尴尬对质。可鹿督察长说："不需要回避，用你正义的目光灼伤他！"鲍万明白督察长的心思，此话一出，鲍万只能出手更狠，避免被指责徇私枉法。

"好好交代嘛，比死扛好，信我的。"鲍万东拉西扯两人友情之类的废话，想起小时候一起背过的《论语》，便写道："愿车马衣轻裘，与朋友共，敝之而无憾。""有朋自远方捉来警局，不亦说乎。"这些虚情假意顺着绳索滑去了监室。

鲍万清楚自己是问不出什么了，本意也不是想去绕他审他，就是闲聊，能有收获最好，没有就当叙旧了。

陈牧之回信孤零零的一句："吾直性狭中，多所不堪，偶与足下相知耳。"这句摘自《与山巨源绝交书》，也是当年背过的，当时两人都背不完整。现在来看，还是如同当年。陈牧之写不出下句，鲍万也想不起下句，便假惺惺嘘寒问暖："最近睡得怎么样？"陈牧之反问他最近睡得如何。鲍万老实回答："并不好，你那个房间太大，太白，一个人睡瘆得慌。"陈牧之遥遥见他穿着自己的衣服，醒悟到鲍万一直住在自己房间，才明白鲍万所谓的"愿车马衣轻裘，与朋友共"是在调戏自己。

陈牧之依旧软硬不吃油盐不进，审讯被迫结束。鲍万遥遥向陈牧之摆手，把一包水果挂在线上，传给了陈牧之。

没有口供并不影响定案，督察长对如何处置陈牧之却有些犹豫。令他头疼的是，铁路局长、护军司令火热瓦特居然亲自来到他的办公室为陈牧之求情，这位洋大人落座后先拿出一本《康熙字典》。随行的中国秘书翻到《口字部》，指着说："您看这一条，有没有一个和'命'同音的字？没有吧。这说明什么？说明命真的只有一条！"接着说陈牧之年轻莽撞，希望督察长能给他一个改过自新的机会。

督察长觉得压力越来越大，靠山已经回俄，现在自己朝不保夕。火热瓦特如果真的动怒，自己这个督察长随时可能被换掉，甚至可能出现极端情况。那个中国秘书，忽然又翻到了《歹字部》，指着"死"字说："您看这一条，'死'也没有同音字。这说明什么？死路一条！"

解决掉陈牧之，督办大臣当然满意，能搭上这条贵人线，对自己是个机会，可也只是个机会而已，最终发展如何，还是个未知数。而且如果真的解决了陈牧之，就是和陈家结下了死仇，要陈家人的钱问题不大，要了陈家人的命，就一点回旋的余地都没有了。陈家就两个孙子，小孙子是个傻子，杀了陈牧之，陈家很可能会拼命。并且，杀掉陈牧之的难度很大，陈家上下活动，听说已经惊动了京城的大员。督察长收下了银票，又不想丢了气势，撕下了字典里"命"字那一页，说："这条命可以留下，但要在我手上。"

最终，以谋杀罪判决陈牧之终身监禁，但他并未出现在法庭。

陈牧之还在封闭式隔离观察，排泄物则送去医院又进行了化验，最后确认完全没有携带鼠疫病毒。保险起见，依旧扔在监室里观察。

一天一天过去了，三天之后没有发病，五天，十天，还是没有发病，这才将他移至监狱，监狱却坚决拒收。

巡捕房要送，监狱要推，陈牧之像秋千一样，不知何处是归宿，最终又请伍星联医生出面，在巡捕房专门为陈牧之做了一次全身体检。陈牧之心倒是大，抽血时忽然想起一个段子，问小护士："绑我胳膊上的皮筋是什么东西？""压脉带。""什么？"护士见陈牧之一脸坏笑，虽听不懂，却感觉是在调戏她，"嗤"一下，扎针成了纳鞋底。

监狱的法医一页一页地拿着化验单研究了三天，确实挑不出毛病。除了胳膊上几乎被护士扎透的那个针眼，陈牧之身体状况几乎是完美无瑕的。监狱这才将信将疑，咬着牙收了。送陈牧之去监狱的路上，鲍万和陈牧之又聊了一次，鲍万直奔主题问："这些事到底是谁主使的？"陈牧之说："已经结案了，好奇心干吗这么重？都是我做的。"鲍万说："既然已经结案了，何必瞒我？从密码信到暗语手势，几个人何必弄得这么麻烦？你们背后到底是什么组织？"陈牧之笑道："你知道的呀，洪门的埠公堂啊，堂主嘱咐做的。想抓他是吧？你抓不到的，除非你是康熙。"卖过关子方才说："他在美国三藩。"说完，又开始了经典的泡沫擦玻璃的笑声。

鲍万这才明白为什么扯到康熙，因为康熙平三藩。他知道陈牧之不想说实话，再问下去也是浪费时间，见陈牧之笑得满脸开花，问："好笑吗？"陈牧之反问："不好笑吗？"

这次负责押送的办事员跟陈牧之笑着打招呼，说："有段时间不见了，你干啥去了？关那边了？"陈牧之少年时代是"双核"的不良少年，不是在华界班房，就是在去租界班房的路上，中外监所都熟悉他。

另一个人也在办入狱手续。一个半大老头在桌上趴着，这人五官都不缺，配合得也算协调，不算丑，但也不好看。这长相怎么说呢，像何首乌，就是初具人形。

此时，这人远远地看见陈牧之，露出一脸神秘的坏笑，两只眼睛像地震惊出洞穴的老鼠，贼溜溜地左顾右盼，说："小家伙，咱们又见面了哈。"

办事员一见这小老头就来气："你怎么又进来了？"小老头搓搓手道："你们又冲进了报馆，我哪里走得掉？"办事员见鲍万在边上，没骂人，转用了书面语："正可谓浪子回头金不换。你看看你，一步错，步步错，牢底坐穿。"小老头笑道："我都这岁数了，还浪个啥，回个啥，得往前整。我也想开了，既然抓了，就回来养老吧，有个大病小灾的，也有个人伺候，多好。"狱警也来了气："你根本就没想在外面养老！"

小老头被拆穿，讪笑。接着，按他的说法，出身栏中他还是填"私生子"，职业依旧是"圣人"，身体状况当然是"疯子"。年龄没长，继续"万寿无疆"，较之六年前，他现在四十二岁了。小老头办完手续，看了一下陈牧之，贪念又生，得寸进尺说："能不能还和这小家伙关一个号里？"狱警调侃地呵斥："他有黑死病。你想养老，还是送终？老实点！再嘚瑟减刑！"

陈牧之哭笑不得，这个叫张学乘的半大老头，是他曾经的同监狱友，也是监狱里的猛男。不是猛在肌肉，而是猛在精神，简而言之，就是精神病。这精神病入狱的罪名是骂人，当然不是骂一般人，他骂的是市长。

事情要从租界的一份名叫《SHOW报》的八卦小报说起。这报纸的创办人根本不会办报，最初刊登些社会新闻。在社会新闻里，黑社会新闻最能刺激读者。出了两期，读者没刺激到，黑社会被刺激到了，砸了报馆。黑色不能报道，便转为黄色，打算专门刊登色情小文。可惜主笔的水平实在抱歉，老板要黄文，主笔查了半天资料，从《说文解字》里发现，平常所说的语气助词"也"字，在古代竟然是指女性生殖器，这倒是个新发现。主笔得意洋洋，洋洋洒洒写了一整版的考据："也，女阴也。从乙，象形。""女阴是本义，假借为语词，本无可疑者，而浅人妄疑之。"至于黄色故事，整版文章只字未提，空空如"也"。

这酸臭的训诂，买报纸的哪个愿意看？哪个又看得懂？创办人维持不下去，转手把报纸卖了。接手人比较明白，媒体的根本是"内容为王"，至于刊登什么内容，整个租界的报纸言论都比较保守，《SHOW报》必须敢于逆势而上。西谚有句："能够令人发笑的，除了性，就是政治。"接手人经过深思熟虑后决定——骂市长。

这一决定，为租界报业注入了一股清流氓。一群看市长不顺眼的文痞，在这张报纸里沆瀣一气了，对外宣称"揭露黑暗、抨击丑恶、议论时政、弘扬正气"，目标却只有一个，就是黄旭光市长。

此中骂得最凶最狠的人就是张学乘，其幼年理想是当省长，后来觉得太难，改为市长，而后感觉镇长也行，最后村长也凑合，最终只当了家长！本是地痞出身的黄旭光，却一直被命运垂青，一路顺风顺水坐到了市长的位置。若不认识也就罢了，偏偏这黄旭光还是张学乘邻村的，这谁能受得了？熟人发福可以，发达发财不行。于是一篇又一篇起底文章，对市长极尽嬉笑怒骂嘲讽造谣之能事。黄市长好意为劝农春耕做的批示刚登报，第二天张学乘便在文章里骂："黄旭光是个豆子和麦子都分不清楚的蠢驴，瞎指导什么！"

他的结义四弟魏丹骂得更难听，此人文章气势磅礴、笔锋犀利，有强烈不堪入目的感染力。他骂市长的嗣母是"卖淫妇"，此文一出，全市哗然。

市长忍无可忍，要求查禁《SHOW报》，在市政府的多次要求下，工部局发出了拘票，社长出逃。张学乘倒算是一条汉子，坐等被捕。这疯汉子脑子确实有问题，在工部局的巡捕房里写了一封公开信，"以大义相招"，呼吁已经逃跑的四弟魏丹主动投案。实际上，当初结义的时候只有他们两个人，因为两人都犯二，所以本是二弟的魏丹变成了四弟。人道是："一不怕苦，二不怕死。"这个犯二的四弟果然不怕死，大义凛然地到租界巡捕房自首了。

两人分别以有期徒刑三年和有期徒刑两年慷慨赴狱，从此，成了陈牧之的狱友。

老手入狱，有他一套亮相的手法。进牢房时，如有相识的便招呼一下；倘若没有，便把手里提的东西向壁上钉子上一挂，用手摇摇钉子说："我上次在这间房里钉的这颗钉子还很牢实。"如有人抗议说这是自己刚刚钉的，他便说："那我钉的谁拔去了？"这样的话，无非是说他不是新人，别人不能随便欺侮他。

魏丹是第一次入狱，按惯例，入狱的新人要先洗澡，魏丹摇头说现在天气太冷，自己又有病，洗澡就算了吧。引得众人哄笑起来，监房里充满了快活的空气。澡是必须洗的，正要上手段，魏丹却走到了墙上那枚钉子边上。

整个监室都在看他接下来怎么演。

单薄瘦弱的魏丹看了看钉在墙上的钉子，一边笑，一边舒展手掌盖了上去，用钉子慢慢地钻自己手心，很慢很慢地钻。当年还是不良少年的陈牧之，笑着靠在稻草上，头枕在手上，漫不经心地看魏丹表演。魏丹的手掌在带锈的铁钉上慢慢地旋转，终于钻破了掌心，钉子很钝，监室很静，能听见它正在搅动掌心的筋肉，更能听见铁钉刮擦手骨发出的嘎吱嘎吱的声响。血开始顺着胳膊缓缓向下，终于流过了肘弯，流到了腋下，流到了肋骨，再一路直下，一滴一滴，水珠一样砸落在石板上，发出滴滴答答的声响，在冬天的地上冒着热气。一支烟的光景，用自己的血洗了澡的魏丹，把手从钉子上拔出，举起对着众人说："看，透了。"

陈牧之没想到，这小个子的年轻人身体里竟然蕴含着如此磅礴凶悍的力量。他起身走到跟前，透过血洞看着魏丹，那张脸看起来稚嫩年轻，还有点婴儿肥，皮肤白皙紧致，有一种接近透明的光泽，吹弹可破，真让人担心他若是长了胡子，整个脑袋就会漏气瘪掉。现在它煞白但平静，一丝奇特的微笑挂在脸上，问："我睡哪儿？"

按规矩，新来的睡石板过道，老人睡石板上。这个二十几平方米的房子关了三十来人，睡觉要侧着身子插在人缝里，看上去就像书架上面的书，侧着排得整整齐齐，插进去什么样子，第二天还是什么样子。头铺，也就是牢头，撇了撇嘴，叫他躺在陈牧之的边上。

牢房的统治阶级略分为三档。第一档是牢头狱霸，有头有脸有钱；第二档是狱霸的打手加秘书，年纪较轻且人高马大；第三档是"散仙"，这种人只管出钱，只管吃喝睡就行。少年的陈牧之可以做二档，不过在监狱里，那种要横斗狠的往往是社会最底层，他们需要用横和狠来显示自己的存在感，而这种人一般都是小弟，真正的大哥很少与人争执。陈牧之认为自己是上层社会，更是大哥，就主动做了散仙。

缘分这个东西是说不准的，该来的总会来，陈牧之到最后也不清楚，自己和魏丹的缘分是善缘还是孽缘。总之，他对行事匪夷所思，说话像先知，有着与其年龄不吻合的成熟的魏丹很感兴趣。

日子一天一天过去了，两人邻铺，彼此也算熟悉了。

陈牧之和魏丹交流的主要话题是黑社会和大哥。陈牧之问魏丹："启明哥听说过吧？他是因为我死的。"有人插话："真的假的啊？""嗯，刀插进他肚子里。"陈牧之为了证明自己的实力和人脉，又盘点了哈尔滨黑道大哥排行榜，至于江湖上的成名人物，更是如数家珍，一通盘点下来，让魏丹掌握了更多的天文和地理知识，陈牧之嘴里的这些哥涵盖了东星哥、红星哥、金牛哥、狮子哥、芝加哥、摩洛哥、墨西哥……死去的启明哥，好像也是星星。

辉煌的前半生童话描述完，陈牧之说："以后有事就找我，我帮你摆平。"

魏丹点了点头，问："你认识这么多人，你认识你自己吗？"陈牧之觉得莫名其妙，这是什么问题？见他发愣，魏丹又问："你能认出十年后的自己吗？"这句话多多少少触及了陈牧之藏在心里的某些想法，那一刻他居然发现脑子开始空白，搜肠刮肚找词，肚子里好像也没什么词。陈牧之对十年后的自己没有什么清晰的预设，可能就是先做中国大街的大哥，然后再做哈尔滨的大哥，然后再做全省的大哥。

陈牧之说完，问魏丹："这还不够吗？"魏丹说："可这不是你啊，这是模仿现在的大哥啊。这样活有意思吗？"陈牧之想了想，说："这样不挺好的吗？"说完，忽然感觉到某种茫然和沮丧，他带点无奈和困惑说："不这么活，怎么活？"

魏丹想了想，说："确实，这样活也好。只不过，你觉得容易的时候，一定是有人在替你承担着属于你的那份不易。这个人，就是将来的你。"

"强者自救，圣者渡人。"正在看佛经的张学乘在边上加脚注般嘀咕。

受魏丹影响，陈牧之也打算搞点文字工作。他野心不小，起初想写一首长诗，一首比文天祥的《正气歌》更加雄壮磅礴的长诗。他叫家里送来《文天祥集》和《康熙字典》，折腾了半个月，《新正气歌》没有写出来，又改学屈原写《离骚》，后来又改为创作戏剧。张学乘看完陈牧之写的剧本后说："还不错，下联呢？"陈牧之有点蒙，张疯子说："四骈，五言，七律。你这就写了十个字，不是对联是什么？"

通往文学的路，总是在施工中。

张疯子要收陈牧之为徒，说自己师承曲园居士。陈牧之只听说过屈原，从没听说过曲园，他明白张疯子的心思，破老头看上了自己的硬通货。

监狱里都是人才，但没有一个是真正的聪明人，不过是歪脑筋多一点罢了。聪明人怎么会犯罪？聪明人都做官去了。张学乘也是人才，可以把一根烟卷出三根来，俗称一拖三，非常时期，他甚至可以一拖五。

陈牧之最初是一根烟都不给他，魏丹是因为张疯子发神经病而入的狱，陈牧之一直瞧不上他。张疯子就替陈牧之捋了捋前因后果：如果不是因为张学乘，魏丹不会入狱，如果不入狱，陈牧之也交不到魏丹这个朋友。陈牧之觉得逻辑通顺，开始不时给张疯子几根烟。然而张疯子的烟瘾太大，抽烟像是吃面条，一吸溜就是一根，据说可以一直不停地吸溜三四个小时，所以他研发了一拖三，瓜子壳、咸菜干、茶叶末、枯树叶遭了殃，张学乘把它们弄碎了混着烟丝裹着抽。监狱的院子里有棵丁香树，把掉落的花瓣晒干了卷起来抽味道最好，又香又甜，有诗意极了。最难抽的是花生外面那层红皮儿，抽完会流鼻血。有人坏笑着问张疯子："怎么不给自己治一治？"张疯子说："它淌它的呗，当祛火了。"

陈牧之不抽烟，但是他有烟。巴夺兄弟的仓库是租用伙伴公司的，租金就用烟草抵账。尽管狱卒总是克扣，陈牧之的香烟还是像竹简一样，一捆一捆地流进监狱。香烟在这里就是货币，几乎可以换到监狱里的任何东西。别人想从他这里拿到烟，得帮他干活。张学乘有个性，每次就是白要，还不领情，只说不白抽，等哪天陈牧之生病了他给治。他确实读过几本医书，喜欢替人看病，自诩"医术第一，史学第二，骂市长第三"。他一直观察陈牧之，天天盼着陈牧之生病，最好得伤寒，因为张学乘曾做过梦，梦里自己是张仲景转世。

"你怎么还不病？"张学乘诊脉的手指在陈牧之眼前活跃地跳动。陈牧之被晃得眼花，只能在张学乘快乐的手指间放上一根烟。"行医，只有一个人比我强，就是华佗，但是，他死了。行医，只有一个人可以批评我，就是张仲景，但是，他老人家转世成我了。"张学乘快乐的手指又伸到了陈牧之的眼前，活跃地跳动。

魏丹最后就死在了张学乘快乐的手指上。

入狱之初，魏丹就得了个怪病，遗精。外地监狱是用兽医充数做狱医，哈尔滨监狱的医生是正经医生，法医转行来的，在他精湛的医术下，每年各种病要死掉一百六十人，魏丹生病，肯定不会麻烦这位阎王派出的猎头。

张疯子诊断后对魏丹说："你一向不好声色，又并未接近女性，如今不做梦而精液流出，应当自我控制，不这样，到了春天就会得病死去。"

陈牧之问："有没有办法治？"

张学乘说："他病在阴亏，只有给他服用黄连、阿胶、鸡蛋黄配制的汤药，才能一天天痊愈。"

这些东西并不难找，陈牧之弄到后，魏丹按张疯子的医嘱天天吃，越吃越严重。他一直低烧，只想睡觉，又难以入睡，半夜梦中说胡话，到天亮却全不记得。等陈牧之托人把真正的医生叫来监狱，已经晚了。

陈牧之对张学乘误诊愤愤不平，张学乘就拿出一本《因明入正理论》给陈牧之说："读懂这本书，可以解除三年的愤懑。"陈牧之骂张学乘是个疯子，张学乘喜形于色："不才承认自己是有一些神经病的。神经病好啊，想骂谁就骂谁。"陈牧之说："你骂我试试。"张学乘就正常了，蹲在墙角开始一拖三去了。

魏丹的死是有征兆的，那一天是除夕，陈牧之在大罗新点了年夜饭，还要了面粉和肉馅，监室里的犯人喜气洋洋包着饺子。魏丹要和陈牧之下象棋。陈牧之的象棋是魏丹教的，魏丹有点强迫症，棋子上的字必须正对着自己，不然就难受。陈牧之的强迫症比魏丹更甚，总是越界过来帮他把棋子摆正，说："这'干'你怎么总摆错？"魏丹看他手里拿着的"士"，难得地笑出了声。

也是奇怪，陈牧之那天总是赢。最后一局，他吃掉了魏丹的马和卒时，魏丹毫无征兆地要悔棋。陈牧之第一次尝到智力碾压的快感，当然不同意，说："君子举棋不悔。"毫不犹豫地用"干"干掉了"卒"。魏丹一声长叹。陈牧之见魏丹神色骤然黯淡，讪讪地说："至于吗？"

魏丹低头不语，再抬起头时，陈牧之感觉自己成了透明人。自己的形体空洞，魏丹的眼神更加空洞。"我笔名叫'马前卒'。"魏丹说。

当夜，魏丹发起高烧，脸色黄一阵白一阵，吓人得很，出虚汗，发抖，呕吐，昏厥，吐血，郁结的东西大概吐完了，最后整个人都轻了。魏丹昏昏沉沉，目光呆滞，面无表情地望着天花板，偶尔对陈牧之说两句胡话："我的命快到头了，你还没。既然你把我吃了，今后啊，你就把我那份，替我活下去。"最后，他吞吞吐吐说了八个字："人生苦短，人间苦长。"说完，仰头砸向地板，那瘦弱的病体竟然砸出"轰"的一声巨响，然后，再无声息。他的身躯蜷缩在卧铺的一角，像一根揉掐灭掉的烟头。

狱医进来先尝了饺子才揭开被子，发现魏丹眼睛不闭，拨开眼皮看了几眼。陈牧之问："死了？"狱医说："嗯。"陈牧之问："确定死了？"狱医不高兴了，反诘："死没死我还看不出来？我以前是干啥的？"

窗外大雪纷飞，鞭炮声不绝于耳，远处有烟花不断升起，在夜空中绽放出炫目的光亮。光亮越过高墙，穿越监窗，照在魏丹的侧脸上。陈牧之看了看他，又看了看碗里的饺子，发现自己无话可说，无事可做。

第二锅饺子煮好了，年夜饭也开始了，酒肉都拿了出来。陈牧之端起碗，吭哧吭哧开始吞饺子，发出比平时大得多的响声。他的饺子比别人的咸，可能是汤里混了别的东西。

魏丹像是带着某种使命，特意为陈牧之来监狱的。第二天，他的尸体和陈牧之一起出了监狱。

陈牧之当时有点木然，回到家后，半夜被尿憋醒，还以为在监狱里。大概是这泡尿排除了脑子里的毒素，他忽然想起了魏丹的话，自己明天要怎么活。

小时候第一次把邻居小孩打哭，在那一刻，他获得了成就感，这种虚妄的成就感越发推动他在这条路上走下去。年龄越来越大，他开始怀疑这种日子，渐渐发现曾引以为豪的壮举，是被文明所排斥的。他觉得自己像一个哗众取宠的小丑，感到茫然，甚至有些恐慌。他当然清楚自己在所谓江湖上的名望、地位、人脉，不过是狐假虎威，如果不是因为家庭背景，他现在不知道已经转世几次了。他也清楚所谓的义气、热血，如果不是因为有钱，瞬间便是戾气、狗血。年轻气盛一腔热血，可贵，也可怕。现在这种无聊的生活，要不要自救一下？无聊的余生，是不是可以做点什么？

"人这一辈子，就是和原来的自己渐行渐远的一次旅程。"魏丹的话，像拔掉了瓶塞，放出了郁结的困惑。

触动陈牧之的那个点，像是被点着了的火药捻，火星发力，火线蔓延，心脏轰的一声震了，脑袋也开始蠢蠢欲动了。"十年后我会怎么样？活成自己想要的样子？可自己想要什么样子？"他有点开窍了，原来自己对自己竟然是有期待的。据说人的身体里住着两个小人，陈牧之身体里应该是住着三个：两个坏的，一个好的。一个坏的被魏丹赶走了，剩下还有一好一坏在博弈。

魏丹是陈牧之人生的扳道工，陈牧之脚下的路开始变轨了，他忽然渴望为自己的未来设计一个模子，恶狠狠地把自己镶进去。

自己的生活，只有一个中国大街，哪怕是走出哈尔滨，到周边去看看，都未曾有过。虽然灯红酒绿，但它只是中国大街，似乎要什么有什么，却总好像缺了点什么。现在他知道了，世界那么大，不去看看，也要买个地球仪转转。

黑帮给我黑色的眼睛，我却用它寻找光明。

陈牧之去了日本，他回来后，轮到他的兄弟们开始困惑："大哥怎么走着走着，走上正道了？"

十五

展　览

现在是四月。诗人说:"四月是残忍的。"

寒风依然卷着春雪,尘土还在空中撒欢。或许还会再下几场飘零的小雪。

春天一点防备都没有就突然出现。玄铁一样硬冷的枝条上萌发出一排排极嫩的新绿芽苞,转瞬间布满全城。花枝上似乎开满了阳光,一闪一闪的满树鹅黄,一枝枝簇拥在一起,调皮可爱。几天后,柳树上奶白色雪花一样的柳絮也盎然地开了,风吹来,摇曳着离开树枝,飘落在街上。有小孩划着火柴,点着挤在马路牙子边的柳絮,火线直直地冲向街的另一头。

鲍万抬脚踩灭柳絮,隔着街边骂边普及防火常识。

忽然传来一阵沙沙的风轮声,鲍万仰头看见一个淡墨色的风筝。风筝放得很低,伶仃地显出憔悴可怜的模样。远远一个小黑点在摇摆着胳膊,时不时跑动几步调整方向。鲍万见风筝上有张脸,再仔细一看,这张脸是陈牧之的。

巡捕房这批通缉令算是物尽其用了。选用的纸张精美挺括,并且开幅豪迈,有一批被民间收藏,过年时将陈牧之贴在墙上做了年画,或者做了窗纸,或者做了扇面。或者像现在,小孩把通缉令做成了风筝。苍凉的天上,呈现着五花八门千姿百态的陈牧之,有一整张脸的陈牧之、半张脸的陈牧之、越飞越高的陈牧之、风筝线纠缠在一起的两个陈牧之、断了线一头扎在地上的陈牧之……

各式各样的陈牧之,像犯罪事迹回顾展。

放风筝的小孩就是发现秦家岗大桥炸弹的车夫的儿子桥制。鲍万后来才知道，桥制是业界名人，曾在放风筝比赛上拿过奖，最厉害的本事是"远程信息操控"——先在风筝上放一封信，估算好风向和距离，越过两三里地把它送到收信人的门口，手一抖，风筝还会礼貌地敲门。

巡捕房剩下几捆半开大的通缉令，桥制觉得用来做风筝不错。鲍万不但把通缉令给了他，还叫人买了外国的线绳、风轮和翅骨一起送去。

桥制也看到了鲍万，远远地打了个招呼，牵着天上的陈牧之跑了。鲍万看着带走陈牧之的桥制，一个古怪的又说不出的画面突然出现在脑子里。这时杜拉客提醒鲍万，摄影师和记者已经到展馆了。

陈牧之归案后，媒体又展开了轰炸式的报道，但具体的犯罪过程和细节，因版面有限，记者水平也有限，不足以满足市民的好奇心。小道消息、八卦秘闻漫天乱飞。为了全面揭露陈牧之的罪恶，巡捕房和监狱方面也安排了谭山山对陈牧之进行采访。

面对众多的镜头和考布切夫的摄影机，陈牧之极力保持平静和风度，对记者说："我喜欢破坏东西。"当记者问他为什么选择这样的人生，陈牧之继续保持面部平静："我不喜欢平庸的生活。"

谭山山说，出名有两种方式，一种是流芳百世，一种是遗臭万年。陈牧之笑了，指着面前的茉莉花茶说："你知道茉莉花为什么香吗？主要是它的成分里有一种元素叫粪臭素。香极则臭，臭极则香，事物到了极致，便会发生转变。"

谭山山觉得自己采访了一个散装的苏格拉底。

舆论形势越来越不受控。

陈牧之从前就很有名，经过这一番折腾，连郊县柴火妞都知道这个"三缺一"了——高、富、帅，缺一个媳妇。于是满城的桃花怒放了："他真的好帅哦！从此我开始孤单思念。""只是因为在通缉令中多看了你一眼，再也没能忘掉你容颜。""想你时你在脑海，想你时你在心田。""宁愿用这一生等你发现，我一直在你身旁从未走远。"这些爱慕之词，后来被一个名叫李健的哈尔滨籍音乐家发现了，整理后创作了一首歌曲，风靡全国。

总之，那段时间，哈尔滨及其周边的窈窕淑女《诗经》上身，几乎都"寤寐求'之'"，当然"求'之'不得"，于是"寤寐思服，辗转反侧"。

这个没有任何悔意恶贯满盈的浑蛋，引来大批女粉丝给他写信、寄小像、邮礼物，排队要求探监，希望能成为他的妻子，就连典狱长的女儿都给陈牧之送过一个蛋糕，上面用奶油写着中俄双语——"我爱你，Я люблю тебя"，蛋糕店为此还多收了一毛钱。

一个纯情女子在给陈牧之的信中这样写道："你知不知道思念一个人的滋味，就像喝了一杯冰冷的水，然后用很长很长的时间，一颗一颗流成热泪。"结尾是："愿和你在马迭尔共享烛光晚餐。"而一名已婚女士则在给陈牧之的信中说："光是看你冷傲的鼻孔和桀骜不驯的微笑，我就把咱俩孩子的名字都想好了。"

模特经纪公司看中陈牧之的潜力，在他服刑期间便想跟他签约。一些女粉丝纷纷讨论他适合做什么品牌的代言人，并相约沿着媒体公布的陈牧之逃亡路线重走了一遍，名曰"思愁'之'路"。他们从中国大街到动物园，从呼兰到火车站，最后前往道里监狱参观，在监狱外拍照留念，流连忘返。

有出版社编辑通过关系与狱中的陈牧之联系，希望他趁着热度写出逃亡的心路历程，书名叫作《被捕前的天涯浪子》。陈牧之拒绝了，但授权编辑以他的名义雇佣枪手创作。在书里，陈牧之被塑造成一个不羁的浪子形象，一路上颠沛流离，不能以真面目示人，学业被迫中断，浪迹天涯，而这个过程中，他一直在不断看书，进行对人性的思考。这部书一经出版立即大卖，粉丝们纷纷贡献自己的一份爱意。"你清澈又神秘，像贝加尔湖畔！""想起你轻柔的话语，曾打湿我眼眶！"最后还意犹未尽地组织了一个俱乐部，陈牧之被他们亲切地称为"逃亡王子"，会员们联名上书，希望警方从轻发落。

"王子？是'王八犊子'的简写吗？"督察长看到联名信后，气鼓鼓的，像一包袋装薯片。

　　警方发觉自己处于舆论被动方，专案人员家里时常在深夜受到骚扰，还有不明身份的人到巡捕房楼下，扒着窗栏向室内窥视。不过这些干扰不仅没有起到恐吓作用，反而更加激发了办案人员全力查案的决心。他们找来专业摄影师，将抓捕过程还原再现，照片中的鲍万英姿勃发，威猛霸气，陈牧之的替身演员只露出一个头顶。

　　这次危机公关效果不错，成功离间了一批陈牧之的粉丝加入鲍万粉丝阵营。他们称赞鲍万："他面部线条如刀劈斧斫般硬朗，有一种冷冽倨傲偏蓝色调的高级感！""这才是铁血硬汉的英雄气魄！是无止境的优雅的狂暴！"还有文学女青年专门写了一首诗赞美鲍万千里追凶："你走的时候唱着出塞歌谣，你青春年少不怕山水迢迢，你长发迎风对着天空狂啸，你的父老兄弟也为你骄傲！"

　　巡捕房也成了旅游胜地。还在疗养的督察长欣慰之余突发奇想：为进一步引导百姓做守法良民，震慑潜在的犯罪分子，深入推进警示教育，营造平安哈尔滨的良好氛围，举办一场专门的打击犯罪事迹展。这个打击犯罪事迹展的主角，理所应当是督察长本人，但他高风亮节不贪功，让给了鲍万。督察长自有打算——他想把这个人才留在身边。

　　鹿督察长爱才，鲍万也确实是人才。鹿督察长有些畏惧陈家，鲍万也确实不惧陈家。鹿督察长需要政绩，鲍万也确实为他做出了政绩。鹿督察长需要一杆枪，鲍万也确实起到了枪的作用。这种人才岂能错过？督察长连发三封情真意切的信给楚州巡捕房，楚州巡捕房正要安排一个探长的位置给工部局督察长的儿子，鲍万的位置空出来正合适，于是爽利地答应了哈尔滨这边的请求。

鲍万同意留在哈尔滨也有自己的考虑。鹿督察长对他确实礼遇有加，跟这样的上司做事愉快又有前程。另外，家里老母亲总唠叨，要鲍万早日成亲，可母亲指定让他娶的那个高管女儿，实在不堪入目，鲍万觉得这姑娘出生前，胎里的羊水是硫酸。老太太并不认为长相重要，她买来全套女性用品，在他皮鞋旁放高跟鞋，镜子前放胭脂香水，衣柜里放女式睡衣，桌上放女红针线，定制了双人大床，铺好枕头被褥……

"或者婚姻，或者阴婚，总之逃不出这两个字，你选吧。"

本应回楚州的鲍万，就这样留在了哈尔滨。

打击犯罪事迹展最初打算在巡捕房大厅举办。督察长觉得不够引人注目，经过一个下午的头脑风暴，一敲病床边上的桌子，决定就在案发现场办！就在被荆轲炸坏、陈牧之曾栖身的那节车厢里办！车厢可以拖到火车站靠近大路的那条废弃铁轨上，既方便参观，又不耽误车站运行。

今天正是开展日。展厅的外面立着一块大广告牌，上面密密麻麻写着慷慨激昂的解说词，文采虽然有欠精练，但胜在诚意满满。

作为展厅的爆炸车厢保持原貌，踏进车厢，首先映入眼帘的是一个油漆脚印。这个足迹，就是荆轲当时踏上车厢的第一步。边上写着一排字："犯罪分子的一小步，警界进步的一大步。"它除了能使观众迅速融入当时的紧张氛围，还起到了引导地标的作用。

整个展出将犯案到破案的过程分为"鬼畜来了""让炸弹飞""一步之遥""邪不压正""太阳升起""阳光灿烂"六个板块。这是一场科技含量很高的展览，除了常规的图片外，还突出电、光、音等视听方面的效果。车厢的光线设计下了很大功夫，灯泡被涂成蓝色，冷光下的犯罪现场令人不寒而栗。墙上的照片更是阴森可怖，特别是陈牧之，满脸发青，两只眼珠被挖空塞上绿色小灯泡，每三秒断一下电，一眨一眨地，狼一样阴森森地注视着观众。

在揭露事实方面，摄影作品既有力量又有局限。力量是比文字和数字更具直观冲击力；而局限性则是无法用技术记录一切。考布切夫当时拍摄的影片弥补了这个缺陷，在第三板块循环播放。因为车厢实在放不下乐队，用的是留声机伴奏。为营造紧张氛围，准备了八张唱片，配合影片循环播放。此中发生了一件趣事：唱片因为疲劳作业，音轨划乱了，必须用手拉停或者让碟片转得更快，操作员用手控制磁头在碟片上划来划去的时候，居然发出一种很特别的声音。无论是操作员还是观众都很惊奇和惊喜。家里有留声机的纷纷回去效仿试验，最终引发了一股流行热潮。风靡世界的

"打碟"，就这样在哈尔滨诞生了。

与过往的常规展览有所不同，此次展品的重点并没有聚焦于警察的精密思维和逻辑推理，而是将焦点锁定在凶器与物证上。涉及面向公众开放的尺度，督察长也一直在思考：展览的证物会带来什么样的影响？最终决定，毫无保留地把罪犯的物证公布于世，炸药、炸弹、联络信件、赃款，全部实物展出，展柜弥漫着一股"暗黑"色彩。此中最受欢迎的，当然是王季新的摄影作品，虽然关键部位涂了墨汁，但还是令人浮想联翩。

最后的板块，主角当然是赤胆忠心、铁血柔情、一身正气的鲍万。参观的观众发现鲍万在现场，排着队与他合影，他有点不好意思，有大胆的女游客挽着他的臂弯合影，他更不好意思了。洋人开放，白俄娘们见秀色可餐，直接上去啃，搞得鲍万脸上都是口红印，看起来像是发绀。因此，鲍万第二天死活不来了，快匣子发现这个商机，把鲍万的照片放大成真人大小，依照轮廓剪下来，贴在人形木板上让人合影，生意也不错。

杜拉客为这次展览专门写了一篇文章，打算用笔名发表在《NEW周刊》上。谭山山不知道这是杜拉客写的，直接说写得太烂。巡捕房才子很受打击，最后在内部杂志全文刊登，才召唤回文学自信。

这次陈牧之被关进了顶楼单间，面积极小，四面全是墙，构造像是一个立着的香烟盒。只有一个弯腰才能钻进去的小门，所以这面有门的墙，看上去像个"回"字。有个叫孔乙己的私塾先生会四种"回"字的写法，其中一种便是偷东西捉进这里学会的。何家干为此专门写过一篇文章。

监房有五米高，顶上有一个小小的铁栅天窗。床是四块石头拼合的，周围也是冰冷的岩石。边上放着两个有着因果关系的桶，一个是饭桶，一个是便桶。整座牢房箍得紧紧的，四壁、地下、头顶，全是石头。岩块和条石都用石灰加糯米浆沾凝起来，不时有滴答的水珠从头顶的岩缝滴落到凹凸不平的岩石地上，这水珠因为在室内经年地凝结、蒸发、凝结，口感像三十年陈酿。

那扇极小的天窗，是光线唯一能进来的地方，其大小和高度与篮球板上的那个方框一般无二。内宽外窄，外边焊了几条钢筋，光线穿进监室打在对面墙上，成了几条竖着的格子，看起来像一张信笺。这座监室走过来是七步，走过去还是七步，确实适合诗人进行创作，比如曹子建。现在映在墙上的这个信笺上，竟真的有一首诗：

望门投止怜张俭，
直谏陈书愧枝根。
手掷欧刀向天笑，
留将功罪后人论。

除了小窗映过来的那个信笺，砖墙一格一格也像稿纸，也有诗，比较励志：

有朝一日龙抬头，
定要松花江倒流。
有朝一日鹰展翅，
定要血洗哈尔滨市。

陈牧之就算没有强迫症，就算不学无术，也知道最后这句不能是八个字。可知这是后来改的，原句肯定是两个字的城市："有朝一日鹰展翅，定要血洗某某市。"

"哈尔滨"三个字，读起来节奏紊乱拗口。也不怪这抄袭的诗人，黑龙江的地名过于复杂，两个字的很少，几乎都是三个字或者四个字：佳木斯、齐齐哈尔、大兴安岭。虽然别扭，还能勉强读下来，如果是较长的某些地名，彻底毁了："有朝一日鹰展翅，定要血洗那然色布斯台音布拉格市。"

最喜欢感慨时间流逝的大概就是东北人，他们总是说："这一天天地……"陈牧之现在便是如此。

他用手铐在墙上划出了一行字："一个人到底可以无聊到什么程度？"数了数，加上标点符号一共是111画，又翻译成日文："一人でいったいどこまで退屈できますか？"再数，60画。

桌上有剩下的半碗饭，一个人数完了，一共1024粒米，204粒发霉了，还有37颗石子儿，6颗属于石头范畴，17颗不能判断是石子儿还是沙子……这让他感到很别扭，没有一个是整数。

"这一天天地……"陈牧之一声长叹。他只能在小黑屋里看着墙上的蚂蚁发呆。蚂蚁们在给他表演，陈牧之把它们训练得像团体操背景板，能够根据他的想法，组合成一首诗或者一幅画。是诗还是画，取决于陈牧之涂在墙上的粥汤轨迹。

陈牧之想写诗，想了想，没什么可写的。又想续写《红楼梦》，第一章是林黛玉活了过来，拜了武林高手学得一身好武功，兵器就是锄头。深度构思后，觉得高鹗续得还可以，又转向玩音乐，吹了两声口哨，尿急了。

"这一天天地……"

陈牧之的睡眠倒是充足，只是循环地做同一个梦。梦里他推着的英国手摇式轮椅有五十磅重，陈牧之推着它接了秀姑，她很瘦，问陈牧之去哪里，他不说。轮椅有点儿缺油，更缺心眼，一路上嘎吱嘎吱地自言自语。陈牧之嫌它聒噪，踢了一脚。秀姑不高兴了："你不说话，还不让它说？"

天好像刷了油漆，蓝得有点假，蓝得有光泽感。远远地，一片片绯红的轻云绵延数里，蓝油漆被这无数的绯红遮盖得看不出一丝缝隙，秀姑那张苍白的脸都映出了血色。

淡淡的苦涩味远远飘过来，闻起来恰到好处，果然是带她去看樱花。

一阵春风撞在了树上，下起了如梦似幻的樱花雨，落在他俩身上。"不就是樱花嘛，有什么好看的？"秀姑捡起两朵花瓣放在手心，花瓣很轻柔，透着一丝凉意，她盯着花瓣，伸出手向后攥住陈牧之的手，使着劲说道，"我原指望咱们两个总在一处，谁知道……"说着，又喘了一会，闭了眼歇着。陈牧之见她不肯松手，自己也不敢挪动。过了半晌，秀姑说："哥，我想回家。"说到这里又闭了眼不言语了，那手却攥得更紧了。

陈牧之也不答言，秀姑咳嗽数声，忽然从轮椅上站了起来，挣扎着对陈牧之说："你蹲下。"陈牧之明知是回光返照，还是笑着蹲了下来。秀姑说："再蹲低点。"他仰头说："在下要不要给阁下趴下？"秀姑已经颤巍巍坐到了他的肩膀上，手搂着他的头，她那么瘦，脚腕只有半握，肩膀削薄，脸也小小的，轻到陈牧之觉得自己扛着一朵樱花。

她折到一枝樱花，说："往咱家的方向转一下。"

陈牧之方向感错乱，驴拉磨一样转了几圈，方才找到方向。秀姑把眼一闭，头向下一低，下颌砸在陈牧之的头上，微微睁开眼，嘴唇微动，却一句话也没有说。陈牧之就这样扛着她慢慢走，秀姑的下颌一下一下点着他的头旋儿，一阵阵刺痛从他的头皮扎进脑袋，他觉得秀姑的脑袋仿佛是在努力向自己的脑袋里钻，向上翻了个白眼说："你想做的事，已经进我脑袋里了。"秀姑头一歪，侧滑到陈牧之肩膀上，贴在他的脸上，再无一丝生息。

陈牧之扛着秀姑走走停停，停停走走。他想把秀姑抱在怀里，却怕看到她，又无法抑制地想她，满脑子都是她。一缕花香飘到了陈牧之的鼻孔处。痒，他打了个喷嚏。

自从不断循环做这个梦之后，他开始对花粉过敏，见不得也闻不得，甚至一想到就喷嚏不断，涕泪横流。这个喷嚏，是秀姑在人间最后一次想他，还是在那边第一次想他？

监区那两条传奇的大狗开始叫了起来，养它们是前任典狱长的意思，"狱"这个字，左边是犬，右边也是犬，必须有两条狗才名副其实。这两条狗一直生活在此，一条叫"君子"，只动口不动手，咬合力惊人，曾经一口干掉犯人一只手。另一条叫"伪君子"，最是狡诈阴毒，它知道犯人和看押的不同，也知道监狱作息，夜间有犯人活动就拼命叫，挫败了几次逃狱行动。有犯人溜须拍"狗"，这狗吃完犯人给的东西，晚上照叫不误，很有原则。

陈牧之感到无聊，反复用俄国的手铐扣住自己再解开。这套开锁手艺是向一个入室行窃的惯偷学的，那惯偷似乎也关在这狱里，眼睛被鲍万一拳打瞎了。

比起陈牧之的百无聊赖，陈无为忙得不可开交。

哈尔滨被火车道分成了两个区：道里和道外。监狱是城市的配套设施，修建时大约考虑到犯罪分子叫"道上的"，就建在了"道里区"——把道上的关到里面去。监狱的门牌号码是246号，全是双数，寓意"祸不单行"。这是陈牧之的解释，很有道理，还有点权威性——监狱的监区部分是伙伴公司承建的。

陈牧之这个早年的精心设计，弄得自己关在里面百无聊赖。陈无为则焦头烂额，研究建筑学、人体工程学、社会关系学、产品包装、医疗养生，以及随时会出现的某些意料不到的学科。这让陈无为很苦恼，他本是混迹江湖的流氓，却需要完成一所专业大学的必修课和选修课，方不负江湖义气。

京城有座监狱建在炮局胡同，频繁进出这监狱的流氓地痞便被人称为"老炮"，哈尔滨监狱在道里，这些人便叫"老道"，陈无为属于"非常道"，对监狱的布局和警戒当然熟悉。他手上这张平面图的不同之处在于，上面标注了建筑材料和强度，图纸就是从伙伴公司档案室里拿出来的。公司承建这座监狱时，本着安全、坚固、适用、庄重四项原则来执行工程，这良心工程让陈无为感到心凉，无论石料、钢筋还是水泥，甚至门上的铆钉，型号和数据都标记得清清楚楚，用的都是市面上最贵最好的材料。陈无为越看头越大，脑袋像胖大海，冷汗一浸，又大了一圈。

监狱的中心是一个瞭望塔，所有囚室呈环形对着中央监视塔，每个囚室有一前一后两扇窗户，一扇朝着中央塔楼，一扇背对着中央塔楼，作通光之用。这样的设计使得处在中央塔楼的监视者可以便利地观察到囚室里罪犯的一举一动。同时，监视塔有百叶窗，囚徒不知道自己是否被监视以及何时被监视，因此不敢轻举妄动，时时刻刻迫使自己循规蹈矩。在这样的监狱中，犯人们始终感觉有一双眼睛在监视，所以不会任意胡闹，相当守纪。

出了这栋圆塔楼，十五米外是钢筋混凝土的围墙，哈尔滨的建筑几乎都是巴洛克风格，墙上总要挂上一些稀奇古怪花里胡哨的装饰，像个不会打扮的女人。监狱因为特殊性，外墙是没有任何起伏的。外墙本来是石头垒成的，石头之间的缝隙可以攀爬，于是又刷了一层光滑的水泥。这堵墙两尺厚，三丈高，墙基埋深超过半丈，顶端有铁丝网，极难翻越。去年典狱长和秋林洋行合伙在法国买了一部发电机，虽然秋林洋行分走了一大半的电力，铁丝网也电下了一堆鸟。翻过这道铁网围墙，又是一个七丈宽的院子，院墙是用一块块方方正正的大石头砌就，高三丈，墙顶又有向内倾斜45°的铁网，靠墙两米多宽处又都栽种着蔷薇。这个时候正是开花季节，一朵朵桃红色的花儿争相怒放，带刺的花枝也根根裸露，形成了一个难以逾越的植物防护带。更不幸的是，陈牧之一接近它必然暴露，会不受控地打喷嚏，他对花粉过敏。

想逃离这所监狱，似乎只能从天上飞出去。

哈尔滨人对上天不陌生，年初，飞行员谢多福就从俄国用火车拉来一架飞机做过表演。如果这架飞机低空飞过监狱，扔下绳梯拉着陈牧之飞出去，会怎么样？陈无为对陈牧之的速度有足够的信心，问题是新闻介绍说，这架飞机发动机只有63cc，承载力不够，装飞行员一个人都摇摇晃晃，加上陈牧之的话，很可能一头扎在地上，毕竟飞机不是张疯子的烟卷，可以一拖二三四五六七。

热气球是个好选项，它可以稳定在监狱的上空扔下绳梯。但哈尔滨只有一个热气球飞行员，就是帮陈无为做条幅广告的Knospe，因为条幅过长垂落到地面，围观群众踩踏中他的气球篮掉了下来，用陕西话说，死球了。

上帝关上了所有的门，会留下一扇窗。陈牧之的监室，就有一扇窗。

十六
越　狱

　　工部局派来视察监狱的巡察员看完犯人的文艺表演后意犹未尽，还依次视察大牢。巡察员和犯人们面对面交谈，心贴心交流，话家常、聊近况。犯人们跪在地上一致表示伙食太差，自己的案情有冤屈。巡察员问他们还有什么别的要求，没人说话，只是磕头！巡察员感觉到败兴，对典狱长说："你见过一个犯人，就等于见了一堆犯人，千人一面，众口一词……有好玩的犯人吗？"

　　"有，有个疯子想在监狱里让我们养老送终。"

　　"噢？"巡察员惊奇和兴奋地说，"还有这样的人？我们去看看！"

　　巡察员又问："他到这儿多久了？""有几个月了。""因为啥事进来的？""再次诽谤市长，哈。"

　　文书难得和上级搭上话，既兴奋又不敢造次，笑得很短促，只用了一个"哈"便换成无声的笑容。

　　"哈哈哈哈哈，我知道了，张学乘！我要见见这个神经病！"巡察员有点兴奋，"神经病对他来说反而好些，痛苦会少一些。"从这句话可以看出巡察员是一个有人情味的人，他做这份差事很合适。

　　典狱长恭维说："您对这一行太有研究了！咱们进了东监区，左拐第二个监房就能看到这个神经病。"典狱长向文书示意，叫他先行交代一下。文书抬头张大了嘴："不……用了，他在上边。"

　　一抬头，在场的人几乎像是全都被点了穴，张学乘双手捧着一个铁皮罐头，坐在楼顶边沿，两只脚悬空，快板一样愉快地互相磕碰着。

先反应过来的是文书，他抬手指着张学乘，大声喝道："怎么上去的？不想活了？"

张学乘没有搭理文书，对着地面上的典狱长和巡察员喊："两位大人别怕，我不会伤害你们！"

典狱长和巡察员仰头看得脖子生疼，向后退了几步。一阵微风拂过，典狱长的头发飘了起来，典狱长的前世应该是一株蒲公英，太爱掉头发了。他中年之后，只剩下脑后一缕头发，所以只能用"四周铁丝网，中间溜冰场"的发型，他将近两尺的头发拉大便似的一圈圈拧在头顶上，远远望去还挺茂盛。但从上面俯视，发型就是@。这种发型怕风，一阵风吹过，脑袋就变成了o～～～～。

张学乘忍不住笑了，他边欣赏典狱长的发型，边把铁皮罐头夹在两腿间，腾出手掏出烟点着。烟的质量不是很好，一口下去火星四溅，有几个火星差点落到铁皮罐头上，又有几个落在了腿上，他拨拉火星子的动作也很夸张，真担心这铁皮罐头被他拨落下来。

典狱长的心就像是张学乘两腿间的罐头，悬在半空，被羞辱蹂躏着。他拉着巡察员，又后退了几步，大喊："你给我下来！"

张学乘两腿夹着罐头，置若罔闻地抽着香烟，带着兴奋与忧伤，眯着眼眺望远方——他从没有在这么高的地方看过哈尔滨。哈尔滨像是一个成长的少女，春天比冬天好看了，夏天比春天好看了，秋天又比夏天好看了，一日美过一日。

索菲亚教堂被秋阳镀上了一层冷金色，一辆火车从车站里爬了出来，钻进了茂密的闪着银光的白桦林里，再蹿上秦家岗大桥，吐着黏稠的蒸汽，扎进了花里胡哨的平原，东北的秋天像东北大拉皮一样，五光十色的，目之所及是耀眼夺目的色彩。白桦、棕柞、绿松、红枫……繁复的色调让张学乘感慨，此情此景像"天给地做了一件花棉袄"。

现在，凉凉的秋风吹在他身上，清爽温润，还带来了江边野丁香花的甜腥味，甚至还带来了陈牧之。一只用陈牧之通缉令做成的风筝，正在张学乘的头上左摇右晃，风筝被吹得很鼓，陈牧之的脸便像憋足尿的膀胱一样浮肿，在天上摇头晃脑了一会儿，一头扎进了张学乘怀里。

文书突然有了计谋："一枪打死他算了。"这个蠢货一直不被提拔，确实不冤。

典狱长说："巡察员先生，请您到我的办公室休息。"说完，想起他的办公室正在顶楼，也就是现在张学乘的屁股下，便又对巡察员说："您还是先离开吧，这里实在是过于凶险。"

巡察员摆手说："你们都退到后面去，让我来跟这位先生谈谈。这不单是监狱自杀或者爆炸事件，这关系到国家司法部门的体面。"可以看出，巡察员是一个有责任心和职业荣誉感的人，他做这份差事很合适。

巡察员又交代典狱长立刻安排警戒，把这栋楼团团包围起来，不准出入。此刻典狱长已经六神无主了，一边听一边点头："要不要向上报告？"

巡察员说："暂时不用。"他斯文地接过铁皮喇叭，斜在嘴边说："先生，你说说有什么想法？你不是说要在监狱里养老吗？"

张学乘侧身，像猴子一样把手拢在耳边，听清楚后说："这是过去的想法，我现在要走了。"

"请问一下，你想要乘马车还是步行离开？"

张学乘两只手从耳朵换到嘴边，拢成一个小喇叭喊："我要走了，我要在这里自杀。"

巡察员点了点头："那你打算怎样自杀？"

"把狱警都给我叫到操场上，一个都不能少，我要跟他们告别。"张学乘说罢，把腿间的炸弹拿到手上，"楼我一个人跳，它不跟着。否则……"

巡察员说："好，完全满足！"

典狱长转头偷偷叮嘱手下。他贴得有点近，有几根头发飘进了手下的嘴里。手下想吐出头发，就得发出不恭敬的"呸"声，便只能像咬了钩的鱼，继续含着典狱长的长发。

一弯被黑夜啃剩下的残月已经出来值夜班了，全体狱警在夜凉如水的秋夜里，穿着短裤瑟瑟发抖。

为防备狱警暗藏武器暗算他，张疯子要求所有狱警必须脱到只剩下裤衩。张学乘喊："没有我的许可，谁都不准走，谁也不准离我太近。""可以。""屋顶上也不能有人，你们全都到这里，一个都不能少。""明白。"

开始报数。第23号看守报数时，张学乘发现他手里拿着长枪，便挥了下手里的炸弹，看守赶紧走到光亮处给他看，不是枪，是一根台球杆。报数结束，发现少了专门看管他的狱警。张学乘问："是不是有两个家伙要暗算我？"

"马上通知这两人归队。"张学乘刚下完命令，这两个人便来了，边脱裤子边低声向典狱长汇报，楼顶的铁门被张学乘反锁住了，破门会不可避免地发出声响，张学乘一定会发现。

据说人的一生像烟花，机缘若是到了，会有一段虽短暂却万众瞩目流光溢彩的绚烂时刻。现在对张学乘来说就是这璀璨的时刻。张学乘对典狱长的阴谋诡计并没有追究，正享受着权力带来的快感，看着眼前一堆裸露着的顺从的肉体，他感到享受且满足。

炸弹这东西真是太好了，此时拥有绝对权力的张学乘却并不太会使用。他想了半天，对下面喊道："给我唱个二人转！"

巡察员和典狱长都没有遇到过这种难堪的状况，又无计可施，一院子穿着裤衩的警察合唱着二人转，荒腔走板，却有着古怪的雄性艺术气息。

此等景色胜却人间无数，张学乘依然端坐在楼顶，手里无聊地捣鼓着落在他怀里的风筝线，再不说话了。

张学乘说要看时间，大厅里的自鸣钟被搬到了操场上。两个火把扎在大钟的边上，一个穿着裤衩的警察趴在大钟顶上，竖下马灯为张学乘照亮表盘。现在是八点五十分。

风筝在窗口飘摇了好一阵，陈牧之才看见，他跳起来抓住小窗口的铁栏杆，努力把脸塞进两根栏杆之间，伸出手试图抓住风筝线，监区外的风筝还是飘飘忽忽地向上飞去了。

一刻钟后，他看见这条风筝线飘到了铁栏杆上，赶紧一把抓住，小心地拉扯到了手里，一点一点地在手上倒着。他想到小时候拔牙，二姐就是用这样的细线拴住他快要掉的乳牙，就在用力关门的时候，陈牧之后悔了，电光石火之间做出决定——跟着门跑，受脂肪影响，没跑过门，牙被拽掉了不说，还被反弹回来的门拍扁了脸。现在，陈牧之看着窗口的铁栏杆，这铁栏杆倒像是一排牙齿。他心里暗自得意：来，我给你拔个牙。

又过了一刻钟，他的手感觉到风筝线滞留在了铁栏杆的下方，抖了抖，这根打结的风筝线就全部在他手上了。线的尽头，连接的是一条比它粗两倍的鱼线，陈牧之继续不停地倒手，一刻钟后，这根鱼线也完成了使命，从窗口爬到了他的手上，这根渔网线后面，连接的是一根更粗的渔网线。

他并不担心狱卒送晚餐时发现他的阴谋诡计，这个狱卒十分珍爱生命，总是能在安全距离把食物送到铁门下的取餐口。每到餐点，便能听见餐盘远远地撂在石头地板上的撞击声，随后"啪"的一声脆响，餐盘摩擦着石板，平稳又准确无误地停在取餐口的位置。汤是汤，菜是菜，秋毫无犯地驻扎在各自的隔间里。好奇心促使陈牧之趴在取餐口一探究竟，居然发现了一个斯诺克天才。看守把餐盘放在石板上，右手拿出一根将近一丈长，前细后粗的杆子，趴在地上高高地翘起屁股，左手前伸，拇指和食指做出一个"×"形手架，搭好木杆，两眼一睁一闭，瞄准后，右手握住杆子另一头，屏气，"啪"一下，餐盘便一路风尘地滑到了取餐口。

今天，这个被监狱事业耽误的台球手并没有来。此时他正穿着短裤接受张学乘的告别。

从窗口拉进来的线变得越来越粗，从最初拉进监房里的风筝线，牵来钓鱼线，又牵来海钓线，连续不断，现在这根线已经有了手指粗。

陈牧之把几团线按大小摆放整齐，这才跳到窗口，将绳子在铁栏杆上绕了一圈，把剩余的绳子再绑在墙上的大铁环上，向下挥手，远远的，高墙外的身影看到了，黑影把绳子的另一头绕过大树，拍了拍树下的马，几秒钟后，马拉住绳子的力度传到了铁栏杆上，"嘭"的一声，那根栏杆被扯出了石墙。树下的男人赶紧拉住马，陈牧之把绳子绕到第二根栏杆上，又"嘭"的一声，窗子成了一张血盆大口。陈牧之又将绳子系在栏杆上，这才将俄罗斯手铐搭在绳子上。

从监狱到院外那棵大树，从囚禁到自由，跨越高墙的空中索道，就此搭建成功。

陈牧之深深呼出一口气，把胸腹尽量收缩。他有点后悔早上吃了挑出石子儿和沙砾的半碗小米饭。现在他先把手臂挣扎出来，接着又挣扎出身体。他竭力想摆脱掉属于自己的翘臀，这臀忽然变得乖巧懂事，它弹力十足，配合着，一点一点地挤出了窗口。

他将几团细线绕在手上，抓住手铐环，使劲用脚向上一蹬，果断地将自己抛向空中，像只受伤的鸟穿过空气层，以一种几乎让血液凝固的速度向着自由滑翔。有重物拖着他，加快了他下降的速度，但他仍觉着下落的时间似乎持续了一百年，有点头晕目眩，几乎快要窒息了，却是带着快感的窒息——他真的没有想到，原来失而复得的自由会让他如此兴奋。

陈牧之呼吸到了夜晚新鲜寒冷的空气，他闻到了秋天枯叶干爽的涩味。真奇怪，这味道他在监房里也闻得到，可却与现在凌空飞翔时闻到的完全不一样，是因为自由吗？自由的空气？这好像是个病句，自由的空气是什么？它是甜的，轻盈的。不自由的空气是苦辣的，块状的。

他又想："明天早上，或者更早，巡逻的狱卒一定会发现窗子的古怪，继而找到看守我的狱卒，他们会穿上隔离服全副武装进入我的牢房，发现我消失了。他们先是面面相觑，然后暴躁地跳着脚漫骂，再然后，就会气急败坏地嚎叫。那个负责看守我的狱卒，大概只能抱着那根破台球杆痛哭流涕吧。典狱长会再次全城搜索，他站在醉人的秋风里，头发像一簇火苗在头上飘舞着……"

此时陈牧之已经越过高墙。陈无为确实有一套，把绳子这一头拴得特别高，长度又做到了放量，于是旅程结束时，这段的绳子便微微弯曲，既卸掉了从上而来的冲力，又减缓了滑翔速度。不过放的量有点少，陈牧之吊在离地两米的半空，低头问陈无为："我刚才像不像一只翱翔在夜空中的雄鹰？"

陈无为歪头端详着只穿着短裤，健壮的身体被月光镀得油亮的陈牧之，说："像吊炉烤鸭。"

陈牧之摇摇晃晃地继续吊着："赶紧准备甜面酱！"

这一切皆出自桥制手笔。桥制姓陈，陈无为的侄子，这孩子小时候，陈牧之见过他。"你都这么大了？"桥制没搭话，拿出一只漂亮的蝴蝶风筝给身边的小孩，指着监狱说："我就不送了，你自己找你爸去吧。"小孩问："下次去哪放风筝？"桥制有点不耐烦，说："没有下次了，你赶紧回家吧。"

小孩恋恋不舍地去了监狱。他是典狱长蔡占元的小儿子，因为崇拜桥制的风筝技术，带着一组俄罗斯套娃作为礼物上门讨教，正好遇到了陈无为，便被绑架了。

陈牧之边穿衣服边说："今天是个好日子啊。"

陈无为边收拾东西边答："嗯。有钱，哪天都是好日子。别说了，你赶紧走吧。"

"去哪？"

"二姐带了晓卿去楚州治病，她让你出来后直接去楚州。"

张学乘还在捣鼓着风筝线，此时手里已经有了一个小团。他用手掂了掂线团，伸直两臂舒展了一下，把炸弹拿在手上，站了起来。几个小时的僵坐让他腿有点麻，趔趄了一下。楼下业余二人转演员们齐声惊呼，张学乘脸上露出欠揍的坏笑，戏弄狱警们的感觉太好了。

张学乘站在楼顶的边缘，双手捧着炸弹鞠了一躬："老少爷们儿，我，不跳了！"

张学乘被押下了楼，交代得一清二楚：陈无为探监时说，只要他爬上楼演一出戏，除了给他一个黑泥封口的罐头，还给他一车老巴夺香烟和十五亩地，否则杀他全家。文书说："原来你有老婆孩子啊？"

张学乘说："一大堆呢，够陈无为杀一天的。"

张疯子很快回到了原来的牢房，他很困惑，平时可是一丁点的小错就会被全身打肿成俄罗斯套娃的，肿完一圈，再肿一圈，这次闹出这么大的事情，只被轻描淡写地揍了几拳就完事了。

典狱长苦啊，他当然不愿意把陈牧之这个疑似传染病的瘟神关在自己的监狱里，可真的放走陈牧之，责任也确实担当不起。所以陈家二姐来送钱时，他是一口回绝的，只见立在二姐身后的陈无为突然伸出了平时攥紧拳头的手，展开五指搓了起来，说："这事儿没什么可讨价还价的，够意思，一份厚礼；不够意思嘛……"说着把书架上的俄罗斯套娃拿在手上，抠出最小的一个："先从你家小少爷开始。"再指着第二小的套娃："然后是大少爷，再然后……你看着办。"说完拿出了一条儿童内裤。

内裤一出，典狱长两个垂下来的腮帮子忽然绷紧了。如此这般。

江南省城楚州乃中国南北商贸枢纽，商路北至哈尔滨，南及广州，西到重庆，东达上海，相当繁华。楚江奔流而过，将楚州城一分为二。最初，街市汇聚在楚江之滨。楚州开埠后，英、德、日、俄、法五国租界划定，荒凉的江岸开始日渐繁荣，人口剧增，城市中心也向此转移，沿岸的五国租界区地皮随即炒至寸土寸金。即便如此，埠外华籍住民依然蜂拥而至，于是地产商人设计出节省占地的里弄式民居建筑，一时风靡。三年前，俄租界的西北角被开发商建成里弄，取名时，以《大学》"楚国无以为宝，惟善以为宝"句，拟定"楚宝"二字。

楚宝里住户都是穿着讲究、举止得体的白领丽人、当红艺人、银行职员、金融经理。现在，白红银金中又注入了一抹黑——陈晓卿来了。

陈晓卿与孙吾结识于哈尔滨，孙吾就是同兴酒楼的老板姚青。那天，陈晓卿按陈牧之的安排邮完信，打算去大哥推荐的江南餐馆试一下菜，路上遇到一个算命的，盯着他脑门不错眼珠地看，越看越严肃。这种"你瞅啥"因为涉及命理玄学等神秘领域，通常不会引起战争。只是这些人说话不好听，开场总是"印堂发暗，大事不好"，黑少年从小到大印堂什么时候亮过？便先发制人指着算命先生的脸说："你屁股发暗，快死了！"转身要走，却被一把拉住。

算命先生接下来对陈晓卿说了什么，孙吾离得有点远，并没有听清楚。看少年的神态，被算命的忽悠到眉飞色舞。孙吾遥望黑少年，发现他印堂升起一弯明亮的月牙，两排牙齿笑得像雪亮的狗头铡。

按陈牧之安排，孙吾计划在自己的同兴酒楼绑架陈晓卿。可黑少年人缘特别好，在街上转悠时，经常被熟识的饭店伙计拉进屋强行留饭，黑少年肚子变成河豚，饭店才雇个马车送他回家。孙吾怕今天又被其他饭店截胡，一直远远地跟着。直到看见陈晓卿掏出钱，又拍了拍算命先生的肩膀，才顶着一张人畜无害的坛子脸主动迎了上去，毕恭毕敬地叫了一声彪哥，自我介绍说是陈牧之的朋友，同兴酒楼的老板。

孙吾的脑袋浑圆饱满，五官没有一样是立体的，扣上帽子和坛子一模一样。陈晓卿的脑袋也像个坛子，区别在于孙吾是四川泡菜那种坛子，装了一脑袋盐卤和乱七八糟的想法，而陈晓卿是砂锅店那种坛子，烟熏火燎，黑得发亮。两坛相见，便觉得亲近，边走边聊，过了牛奶馆、饺子馆、馄馄馆、包子铺、烧饼铺、馒头铺、切面铺、煎饼铺、大饼子铺、点心铺、列巴店后左拐，过了卖烧酒、黄酒、啤酒的酒馆后再左拐，见到边上是卖冰糕冰棍的冷饮店再左拐，向左一直走就到了。

在阳光和雪地的辉映下，身上闪着五毛钱特效的金光，价值六千银元的少年，抽着烟，晃悠着进了同兴酒楼。伙计问："上什么菜？"孙吾豪迈地说："上一盘鸡头！"陈晓卿这一吃，令孙吾目瞪口呆。陈晓卿把这堆吃完的鸡头骨按结构复原摆盘，宛如青春时代的毕业照。

陈晓卿点着了一支烟，姿势很有特色，烟夹在无名指和小指中间，手指绷得溜直，整只手罩在脸上，看不全五官，弹烟灰动作极浮夸，像是飞吻。又突然从嘴里拽出烟，手臂夸张地向外扬，凌空弹了弹，接着像扇自己嘴巴一样，迅速把夹着烟的手拍在嘴上。

得知孙吾是江南省人，陈晓卿便让他说说江南当地菜。孙吾开始报菜名："油茶、血鸭、酱板鸭、香芋扣肉、粉蒸肉、麻油猪血、红烧肉、剁椒鱼头、小炒肉、牛肉面、三合汤、臭豆腐、姊妹团子、椒盐馓子、糖油粑粑、葱油粑粑……"这些东西孙吾基本没吃过，和陈牧之策划绑架案时，得知少年爱吃，特地请教厨师背下来的。

孙吾豪迈地说："有机会到江南省，请你吃个遍。"

陈晓卿注意到他说了粉蒸肉，问："粉蒸肉到底怎么做才最好吃？"孙吾腹内空空，假意思考半天，却憋不出一个字。

　　陈晓卿意识到孙吾不太懂吃，满脸坏笑，还想再逗他。孙吾觉得没必要再浪费脑子，把情况向陈晓卿和盘托出。"和盘"就像是陈晓卿面前的盘子，干干净净毫无保留。

　　孙吾来哈尔滨就是为了筹款，及时雨陈牧之答应帮忙。只是陈牧之回家刚张口，二姐就眨眨眼睛："要命一条！"几百是能弄到，多了纯属妄想。伙伴公司也一样，家里几年前就打过招呼，财务总管只要一见他，赶紧拱手抱拳："好汉饶命！"陈牧之原本设想自己绑架自己，家里可能会送点钱，但肯定是鼓励撕票用的，思前想后，只能从陈晓卿这儿入手，于是设计了这出绑架。

　　孙吾有自己的打算，陈晓卿是陈牧之的弟弟，不可能撕票，主谋是陈牧之，自己没必要背这黑锅。反正菜里也下了药，孙吾料想他一会儿就会睡着，也闹不起来，便将陈牧之策划、引诱、绑架后如何安排，一一道与陈晓卿听。陈晓卿抽着烟，假意思考了一会儿，说可以配合，但有个条件，他这十几年下来，东北的野生的、非野生的动物，野生的、非野生的植物几乎吃遍了，只差野人没吃了。听说江南省有野人，事成之后，他要跟孙吾去江南省。

　　陈晓卿去江南省，除了吃，还有个荒唐可爱的动机。

　　陈晓卿之前遇到的那个算命先生最近无意间发现八卦符号特别像脑门上的抬头纹，联想到成语"头头是道"，突发灵感，用这些抬头纹推算命理运势，居然还挺准。陈晓卿听着也觉得新鲜，他还没有抬头纹，硬是挤眉弄眼算了一卦。算命先生给陈晓卿做了一份未来人生报告，卦象显示，如果陈晓卿到了江南省，三年内必会成为江南省第一帮会大哥。

陈晓卿正担心到江南省人生地不熟，正好瞌睡遇到了枕头，和土著孙吾结伴，既安全又不寂寞，至于费用，"绑我的赎金难道我没有权利花吗？"

他对孙吾说："我准备带着你把楚州的码头跑遍。每个码头不说多了，结拜十个兄弟就够了，再由这十个兄弟各自去发展十个兄弟，你算算会有多少人？等将来我自己开了堂口，一呼百应，楚江上的兄弟，都是我的兄弟！"

孙吾赶紧摆手拒绝，陈晓卿把烟头流星一样扔在他脸上，又"啪"的一拍桌子，震得鸡头零件上下翻飞："他妈的！这事没得商量，就这么定了！"话音刚落，黑小子的脑袋"扑通"一下砸在了鸡头上，睡着了。

绑架计划执行得顺风顺水，只待陈家出钱赎人。孰料陈牧之当夜就出了事，钱没拿到，人也不见了踪影。孙吾骑虎难下，好吃好喝好烟供着不说，陈晓卿还天天骂他办事拖拉耽误行程，连个绑架案都弄不明白。

陈家其实也着急，收到绑架信后，第二天就备了现银。可是陈牧之失踪后，绑匪也人间蒸发没了消息。陈家按绑架信上的地址去了一趟，发现根本找不到。孙吾这边得知陈牧之出事，也不敢贸然去送信。就在尴尬之际，江南省的兄弟来信让他速回，否则那场关键性的谈判没法进行。

此地不宜久留，陈晓卿这个累赘自然也不能带走，孙吾临行前做思想工作动员少年自己回家，哪知陈二少又拍了桌子，威胁孙吾说不带他去江南省，就把这事儿报官，再弄死孙吾在哈尔滨所有的亲戚同乡。陈晓卿怕孙吾扔下他偷偷溜了，晚上睡觉都用绳子把自己胳膊和孙吾绑在一起。

孙吾买了车票，临行前，陈晓卿尝出菜的味道有点怪，像是上次吃的鸡头，说："你放了什么佐料？"孙吾又实话实说："放了点促进睡眠的东西，祝彪哥一觉醒来一统江湖，美梦成真！"孙吾把睡着的陈晓卿送到了一处宾馆，一行人绕着鼾声大作的陈晓卿行过注目礼，这才赶去火车站，时间刚好。

陈晓卿醒来后大骂孙吾背信弃义，出了宾馆回家后，把陈牧之联合孙吾绑架自己一事，骂骂咧咧前言不搭后语地说了一遍。二姐听明白后又气又笑，说："陈牧之是不是脑子也有病，怎么这么缺德的弄钱法子都能想到？"想了想，又叮嘱陈晓卿千万别说出去，哥哥绑架弟弟，传出去颜面何在？并且，巡捕房难缠，陈牧之还得多一条绑架罪。此事于陈家名誉伤害过大，家丑这种事如同杂技吞剑，无论多难受，都必须往肚子里咽。

这场关乎社团命运的谈判，孙吾必须出面。

孙吾在楚州的势力不逊于陈牧之在哈尔滨。陈牧之名义上是埠公堂哈尔滨分舵主，实际上没几个小弟。而作为同兴会话事人的孙吾，是真正有实力的大哥。据Jimmy年初统计，同兴会直属小弟共有三百多人。

惹事的兄弟，就是住在哈尔滨中国大街111号楼的熊在前。此前孙吾与他并不认识，都因陈牧之而来。熊在前这次北国之行损失很大，他几年前投军，年初已经混到第八镇第八营排长的候选人了，陈牧之却突然写信叫他到哈尔滨共谋大计。为了兄弟，熊在前毅然决然地舍弃了大好前途跑来，哪知还没谋，陈牧之就跑得不见踪影了。举事未遂的排长候选人闲来无事打算谈个恋爱，弄好了把姑娘带回江南省，依旧未遂，只好孤身一人回了楚州。

熊在前在楚州便知道孙吾，在中国大街111号楼做了邻居后，几次长谈甚是投机。孙吾面点手艺奇佳，"画饼"功夫超一流，又大又圆的一个饼圈套，把熊在前忽悠得舒舒服服、晕晕乎乎，成了孙吾的同兴会的人力资源部部长，提前回了楚州。熊在前与营长是亲戚，走时又未销军籍，便以请长假为托词，回到原来的第八营继续做正目（班长），在营内大力发展兄弟。

其发展模式几乎照搬陈晓卿的"先结拜十个兄弟，再由这十个兄弟各自去发展十个兄弟"，先派他信得过的老兵劝新兵入同兴会，新兵懵懵懂懂，糊里糊涂，叫入会就入会。第八镇统制（师长）叫张彪，熊在前和新兵聊天时，总是轻描淡写、不经意地提到"彪哥"，暧昧又神秘："彪哥把我骂了，说我办事毛躁……彪哥烟抽得有点凶，劝又不听……

彪哥这人啊……"小兵们听得一愣一愣的，连质疑的勇气都没有。

他是骗人吗？当然不是，谁知道他说的"彪哥"是哈尔滨的彪哥呢？熊在前就是这样血性，又不失想象力。

高歌猛进的同兴会在军队里发展出一批兄弟，也惊动了军中秘密帮会群振社。熊在前刚有动作就被他们注意到了，只等他越界落下口实。熊在前自然清楚群振社，可他根本不惧。群振社春天种下十个社员，到秋天被他挖走了九个，剩下那个他派回去做了卧底。可是他不知道，被他挖走的这九个，全是群振社的卧底。同兴会的内部情况被卧底掌握清楚后，再次去挖墙脚的他，理所当然被扣住了。至于如何处理熊在前，群振社有点犯难。当时孙吾还在哈尔滨，而群振社的大哥蒋博魁正在万牲园饲养猴子和陈牧之。

处理这件不大不小的挖墙脚事件，本是无需惊动两位大哥的，可孙吾和蒋博魁都有醉翁之意，想借机吞并彼此社团，此等大事件，必须首脑出面。本来这场谈判在哈尔滨就可以进行，可两边信息沟通不畅，两位大哥都急忙赶回楚州。

孙吾一伙人的座位靠近车门处，按照车厢标配，经典人物全部在线：伟大的母亲抱着满脸鼻涕啼哭的幼儿与老公对骂；骄傲的检票员拎着空水壶追打逃票的老妪；暴躁的大叔用锋利的牙齿惩戒着倔强的猪蹄；侠义的勇士奋力地推搡着行李架上放荡的皮箱；激情的妇女手托胖腮歪着头热烈地凝视着玉面小郎君……

车开了。各得其所，各就其位。各人骂着硌硬人的脏话，各人打着硌硬人的呼噜，各人抽着硌硬人的香烟，各人喝着硌硬人的劣酒。

火车上不太适合讨论，因为晃得厉害。孙吾每提出一个方案，都被自己或者同伙以及整个车厢摇头否决了，除了他的后座。

孙吾的态度很明确，两个社团合作是大势所趋，需要解决的是合并后的领袖人选问题。他曾放出风，如果蒋博魁让贤，他马上给群振社一笔补助费。群振社或者骨头很硬，或者听说了这是一笔"黑钱"，表示绝不接受。群振社做出的让步很大，虽然不收补助费，但孙吾如有好的合作方案，在可能范围内是可以接受的。

对孙吾来说，只要他做了话事人，从同兴会会长变成群振社社长，没任何问题。不管是"社"的大哥，还是"会"的大哥，不都是社会大哥嘛！最大的问题还是谁做话事人，群振社势力比自己大，蒋博魁自比楚州孔子，据说手下有三千小弟，而孙吾这边只有三百多人。少数服从多数的话，孙吾做大哥是无望了。不过，孙吾认为人数不能作为绝对筹码，他指着作为道具的瓜子皮说："蒋博魁收小弟和收破烂没啥区别，都是废物。"自己小弟人数不多，但都是精英，必要时可以像蚯蚓一样一分为二，一身两任。特别是熊在前，简直是张学乘研发的烟卷，可以一拖三四五六七。只是，乘以三四五六七，人数还是少于群振社。自己手里的筹码，只有"同兴会血统纯正，直属东京本部领导，与南方各省均有联络，合计下来，人数是超过群振社的"。

"牧之和蒋博魁有私谊，就说牧之也是同兴会的……算了，只要他们答应合作，问题都好商量。"孙吾心情比较灰暗。

世上90%的蠢事，都是在"反正没人认识我们"的心态下实施的。这次列车会议就是如此，虽然多多少少还用了点暗语，"那边儿要是实在……咱们就……，咱们这边……这是底线……"这暗语像是潘金莲的底裤，对西门庆来说就是裸奔。

"不用麻烦牧之，条件我都答应。"后座突然弹出一张侧脸对孙吾说。孙吾吓了一跳，这人长相属于沙子那一类，一入眼就让人特别难受。这种难受又不全是长相带来的，是整个人的气息，给人一种侵略感和紧逼感。

从哈尔滨到楚州就这一趟车，就这一节二等车厢，车厢就四十个座位，蒋博魁和孙吾背靠背。

关于合作，蒋博魁早前有顾虑，曾私下说过："合作固好，但是他们出了洋的人是不好惹的，我们一定会上他们的当。"这一天的会议旁听下来，他发现孙吾并没有什么阴谋，只是幼稚虚荣，所有的心机都是为了要一个"大哥大"的虚名罢了。两个社团合作是大势所趋，孙吾有些资源，也确实是蒋博魁不具备又需要的。联合才有可能成事，相互观望只会坐失良机。合则两全其美，打则两败俱伤。现在的问题就是谁做话事人。蒋博魁想到自己养的那只猴子，打不服就让它当官嘛，反正随时可以废了它。孙吾也确实像猴子，连名字都像了三分之二，孙吾，孙吾（悟）空。念及此，蒋博魁忽然笑了，离开万牲园，还是要养猴，"猿分"啊，直接摊牌算了。

事情顺利得反常，孙吾的疑心起来了，总觉得蒋博魁是在满嘴跑火车，让步一定有某种目的。蒋博魁又不能把驯猴理论说出来，他的欲言又止让孙吾更加觉得其中有诈，合作可以，但大哥这个位置坚决不坐。蒋博魁还是秉承着驯猴理论，高风亮节逗猴子，说："你就当嘛。"孙吾两手摆得像雨刮器："别别别别，恕难从命。"

乌合之众也是要有个"合首乌"的。"叫牧之做大哥如何？"蒋博魁建议立一个影子大哥。只是，这大哥现在确实连影子都见不到。"还不如叫彪哥做大哥。""哈哈，好，就叫彪哥做大哥。大家有意见吗？""没意见，没意见。"车厢里充满了快活的空气。

此时火车刚好驶入江南省境内，远在千里之外的哈尔滨的陈晓卿还不知道，他已经实现了算命先生送他的预言——到了江南省就当大哥。

十七

南　下

约翰·施特劳斯的《春之声圆舞曲》第二次响起，陈牧之知道这是要发车了。已经走到车厢口的他忽然瞥见一个熟人端坐在车厢里，此人正是鲍万。

"呜——"一声悠长的汽笛吼叫，机车嘶嘶喳喳地喘着气。一列货车"空空旷旷"缓缓驶来，地面也开始抖动。火车带着一阵巨大的轰隆声风驰电掣冲过来，机车喷出一团白雾，陈牧之蹿上路基冲进白雾，跟着火车的节奏跑，这有点难度，他的速度实在太快。车厢的弓形黄铜把子就在身边，像爱情一样唾手可得，他竟有点漫不经心了。在火车认为牵手无望的时候，陈牧之终于不再矜持，拉住了把手。飞动的车身带着急风，陈牧之的衣衫瞬间被风灌得鼓鼓的，像孔明灯的灯罩。

当时的画面有点像散财童子莅临人间，陈牧之的身体与路基平行，飘着的身体后面，飘着一张钱，钱的后面还是钱，接着飘出红肠、列巴，最后那瓶格瓦斯汽水也飘了出去，碰撞到车厢后，"嘭"的一声碎成无数水花……

陈无为给他的装满逃亡物资和经费的包裹，就这样被门把手上的铁丝划开，自由地在空中飞翔，他腾出一只手去抓，就在身体飘起要挣脱着和胳膊分崩离析的时候，他急迈右腿踏在脚踏板上，身体终于直立了。车像一头倔驴，忽快忽慢，前仰后合，左右摇摆，没有规律可循。

空旷，空旷，空空旷旷……

车厢大概三米宽，十米长，朦胧的月光灌满了车厢，车厢摇晃着，陈牧之恍惚间觉得自己躺在了日本海，秀姑还在身边……

自黑店被秀姑"反杀"，并没有过多久，他便与她再次相遇了。

孙先生忽然来日本。自己的老头子黄传镒和孙先生乃结拜兄弟，作为弟子的陈牧之须全程接待和陪同。没想到秀姑和孙先生两家世交，她也有接待任务，两人见面，彼此一怔，旋即四目相视，交换了私密的笑意。

两人于是一起做了孙先生的导游。孙先生年龄不大，辈分算是秀姑的叔叔，叔叔热心，总问秀姑何时成亲，差不多就嫁了吧。秀姑不胜其烦，最后指着陈牧之说："嫁他如何？"孙先生说："你这孩子太不爱惜自己了。"陈牧之笑了，孙先生改了称谓："侄女婿，你笑什么？"

永动机是一种只需一个初始能量就可以永远做功的机器，这一晚，陈牧之造出来了，初始能量就是她的笑。送走孙先生，和秀姑告别后，陈牧之开始无法抑制地想她，没有任何停歇的迹象，严重违反热力学定律。陈牧之满脑子翻滚着秀姑的笑，她的气息像一碗螺蛳粉，无死角地充斥在自己的体内和房间，挥散不去。眼前的一切也都可以让陈牧之联想到她，天上一弯残月，地上六个便士，想你时你在天边，想你时你在眼前。闭上眼睛又没用，仿佛患有一种叫"飞蚊症"的病，眼前老有蚊子飞，但又总也抓不到、打不着。

"你这只讨厌的蚊子呀！"陈牧之缴械了，在心里叹息道。

人之所以产生兴奋感和幸福感，是因为外界事物刺激体内多巴胺和内啡肽的生成，而刺激这两种物质分泌的主因通常有二：一是辣，另一个是音译，叫"love"。辣对肠胃不好，"love"对脑子不好，人会变痴。陈牧之寤寐思服，辗转反侧，身体如鼠标一般，不停在大床上滚来滚去，继而画圆圈儿，成了表针，当身体指向早上四点钟，也确实是四点钟时，他翻出魏丹的书，往常看到第四行便梦到周公，这次却不行，清醒得如同冰水洗脑。

"不平哉！不平哉！中国最不平、伤心惨目之事……是不是应该写首诗？……求富求贵，摇尾乞怜，三跪九叩首，酣嬉浓浸于其下，……或者，把墨涂在唇上……是何言欤？是何言欤？何厚颜盲目而为是言欤？何忽染病病而为是言欤？……吻你……一国之政治机关，一国之人共司之。苟不能司政治机关……就当作一首诗，送给你？"

陈牧之发觉走神想到的几句连在一起，正是一首诗：

是不是应该写首诗？

或者，把墨涂在唇上，

吻你，

就当作一首诗，送给你？

据说让一个人消失最快的方法是借钱给她，现在心都给了她，她却不走。陈牧之想把昨天的一切拍成电影，一遍一遍反复播放。或者请她录一张唱片，当成清早的闹铃，每天就像是被她叫醒一样，这样，过一星期也许就再不喜欢她了？脑中又突然涌出一句：偏偏痴心想见你。想念像一把蘸着蜂蜜凌迟他的刀，一刀一刀，疼并甜蜜着。

陈牧之扔掉书，开始训诂——相思的"思"，上面的"田"应该是"甜"吧？忽然觉得实际是苦，心上加了"苦"，像个"惹"字。他带着几分怨恨一声长叹："你惹我干什么？"又发觉责任在自己。"要是你第一次笑，我移开眼睛，就没事了。"他好想失忆啊。

秀姑也很不好受，据说被人惦念会打喷嚏，这一夜喷嚏让她几乎脑震荡。假如少女怀春真如小鹿乱撞，那么此刻就是圣诞，秀姑的心里奔跑着圣诞老人的鹿队。

好死不死，陈牧之第二天晚上碰见一个同学，说明天锦辉楼政闻社在那里开会，请大名鼎鼎的任公演说。任公研究涉猎广泛，哲学、文学、史学、经学、法学、伦理学、宗教学等领域均有建树，著述宏富，年平均写作39万字，已经写出1400多万字，乃"学术研究百科全书式人物""五百年内巨大成就学者""著作等身的人肉打字机"。

陈牧之知道任公和孙先生势不两立，觉得秀姑应该会去。第二日早早来到会场，一夜煎熬让他满嘴铿亮燎泡，密集得像是手术无影灯。陈牧之躲在角落里忐忑，盼她来，又怕她来。他正享受着煎熬，却被一帮朋友发现了，瞬间如蚁附膻。他哪有心思聊天，扯着脖子看，远远见秀姑把一根文明杖挂在手腕上，边摇圈儿边打着喷嚏向会场走来。陈牧之心里那朵花刚要憋着劲绽放，瞬间又变成了含羞草，他畏葸不前的样子，更像是缩头乌龟。秀姑发现了他，冲他嫣然一笑。那笑里成分复杂，有欣喜，似乎还有怨念。陈牧之脸上的表情便冻住了，努力活动出一个煤气中毒般的僵笑回应，秀姑却已经转头和别人聊天去了。陈牧之满脸煞白的僵笑吓朋友一跳，此时的陈先生，像极了花圈店里凄凄惨惨戚戚的纸人。

讲坛右侧，安放着一张桌子，坐着几个雄赳赳的警官。陈牧之先前不知道他们是干什么的，等到分别坐定，摇铃开会，上来一个警察宣布开会注意事项，末尾一句说得很响亮："不许斗殴！"

任公大模大样上了讲坛，有一部分留学生拍掌，陈牧之跟着无意识拍了几掌。任公便出个头儿，东拉西扯说了一堆。陈牧之充耳不闻，只一味贼眉鼠眼偷瞄秀姑，又怕她发现，只一瞬，眼珠便转回任公脸上，发觉还是姑娘好看，又转眼珠，钟摆般两端荡漾，终于两眼跑到一侧成了比目鱼，只见秀姑满脸烦躁，略低头把头发扎成髻，拿起了拐杖，忽然起身用日本话骂道："马鹿！"兔起鹘落，陈牧之只觉一阵香风掠过，就见秀姑跃上讲坛，文明杖后发而先至。岂料任公身手矫健，一个侧身躲了过去，秀姑追，任公在台上转圈逃窜，转至第三圈时，忽从台下飞上黑黢黢一物，力道与速度不同凡响，只听破风之声，那暗器正中任公左颊，眼见左颊鼓起一排英文——"Made in China"，竟是鞋底印。任公虎躯一晃，"扑通"一声砸在了台上，竟昏了过去。

于是乎乱打起来，任公的拥趸哪里是陈牧之对手，更何况此人正值发情，但见他挥舞剩下的一只皮鞋，指南打北，指东打西，光着脚板杀了个七进七出，于是众任粉皆被"刺配"，每张脸上都盖章一样印上了"Made in China"。这一众"中国制造"鬼哭狼嚎喊警察救命——据《中日修好条规》，中国人在日本享有治外法权，打架不归日本警察管——却也有日本警察上来劝架，伸出右手作推排状，大声喊道："停止！"旋即鞋底子呼啸而至，日警瞬间被陈牧之改了国籍，纷纷捂着"中国制造"的日本脸连同任粉作鸟兽散了。此时秀姑已攻陷讲坛，轻理云鬓，朱唇微启演说起来，开口前还向这边望了一眼。台底下，陈牧之提鞋而立，兀自顾盼自雄。

秀姑一开口，大家复又坐定，拍掌欢迎。她脚下刚刚回过神来的任公咕哝了一句，又昏去了。

秀姑驳斥任公的话，陈牧之还是听得懵懵懂懂，"自由""枷锁""进步"，诸如此类的词他似乎都明白，放一块儿他就搞不懂了，只觉得秀姑的声音好听，清脆嘹亮。台下掌声雷动，秀姑跃下讲坛，左手捂住鼻子，右手两指捏着皮鞋递给陈牧之，回头看了一眼正爬起来的任公，笑道：

"您是被熏昏的吧？"眼波一转，对陈牧之说："这是我的事情，以后你不要掺和，行不行我不知道，但我不想让人帮忙。"

此后只要任公开会，秀姑不知便罢，知便去打，打到鸡飞狗跳而后止。任粉虽多，奈何秀姑身后永远屹立着她的马仔陈牧之，都不敢动，每打必败。任公竟因此落下了病，后人回忆云："他虽循循善诱，但在紧要关头，我们发觉他往往是将两手交叉胸前，好似准备与人搏击的姿态，非常紧张。"该肢体语言，便是秀姑"训练"出来的。

当晚回去的路上，陈牧之的豹胆熊心成了流窜犯，喉结变成了两个——心脏已经跳到了嗓子眼，至于胆子，却不知逃窜到了哪里，总之是不见了。他堵着嗓子结结巴巴没话找话："任公的话，有些还是有道理的。譬如说，不要随地便溺，还是有道理的。"秀姑对着洋服店里的女装东张西望，又摸着西洋石榴裙，头也不回："有个屁道理！"

接下来陈牧之蒙了。

秀姑说："随地便溺是天赋人权！"

"天赋人权？"

"天赋人权就是自然权利，是人类在进入文明社会之前就有的，与生俱来的权利。它不受人间任何意志或权力的干涉，只以自然法作为它的根本准则。"

"随地便溺怎么是天赋人权呢？"

"只要你有过一次内急经验，你就会承认，便溺是一项天赋人权，这是由吃饭、喝水的权利派生出来的。因为这是人类在进入文明社会之前就有的，而且对每个人来说，是与生俱来的权利。'天赋人权'中的'便溺'指的不是到厕所里便溺，而是就地便溺。人在原始的自然状态下是可以随地便溺的。否则造物主何必给人安装排泄系统？只不过原始人多了，发现就地拉撒招惹苍蝇、污染空气，于是聚集商议，最终提出修一个地方供大家集中拉撒。这应该就是人类的第一个厕所。"

当一个男人开始动情，部分才华会突然横溢。陈牧之说："那么，随地大小便的自由既然已经交出，社会就应当给人一个干净的公用厕所，并且不能收费！穷人也有撒尿的权利嘛！如果收费，就不能怪他们着急的时候随地脱下裤子便溺，如果因此受罚，那这个社会就是蛮不讲理的。"他本想用"黑社会"这个词，考虑到自己的出身，说："这个社会就是蛮不讲理的坏社会。"

"Very good."

陈牧之开始跑题，这一跑不要紧，大逆不道开始攻陷旧三观，便溺是天赋人权，行走是不是天赋人权？说话是不是天赋人权？生存、平等、生命、自由……好像都是天赋人权。他思索起权利和权力的关系，天赋人权是与生俱来的权利，是不是天赋人权在先，法律在后？

平生首次萌生求知欲的陈牧之向秀姑讨教，如果这些权利和王法冲突，该怎么办？是忍，还是反？她送了一本

*Revolutionary Army*给陈牧之，说你的问题的答案这本书里都有，书的作者叫Vuitton。陈牧之直到用字典看到第三页才明白，这个Vuitton，就是魏丹。

接着就是烂俗的借书还书，再借再还的剧情。秀姑的书他是必须看的，不然和她聊不下去。这些书都是离经叛道，于是乎陈先生骨质增生，脑后反骨越长越长，脑袋侧面看起来就像是播放键。至此，陈牧之彻底坠入情网，求知之余，脑子里已经开始建设美好家园："哈尔滨实在是太冷了，不如去南方，找块水草丰美之地搭伙过日子，放牛放羊，再生一堆小崽子……"有时构建得出神，嘴里就秃噜出来一句："牧牛牧羊乐死我……"一旁的秀姑听见了，目光从书本上离开，瞧了一眼陈牧之，又望向虚空，好一阵后才吐出七个字："秋风秋雨愁煞人。"

陈牧之呆住了，仿佛被施了定身法。

那天极冷，朔风扑面。陈牧之两肩耸得齐了耳朵。秀姑见他衣衫单薄，心下不忍，脱下貂裘披在他身上。软玉温香，陈牧之有点窘，手都不知道搁哪儿了，只好把双手放进貂里，却摸到硬邦邦一把刀，拿出来一看，笑了，正是自己被秀姑缴掉的那把。

他抽开刀鞘，刀刃口只露出半尺，冷森森一道光激射而出，刀刃出鞘，寒光在刀刃上闪烁不定。这把胁差还真是漂亮，刀脊黑如夜色，刀刃洁白如雪。他说："看，咱们家。"秀姑笑了，这刀因为多层锻打和覆土烧刃，刀身黑白分明，起伏的刃纹确实像东北的白山黑水。她觉得陈牧之的发现很有趣，也来了兴致，指着纹路上的一小块"喰违"说："以后我就在这儿盖个房子，专门给你一个房间。"

浪漫和诗意是有了，但把家安置在刀锋上，却很不祥。不过，年轻人若是动了感情，确实像一把蘸着蜂蜜的刀，既痛苦又甜蜜，折磨得你死去活来。

衣服里带出一张纸，是些四言句："清静道德、文成佛法、仁伦智慧，本来自性、元明兴礼、大通悟学。"隔了空白两行："万象依皈、戒律传实、化渡心回，普门开放、广照乾坤、带法修行。"

陈牧之看过青帮的"通草"，知道前一排的"清静道德……"是青帮的班辈用字。青帮与洪门不同的是辈分，洪门弟子以兄弟互称，是横向关系，亲生父子入了帮会，也是称兄道弟。青帮信奉罗教，讲究师徒关系，所以有字辈。前面的班辈他知道，后面这"万象依皈、戒律传实"是怎么回事，他却不太了解。秀姑说孙先生告诉她，青帮的这套班辈用字用得差不多了，要她帮忙续一下，后面就是她草拟的新辈分，不过有几处还没想好。

陈牧之说："原来你是青帮的啊。"秀姑说："我不是青帮的，咱俩一家的。"这"咱俩一家的"听起来有些许暧昧，姑娘俏脸微红，便补了句："我是白纸扇。"陈牧之没有想到，秀姑原来是洪门的人，并且地位不低。洪门最高领导是龙头，接着便是元帅、红棍、白纸扇。

　　陈牧之听到"白纸扇"，兴奋道："叫我大哥。"不等秀姑说话，就得意洋洋地自我介绍："我可是红棍。"总算是在秀姑面前有了一丁点儿优越感。此时黄昏压顶，夕阳沉沉欲坠，他忽然胆子就回来了，忽然就不要脸了，弯下腰，双手搭在小姑娘的肩膀上说："小妹子，叫大哥。"

　　红棍陈先生还沉浸在轻浮的快感中时，就被亲了。连手都没有碰，就被亲了。夕阳居然又升起来了，金光把两人镀得闪闪发光，沐浴在金光里的陈牧之几乎眩晕过去。

　　秀姑当初用枪顶住他脑门的时候，几乎是手臂擎天掏鸟窝的姿势，头顶只到他肩膀下。每次亲吻，秀姑都像嗷嗷待哺的雏雀。陈先生也好不到哪里去，弯腰垂出舌头，像是一条狼狗。秀姑仰头问他到底多高，他老实回答"六尺五寸"。秀姑笑道："高个儿不是物，多穿二尺布。"

　　樱花开得灿烂热烈，非常纯粹的粉红，秀姑叫他折一枝。陈牧之仰头看花："你用省下二尺布的钱，自己买一枝呗！"陈牧之腰眼被捅得酸痛，还是坚持要秀姑自己去买。

　　花是要送的，小弟出了个主意：送她十枝真玫瑰，再加一枝塑料的，花束卡片上写：喜欢你，直到最后一枝枯萎。陈牧之认为很有创意。秀姑接过花大笑，拨弄着花瓣说："有点土哦。"陈牧之坚持认为她说的"土"，是因为有几枝花是连根拔起的，并不是因为自己的品味。

　　礼尚往来，秀姑从古籍书局淘到一张宋版《离骚》残页，保存得并不太好，书页被蠹虫蛀得乱七八糟，可因为书页是对折，两页一起蛀，展开竟然变成了一个对称图案，巧得很，怎么看都像是陈牧之的正面照。秀姑拜托店主做成台灯作为回礼，礼笺写"物得其所归，太好不过"。陈先生激动地说："太风雅了，想都没想过还有这样的玩法……"心里却哼唧，书页的竖格线像排栅栏，加上画像，妥妥是自己的收监照。

秀姑的做派总是让人哭笑不得，有一天不知从哪儿弄来一匹马，"咔嗒咔嗒"骑到了黑店，陈牧之有点困惑，马后面跟着几个姑娘——秀姑请他喝花酒，那几个姑娘是她点的外卖。陈牧之问为什么不在妓馆喝，秀姑说环境没有陈先生黑店好。姑娘们自来熟，到前台冲了一碗茶给秀姑和陈牧之"打茶围"，又"加茶碗"上糖和水果，秀姑拿钱放茶盘里"开盘"，以大鹏展翅的姿势左右搂着两个姑娘："借贵宝地逍遥一番！"对面的陈牧之消费体验很差，他身边也有两个姑娘，岁数大没问题，问题是脖子上两条肉围脖——大姑和大娘贪恋陈牧之秀色可餐，肥胳膊把他箍得满脸通红，几乎背过气。

秀姑喝得五迷三道，要和陈牧之划拳。陈牧之怯怯地说："你这是何必？我知道你想像男人一样彰显女人的权利，可你内心如此独立和强大，何必拘泥于这种浮夸的外在呢？"大约咽喉被姑和娘掐住，他不敢驳斥"喝花酒"，就拿秀姑的衣着做文章："即使穿女装的话，你一样也是强大的。我觉得，穿男装反倒是某种虚弱和虚张声势，甚至，潜意识里是对男权的一种妥协，心里还是默认男人的权利高于女人，是不是？"

"不是！"

恋爱会让人变得柔软，秀姑终究还是女人，陈牧之送她回去，路过一家洋装店，秀姑说你且等一下，一刻钟后，竟然穿了一套石榴裙，并在店门口原地转了一圈。陈牧之傻了，失语了，像一切有基本审美能力的人首次见到天使的样子。秀姑直言不讳："穿女装就是让你觉得我是美的，只有这一个目的，跟什么男权女权无关。"回店又换回了男装，切换回了飒爽英姿。

忽一日，秀姑问起陈牧之在哈尔滨到底有多少兄弟，陈先生说三千多一点。不几日，陈牧之那三千多一点的乌合之众不仅有了军制、军衔，她连服装都设计好了。军装是白色包头，对襟黑色军服，有肩章，还有胸带，自大将到佐尉，均挂胸带。胸带颜色代表军衔，黄色最贵，次白，再次红，最次浅蓝。见秀姑把大将的黄胸带挂在身上，陈牧之问："你是将，我是什么？是帅吗？"

秀姑嘻嘻一笑道："还别说，你是挺帅！"

"秀恩爱，死得快。"一旁手忙脚乱往身上挂白胸带的陈无为不无嫉妒地咕哝。哪知一语成谶。

秋天的后半夜，月亮下去了，太阳还没出来，只剩下一片乌蓝的天，除了夜游的东西，什么都睡着了。陈牧之猛然起身："秀姑，秀姑——"秀姑走了，不辞而别。陈牧之问遍了所有跟秀姑熟悉的人，就连脸上鞋印早消的任公他都问了。任公脑袋摇得像是风吹过的野花，道："她岂是你的？"说完沉默片刻，又说："有些人早就归属于历史了。"

陈牧之多方打听，得到相对确切的消息：秀姑回国了，似乎带着什么秘密的任务。此刻白纸扇正漂洋过海，这之后就是牢狱之灾，终极命运是身首异处。那颗美妙的头颅也的确如任公所说，归属于历史。

失魂落魄的陈牧之无心滞留，也回到国内，仍然四处打听秀姑的下落。有人告诉他秀姑被处死之前缄口不语，任什么酷刑都挤不出一个字，只在引颈就戮时叹了口气，然后说了她平生最后一句话："秋风秋雨愁煞人。"

"牧牛牧羊乐死我……"陈牧之嘟哝出这句话，泪水就决了堤，自此闭门不出，再露面已是七日之后，居然并未蓬头垢面，槁木死灰，反而容光焕发，好似脱胎换骨的新人。

没人知道他经历了什么，除了他自己。

躺在车厢的陈牧之不能继续回忆下去了，他已经被冻得全身发抖了。

车轮和铁轨摩擦声从"滋滋滋"变成了"咔咔咔"，风也开始由"嘶嘶嘶"变成了"呼呼呼"和"呜呜呜"，风先是从车厢头冲到车厢尾，再回灌到车厢头，刚刚微微荡漾的静海开始惊涛骇浪了。陈牧之身上的热气被剥夺得干干净净，寒风吹得他脸发疼，俊俏的五官开始变得狰狞，鼻涕像洞穴里的兔子，探头探脑地观察了一会儿，出来了。

风开始匀速地冲击他，情况很是不妙。这趟旅程下来，他即便不被冻死，也会变成风干肉。他开始思考穿成什么样才适合坐这种火车。先是印度人的头巾，起码头不疼，他们用红布把脑袋裹得硕大无比，活像伙伴公司的logo；身后最好背一床被子，和服就可以；裤子用高丽人的，肥厚得可以装进两个人；至于脚上，自己国家的裹脚布就行。亚洲人民御寒联谊会开到后来才发现，还是非洲最适合，穿成一个木乃伊，问题就解决了。

可惜即使是木乃伊，面对接下来的事也束手无策了，下雨了。

车开了将近三个时辰，幻想着把自己裹严实的陈牧之发现，头上的月亮先把自己裹严实了，它钻进了云里。乌云像个被窝，月亮钻进去蒙头大睡，无耻地尿炕了。陈牧之脑门上先是感觉到一滴，旋即稀里哗啦畅快淋漓了。

车大概已开到了牡丹江，山开始多了起来，山一多，隧道也多了，虽然进了隧道能暂时躲避一下雨水，但穿过隧道时的倒抽风像税务局一样，把身上刚刚积攒的热量征收得干干净净。数年后，设计这条线路的姓詹的工程师告诉陈牧之，这段铁路一共有111个山洞。按每年征税一次算，陈牧之这趟车坐下来，已经纳税到2022年了。

　　他扒住车厢隔板探头观察了一下，车的最后一节是行李箱。如果能进去，自己就是免税品了。必须去碰碰运气，他爬上了隔板，车厢大概也冷，像他一样冻得直哆嗦，左右摇摆，晃晃悠悠。

　　陈牧之爬到客车厢时，在厢顶居然能够透视到车厢里。他查看了一眼，发觉正是自己家的那节豪华车厢。几个月不见，它又重新上岗，厢顶被荆轲炸开的大洞，不知谁出的主意，在洞上加了一块玻璃。透过玻璃天窗，陈牧之看到鲍万仰头睡得正酣，椅子铺了天鹅绒，周身密贴，软绵绵地把他托住。大约是有点热，这个浑蛋还松了松脖子上的领带和衬衫。承受冷风蹂躏的陈牧之小心地爬过玻璃，转回身，伸出舌头，把脸严严实实贴在玻璃上，敲了敲玻璃，打算等他睁眼，吓他一吓。鲍万睡得很沉，根本没有听见。

　　陈牧之一点一点移动，终于从客车厢挪到了行李车厢顶上。行李车厢的门外只有两寸宽的框架，就算三寸金莲的小脚女人也踩不稳。门是推拉式的，关闭后用铁丝拴牢再封上铅印，想进去不太容易。幸运的是车厢顶的通风窗和门处在一条线上。陈牧之把背包上的皮带卸下来，一端拴在车顶通风口的盖板上，另一端打了个套儿，套在自己左手腕上，试了试，可以撑住自己。他慢慢踱到车顶边缘，目测了一下，这次够长了。他稳住全身，保持平衡，慢慢从车顶往下放自己，终于人到了车门处，左手抓紧皮带，右手将手铐插进铁丝,用力一扭,铅印崩脱,铁丝断裂。他双脚蹬开车门,手一松,人进了行李车厢。

乌云退去,启明星点燃了一点微蓝,地平线上先是发白,继而变为绯红色,忽然一下,太阳就蹦了出来。一道霞光透过车厢门缝落在陈牧之脸上,让他打了个痛快的喷嚏。

皮箱就是这个时候被他发现的,他最初以为是同款,仔细看过后,试着用从前的密码开锁,确认无疑了。开箱先看到两条老巴夺香烟和一些红肠,边上是一团白布,他觉得眼熟,摸过后,凭手感想起这是考布切夫影戏院的幕布,自己就是被它罩住然后被抓的。布里裹着的两瓶拉菲葡萄酒更是熟悉,几个月前,Jimmy突然说不做炸弹了,要改行写书,把炸药配方和原料硝化甘油给了他,然后去了江南省。陈牧之亲手把硝化甘油灌进酒瓶并封好蜡,本打算托运到楚州,哪知阴差阳错到了巡捕房手上,扯出一连串的变故。

陈牧之有些哭笑不得,不是因为这口箱子,也不会引来鲍万的追捕,自己也不会沦落到如此地步,谁知这箱子阴魂不散,又回来了。这感觉,有点像当年离家出走,闯了祸又跑回来避难的自己。他学着当年的二姐,踢了箱子一脚,佯怒道:"混账东西!"

十八
烟　头

鲍万是因为家里的一封电报才急着回楚州的。电报说鲍万的弟弟在牢里，要他赶紧回去捞人。他怕是母亲骗他回去成婚，和楚州的亲戚朋友多方确认弟弟确实被抓了，才匆忙订了车票回去。

鲍万的弟弟最受家人宠爱，也最不争气，鲍万劝他找一份正当工作，他就瞪着无辜的大眼睛，迷茫又我见犹怜地看着哥哥："给人自由不是正当的好事吗？"

鲍万调去哈尔滨，他弟弟是想跟着去的。但他怕冷，并且鲍万的人脉还在，就留在了楚州，继续做捞人生意。巡捕房也给他几分面子，收入虽不比从前，温饱还是没有问题的。若是一直这样下去，岁月静好混吃等死也不至于出事。

半个月前，鲍万的弟弟进了一家赌场，这家赌场的名字叫"嗳呦喂"。据哈尔滨籍的赌场老板王小山讲，这名字的灵感来自东北话，东北人打招呼习惯语调夸张，喜欢以"哎呦喂"开局，老板在这句东北腔调的感叹词里，听出了洋派的味道，"哎呦喂"正是英语I You Win，你我双赢之意。这当然是笑里藏刀的祝福，所谓双赢，就是我赢你一次，再赢你一次。

常言道："赌场一分钟，少打十年工。"鲍万的弟弟初涉赌场，九把牌赢了一千八！当时全场沸腾了，有人跟他要照片，扬言拿回家换掉财神爷，早晚三炷香供起来。"赌场一小天，肯定遇老千。"接下来的情形自然急转直下。想要两点，揭盅后的骰子却是和尚脑袋，六个点；想要五点，出来的却是三点比基尼；想要四点，出来的却是一点的日本国旗。九把牌，倒欠了赌场八千一。接着，赌场老板王小山把他请到了办公室，说钱不用还，帮忙捞个人就行。鲍万的弟弟再傻也知道自己被算计了，这个人肯定是重案。果然，是一个叫胡缳的谋杀犯，被关在华界的监狱里。他解释说，自己只能打通租界的关系，和华界监狱并不熟。王小山根本不听解释："我他妈一个玩德扑的大师，专门陪你玩了一天的骰子！我容易吗？别给脸不要脸！"

鲍万的弟弟经过一番操作，把自己弄成了同案犯进了监狱，监房就在被捞的那人的隔壁，逼着哥哥来救。在对待弟弟这一点上，他和陈牧之的二姐还真是一对，都是"扶弟魔"。鲍万必须赶回楚州救弟弟，不然母亲就要死给自己看。

考布切夫得知鲍万要回楚州，特地把那块捕获陈牧之的银幕拿到巡捕房，拜托鲍万把它捎到楚州后花楼电光活动影戏院，那里的老板会修复幕布，补添上银。考布切夫之前帮了他不少忙，鲍万实在难以拒绝，箱子里本来有两瓶红酒，就是当初从火车站寄存处提回来的Lafite，鲍万没舍得喝，这次正好带回去为营救弟弟做人情用，便用幕布把两瓶红酒裹了进去，路上还可以避震，再塞进两条老巴夺和一捆红肠，正好装满箱子。

鲍万下火车时得知，装着电影幕布和红酒的箱子丢了。车站工作人员也觉得蹊跷，行李车是封闭的，居然被打开了，却只丢了一个行李箱。蹊跷归蹊跷，火车站对这类丢行李的破事根本不负责，行李车因为只负责行李，被戏称为"沙僧车"，沙僧的口头禅便是："师父不见了！行李不见了！"所以丢了也就丢了，行李员根本不当回事，还幸灾乐祸地问鲍万："找个警察帮你找找？"鲍万一个嘴巴抽了过去，骂道："他妈的，老子就是警察！"

陈牧之比鲍万早下车，晚出站。他在火车减速进站的时候便跳下了车，他怕破坏形象，特意研究了三种跳车姿势，可还是摔了一跤，还好那口箱子挡着上身，并没有沾上太多泥。他沿着火车道走到出站口，对马上要关出站口的检票员歉意地点了点头，煞有介事地出站了。回头看，车站很小，斜坡瓦顶没有塔楼的两层站房，看上去有点像寺庙。站前这条路是楚州法租界的主干道，繁荣程度居楚州之冠，是茶馆、戏院、剧场、影戏院、咖啡馆集中的摩登之地，喧嚣繁华。

他看着天边的两朵云，一朵像狮子，另一朵像老虎。两朵云蓄势待发，有一决胜负之意。这场争斗还未开始，夕阳像是故意跟他过不去似的，跳楼一样惊心动魄地一头扎进了楚江里，溅出血红的一摊余晖。残余的光像被风吹散一般消失了，天地暗淡下来，变成了银灰色。忽然，一种小资产阶级的忧伤笼罩在陈牧之身上，他感觉像置身一个时代的落幕时刻。

车到了楚宝里，孙吾开的门，见到陈牧之，差点没哭，激动地一把抱住一通乱摸："钱呢？钱呢？"

"我没有一文钱，我带来的是精神。出去把车钱给我付了。" 陈牧之抬头看见月亮，银色的那种，圆得像一块鹰洋。他抓起孙吾的手指，掰开，隔空捏住了这枚银月亮，对着它吹了口气："拿去花吧。"这天正是中秋。

陈牧之按陈无为给的地址，在四民路185号德明饭店找到了二姐。一见面，他的脑门几乎被二姐手指戳破，变成三眼二郎神："你呀，你呀……"陈牧之赶紧转移话题："你怎么穿得像个寡妇，一身白？"二姐不作声，从抽屉里拿出一张报纸递给他。陈牧之接过，见上面写着：

羊城黄花岗，一西湖之岳坟也，然岳坟下之雄鬼，仅仅一名而已，故知黄花岗者，其声价又超于岳坟七十一倍也。以七十二名之革党，而丛葬于一隅，吾知其怨气所郁积，终必发为噫气，震陷羊城也。

报纸里夹了一封信，是二姐夫写给二姐的："意映卿卿如晤：吾今以此书与汝永别矣……"陈牧之看了开头，便看不下去了。

陈牧之这才明白自己身上的梅花是怎么回事，他盯着胳膊上的那一朵不作声。良久，他问："弟弟的病治得怎么样？"二姐说："还是老样子，陈医生用仪器检查过，没有什么发现，开了些药，说留在这观察。"说话间，睡醒的陈晓卿从楼上冲下来一把抱住他，自从陈牧之在哈尔滨出事成为全城名人后，这少年对他的态度已由敬仰转为景仰，由崇拜升级为膜拜。少年抑制不了激动的情绪，语无伦次道："在下有个不情之请，你我二人结为异姓兄弟如何？"陈牧之指了指二姐说："带上她，桃园三结义！"

吃饭的时候，陈晓卿要搬到"异姓兄弟"那里同吃同住。陈牧之开始哭穷，他问陈晓卿："我有钱吗？"眼睛瞟向二姐。陈晓卿也看着二姐："我有钱吗？"二姐说："你俩有病。"她当然清楚只要钱给了陈牧之，他又要闹出事，大钱大事，小钱小事，没钱没事。于是说："钱是给晓卿治脑子用的，这钱你也想要？"陈晓卿说："在下没病！"骗钱未果，陈牧之打算回去，他的粉丝变成了八爪鱼，牢牢地盘在他身上扒不下来。二姐只好给了陈牧之一小沓钞票，并叮嘱他第二天必须送陈晓卿回来："少和你那些浑蛋朋友来往。"

路上，陈晓卿说："在下有一妙计！"

"啥呀？"

"你再绑我一次，如何？"

"滚蛋！"

等着陈牧之拿钱回来的孙吾很是失望。更失望的是陈晓卿，他以为陈牧之会带来什么杀伤性武器再在江南省闹出大事，打开箱子一看，只有一块布和两瓶酒，外加几盒火柴和一条老巴夺香烟。酒打开后，却是一股酸味，但闻着很带劲，陈晓卿找来杯子试尝，入口后先是满嘴发苦，然后整条舌头麻了，接着开始痛，舌头起的白斑第二天才消。陈晓卿问："这是什么酒？"陈牧之一本正经说："硝化甘油。"

陈牧之说完看了看瓶子，又觉得难受了，他当时严格按照红酒容量750ml灌好的，陈晓卿一口下去，大概剩下723ml，不是整数了。

原来，因为运输炸药风险太高，陈牧之便叫Jimmy到哈尔滨给他配置炸药，又诓他说在哈尔滨帮他找最好的印刷厂出书："印钱的印刷厂，你说质量如何？"Jimmy兴冲冲到了哈尔滨，实实在在给他弄出了硝化甘油。可是，陈先生给他找的那个印刷厂是印钱不假，只是钱上印的全是玉皇大帝。Jimmy一气之下回了江南省，和孙吾混在了一起。

现在，这瓶硝化甘油又回到了Jimmy手里。火药的成分是硝酸钾75%、硫磺10%、木炭粉15%，是易燃易爆，但爆得不成规模。炸药的成分是硝化甘油40%、硝石45%、木炭粉15%，看起来和火药有点像兄弟，但根本不同，此中最关键的是硝化甘油，有了它，武大郎便可以变成火暴的武二郎。配料木炭粉随手可得，还差硝石，便买了几大包火柴，全都拔了头弄碎，掺和进去就成了。

陈晓卿早晨抽烟发现火柴全都没了脑袋，点不着火，大为光火，Jimmy去厨房拎出烧火棍才平息了他的怒火。抽完烟和孙吾吃过早餐，大家都忙，陈晓卿自己回二姐那儿报到去了。

　　陈牧之的确很忙，群振社和同兴会合并之后，需要一个新的logo。丁虎棠给了他一沓草稿纸叫他设计，陈牧之知道丁虎棠节省，没想到节省到这种程度，不但把哈尔滨的家当都背到了楚州，连这沓草稿纸也是从哈尔滨背回来的。纸倒是挺括厚重，开幅也够大，只是用起来无比别扭——纸的背面是他的照片，正是几个月前哈尔滨的通缉令，在自己脸上设计图案，总是走神。丁虎棠蹲在边上监工，说当时自己穷得连一楼的杂物间都住不起了，正准备搬到地下的菜窖，巡捕房及时地给了他这单业务，让他依旧生活在地面上。又说："你注意到左边那条眼眉不？可能你当时拍照曝光有点过，看起来不太明显，我在印刷修版时特意给你加了一笔，要不然不像你呀！"

　　丁虎棠又絮絮叨叨提醒陈牧之省着点用，同兴会和群振社合并后，要重新制作一份会员花名册，就写在你的通缉令后面算了，能省点是点。陈牧之看着花名册突发奇想，说："你再帮我加个人名。"丁虎棠按陈牧之说的写了一长串，疑惑地问："这是个外国人名啊，他是谁啊？"陈牧之笑了，说："一个狠人儿。"

　　丁虎棠将写好的名单放进柜子时，陈牧之又乐啦，说："你也太狠了点吧，连铁皮柜都从哈尔滨背过来啦？"丁虎棠说："你管不着，我乐意。"又用力拍柜门，锁头坏了，一直关不上。陈牧之想起自己的手铐，拿出来说："你用这个锁吧，特别结实。"结实是结实，就是没有钥匙，每次都要找陈牧之用铁丝捅开。有几次陈牧之犯懒不愿意动，他居然背着这大铁柜子上楼叫陈牧之开锁。

设计好logo后，还要做一面旗子。陈牧之当时就想到丁虎棠肯定不会买布，果然，箱子里那块幕布被丁虎棠平平整整地铺在地板上，边上放一堆颜料。陈牧之趴在地上边画边笑："中国十八个省，加一起都没你省，你是当省长的料啊！"

丁虎棠骂道："净扯淡，我现在连家长都没当上。"

陈牧之还是很忙，跳蚤一样乱蹦，几天过后，该见的都见了，才想起几个月前蒋博魁对他说过，典狱长把女儿嫁给了胡缨的事，他将信将疑，问孙吾："听说胡缨娶了狱女？是不是真的？"

"当然是真的，我前几天刚去探监，听胡缨说，这个月就要生了。"

"这我得去看看。"

"去吧，到那儿尝尝他老婆冲的咖啡，比'我在咖啡馆'的有特色。"

胡缨自从娶了典狱长的女儿，日子过得神气极了。老岳父把监狱的阅读室改成了新房，探望胡缨的朋友络绎不绝，这女人不但持家贤惠，还手巧，自学了烘焙咖啡和烤点心招待来访的朋友。"你去尝尝，很有特色！""不会是板蓝根味的吧？"陈牧之出门，孙吾拿了《康熙字典》和《百家姓》叫他带上，说上次在监狱阅读室拿的，让他帮忙还了。

陈牧之把卷边的书页捋平，压了压，这才出门。等船过江时他跟报童买了一份《楚州日报》，《紧要新闻》栏第一要闻是"钦定大清帝国国乐章《巩金瓯》"。正文是："声音之道，与政相通，前因国乐未有专章，谕令礼部各衙门妥慎编制。兹据典礼院会同各该衙门将编制专章缮单呈览，声词尚属壮美，节奏颇为叶和，着即定为国乐，一体遵行。"

这个国家对外交往不多，根本没有国歌概念。直隶总督李鸿章去西欧诸国和俄罗斯访问，仪式上要演奏中国国歌，中堂大人很尴尬，让随员临时找了一首七绝，以家乡安徽庐剧的"倒七戏"配乐，作为临时国歌勉强应付了场面。当时便有人暗示说，这是淫词艳曲。

中堂大人回国后立即奏请制定国乐，以正人心。今天终于有了自己的国歌，词曰：

巩金瓯，承天帱，民物欣凫藻。
喜同袍，清时幸遭。
真熙皞，帝国苍穹保，
天高高，海滔滔。

陈牧之隐约记得这首《巩金瓯》，数月前老师颜几道来信让他翻译成日文。楚州有五国租界，所以这首国歌的外文翻译也附在其后，日文版正是他数月前翻译的。他当时以为是老师游戏之作，并没当回事，译好就叫陈晓卿邮给老师，谁想到，居然成了国歌。

国歌让他想到了王季新，这个广东人曾经说过："各个国家有各个国家的国歌。"听起来像金鸡报晓。王季新和黄福森两人被捕不久被押解去了北京，待遇不错，和胡缨一样都是终身监禁。

过江进了楚阳门，沿青石板路婉转经过曲巷，便望见一座青砖到顶的高墙建筑，墙上竖有铁丝网，这便是楚州监狱。他叩门后说明来意。老看守听说是胡缨的朋友，火柴杆一样挺直的腰杆立即像燃烧过的火柴杆，弓着腰，恭恭敬敬引着他进了门。栅门首夹道天井处，见一个身着蓝印花布的姑娘挺着大肚子磨着咖啡豆，飘过来的香味有点怪，这味道应该是孙吾说的特色吧。再看这姑娘，长相一般，哪有蒋博魁说的标致？

边上一个小子睡在躺椅上，头枕着胳膊盯着姑娘的大肚子思考着什么，正是胡缨。胡缨抬头见陈牧之，眼睛放出了一道光，接着歪头看着陈牧之，眉眼弯了。这让陈牧之很满意，胡缨一贯装腔作势扮高冷，能赏他一个笑殊为不易。陈牧之手指胡缨："呔！吾兄别来无恙乎？"姑娘见又有朋友来探监，微笑地点了点头。陈牧之多看了一眼，觉得这姑娘气质倒是不错。

胡缨仍然是衣冠整洁的翩翩少年。陈牧之慨叹不已，人比人，气死人，本以为自己在监狱里已经活得眉飞色舞，这个浑蛋在监狱居然是龙飞凤舞。胡缨倒是谦虚："多亏兄弟接济，看守优待，起居、通信、会客也得方便。"说话间，典狱长得知自己姑爷的朋友来探监，带着狱卒和下午茶来了。

这是一间以监狱为主题的咖啡馆，三明治、小煎饼、咖啡和茶依次上桌，狱女把咖啡端到面前，陈牧之把咖啡和点心摆正，说："客气，客气。我不能碰咖啡，我每次喝完咖啡都会被抓。"确实如此，在"我在咖啡馆"刚喝半杯，鲍万就闯了进来；在药店喝完中式咖啡，出门就被电影幕布罩住，进了监狱。这不是咖啡，是汽油，陈牧之灌下去马上就得以一百迈的速度上路狂奔。

胡缨笑道："无妨，这是用炸煳的花生洗净晾干，再磨碎后冲泡的，味道相当不错。"

陈牧之边喝茶边问典狱长："伯父，您怎么就看上他了？"典狱长话挺多，也很兴奋，说："相看姑爷这事，俗语道：一看爱好二看妈，三看朋友四看家，五看筷子往哪放，六看衣服往哪搭，七看鞋子八看袜，九看写字十看话……"

胡缨慢吞吞地打断岳父说："主要是人品。"陈牧之点头："人品像茶一样，需要品，你就是最贵的那种，根本没什么人品。"

陈牧之转头问姑娘："嫂子，你怎么就看上他了？"姑娘抬眼看了看胡缨，轻声说："他人品好。"

陈牧之端起咖啡喝了一大口："抓就抓吧。"这一口，没品出花生是五香的还是盐焗的。

有一种人，只要聚餐后，所有人的火柴将无一例外地落入他的囊中。这种行为，可能与史前人类对火种的无比崇拜和珍惜有关，姑且称之为"普罗米修斯返祖现象"。鲍万就是这种人，和旧同事聚餐过后，他揣着七盒火柴回家：楚宝里13号。

在里弄口点烟时，鲍万忽然想到个笑话：有人戒烟，没忍住，对火柴说："事不过三，过三不抽烟。"刺啦、刺啦、刺啦，三根都灭了。又道："事不过七，过七我不吸。"刺啦、刺啦……七根全灭了。怒道："去他妈的，管他三七二十一，啥时点着啥时吸！"

制定规则与执行规则的如果是同一个人，只能是这个结果。

忽然，鲍万身后被人拍了一下，他回头见一笑眯眯的黑胖小子，手里捏着一根烟，大大咧咧道："借个火。"这小子口音和做派简直像东北土匪，话音方落竟伸手到了鲍万嘴边，去夺衔着的烟。

鲍万一侧身："咱俩认识吗？"

"不认识。"

"不认识你他妈就上手？"

鲍万说归说，还是把火柴递给了他。这黑小子却盯着火柴盒看了看说："你怎么有我家的火柴？""你家？你姓……陈？"

"我姓本善。"黑小子说完嚓嚓地划，却没划着。鲍万把嘴里的烟递给黑小子，让他自己烟对烟续火。接着脑袋又被迫一仰，快伸到脸上的黑手递过来一根烟："来，续一根。"烟杆儿上印着九个小字：老巴夺父子烟草公司。

点着烟的陈晓卿对他点了点头，拐进了楚宝里14号。

第二次来楚宝里的陈晓卿没见到陈牧之，大喝一声："孙猴子，我结拜大哥哪里去了？"江湖上把不懂事理又招摇撞骗的人叫"空子"，陈晓卿就给孙吾起了个外号叫"孙吾空"。孙吾问："我是猴子，你是什么？""师父呗。"两人的关系歪打正着，玄奘出家前恰好姓陈。孙吾仔细看了看陈晓卿，说："师父，你瘦了。"

"楚州没有秋天。"这是当地人的总结，彪哥不清楚有没有秋天，没有秋膘是真的。彪哥本来是：月金、月各月专、月要、月退。现在变成了：脸、胳膊、腰、腿。孙吾不认为是楚州把彪哥饿瘦的，他把彪哥日渐苗条的原因归结为肤色，他说："黑的显瘦。"

中午的饭菜果然还是唐长老的斋饭——全素。陈晓卿吃得满脸青蓝，包大人成了窦尔墩。

叼着烟的陈晓卿坐在窗口，故意把阳光挡住。孙吾挪了挪位置，继续低头做事。陈晓卿从右边口袋掏出一块月饼，这块月饼叫"两块"。中秋节过后，剩了两块月饼，陈晓卿把两块月饼分别起名叫"一块"和"两块"，吃了"一块"，还剩"两块"。他把"两块"掰成小块砸向孙吾，边砸孙吾边报菜名："酱板鸭呢？小炒肉呢？血鸭呢？剁椒鱼头呢？香芋扣肉呢？油茶呢？三合汤呢？牛肉面呢？糖油粑粑呢？不是要请我吃吗？你个骗子！"这些江南省的名吃，他是按照先冷盘，后热炒、大菜、汤、面点，最后水果的标准中餐上菜顺序，一点没有差错地念出来的。

月饼扔得差不多了，陈晓卿把烟换到左手，右手伸进兜里掏花生。掏错了位置，花生在左边的兜里，他把烟换到右手，用左手掏。几次倒手，花生和烟头在哪只手，都乱了。

此时，他作死的箭已经在弦上，不得不发了。

十九

波　浪

传说流星划过的一瞬间，及时许下心里的愿望，就会梦想成真。每个人一生只有一次机会，每个人一生也只有一颗流星。属于孙吾的这颗流星，下午四点出现了——陈晓卿手里的烟头，以标准的流星运行轨迹，在空中擦出一道奇异的光，这道光在空中停留了好一会儿，才不情愿地扎进孙吾身前的盆里。

孙吾正低头专注地往罐头里放炸药和雷管。放炸药的脸盆被磕碰过，凹凸不平的盆底看起来像一个中国地形沙盘。按照计划，炸弹做好后，要从总督衙门后围墙的衣帽店楼上甩进总督卧室，炸死总督。

飞来的烟头撞出点点火星儿，均匀地撒在了炸药上，被点亮的药末像是草原上的野花，沙滩上的贝壳，更像夜空中的繁星。满盆的星光不停地闪耀，各不相让地炫耀着自己，星星越来越多，越来越亮，闪耀着，跳动着，点点滴滴的光芒终于融合在一起，汇聚成一条闪亮的银河，从盆中喷泻而出，撼天震地的一声"呼咚"！

孙吾眼睁睁看着盆里喷出一股白烟直冲天花板。那一刻仿佛小人书《西游记》里的白龙马出世！一朵蘑菇形状的云腾空而起，烟柱越来越粗，撞倒天棚顶后砸了下来，变为火团，落地变为流淌火，越过床铺、座椅，四处蔓延扩散，三十平方米的房间里布满乌黑烟雾，遮住了本来的天色。他什么也看不见了，脸火辣辣地痛。毛发烧焦的味道冲进了鼻孔，他像是被鲁智深打了一拳，鼻子开了个油酱铺，咸的、酸的、辣的，红的、黑的、紫的，都绽将出来，他直直撞向身后的墙。

陈晓卿飞了起来，他是坐在窗边的，炸药冲击波从下向上冲过来，所以他的飞行轨迹是45度从窗口向上飞，飘在空中的他，目光穿过烟雾和火光，楚江两岸风光尽收眼底。他又惊又喜地在空中欣赏着。这是一个仲秋的下午，天高云淡，楚江依旧缓缓向东流，宽阔的江水在阳光下泛着银光。昨天下过雨，江畔新建的红色西式两层洋楼与中式三层楼阁被洗刷得干干净净。

落地的陈晓卿觉得身体忽然一阵收缩，皮肤如同海绵一样将震动的波荡吸收得干干净净，随即这股震颤向上直冲到头顶，在脑中盘旋了一瞬，从头顶冲了出去，脑子忽然从未有过的清爽，如孙悟空刚摘掉金箍一般。他脸上那密不透风的黑忽然开始变化，少年的黑，如黎明前那短暂的一瞬，忽然被这爆炸的白雾淹没了，脸上的黑迅速退却，只剩一个熊猫般的黑眼圈，黑眼圈继续收缩成细细的一圈黑眼线，看起来有点像哈士奇，黑色继续退缩，整个脸像桌上那颗鸭梨，现出亚洲人那种典型的粉黄。

直到1972年，英国电子工程师亨斯菲尔德成功研发出CT机，医学界才弄明白，陈晓卿这个病叫"先天性蛛网膜囊肿"，脑脊液被包围在蛛网膜，粘连形成囊肿，也就是俗称的"脑子里有水"，只要蛛网膜破裂，脑脊液流出来就好了。通常是动手术，但外力震荡弄破，也能痊愈。陈晓卿在合适的时间，合适的地点，遇到合适的爆炸，阴差阳错被这一摔，居然歪打正着，破了水，自愈了。

当时从二楼飞起，欣赏完楚天一色的陈晓卿，辘辘了几圈翻身起来，蒸汽火车一样头顶冒着白烟奔回二楼。再次进入房间的他，仿佛进入了平行宇宙——他看到了自己，一个头发眉毛被烧焦、黑乎乎的炭人，像一只树懒慢吞吞地在地上爬着，慢慢爬到他的脚下。

爆炸过后本应尘烟弥漫，遍地狼藉，可居然一丝一毫烟尘都没有，却是满地的梅花，在墙角、在桌边、在天棚，静静悄悄、漂漂亮亮地绽放着。一股暗香袭来，"枝横碧玉天然瘦，蕾破黄金分外香"。趴在地上的孙吾缓缓捡起一片，愣愣地看着，梅花圆润剔透，令人心动。

楼下的丁虎棠和Jimmy当时正在厨房，隔了三堵墙，被震得晃荡了一下，把脑子震坏了，两个人一左一右站在门口，一动不动，像一副对联。

面如银月的陈晓卿最先反应过来，大叫："还愣着干吗？赶紧跑！"接着冲出房门。丁虎棠和Jimmy方才醒悟，刚要跟着跑，陈晓卿又回头跑进了房间："别把猴子扔下。"伸手猛拉瘫在地上的孙吾，拉了几次，孙吾仿佛早晨上学的孩子，醒不来，也起不来。丁虎棠看得着急，蹲在孙武前面，Jimmy和陈晓卿在孙吾身后合力一抬，孙吾这才扑在他的后背。丁虎棠两手托住孙吾屁股一使劲，整个人上了肩。丁虎棠掂了掂，自语道："三大捆铜版纸宣传单。"言罢，一阵风冲下了楼梯。陈晓卿和Jimmy看得瞠目结舌，丁虎棠的速度实在太快了，如果丁虎棠是一辆自行车，孙吾就相当于一台发动机，驮一驮，单车变摩托。两百斤的孙吾在他背上为其添加无限动力，他健步如飞，风驰电掣，只一瞬间，已经奔到了院子里。

丁虎棠在哈尔滨印刷厂几年的历练，在中国大街111号无数次楼上楼下搬家锻炼出的一身膂力，终于派上了用场。他特意将孙吾的身体中心向右移，因为他的右腿力道要比左腿大出三分。这要感谢鲍万几个月前踢他的那一脚，他变得更高更快更强了，背着孙吾，和Jimmy带着光，踩着电，腾着云，驾着雾，电闪雷鸣地去了。

陈晓卿再次奔回二楼，暗自叫苦不迭，用错了丁虎棠，他不应该背孙吾，而应该背客厅里的柜子。这个一人多高的柜子大概有两百多斤重，除了丁虎棠，现在谁也背不动，可是必须让它消失，它的肚子里装着三百多人的身家性命。

陈晓卿的脑子清醒极了，此时必须销毁这个柜子。陈牧之不在，只能撬锁，可这俄国马蹄铐怎么能砸得开？陈晓卿脑门上的汗珠一串接一串，又密又急，连绵不绝，看上去像是加冕的秦始皇。终于，两把螺丝刀，一把扭弯成了问号，一把扭断成了破折号，马蹄铐依旧完好无损。陈晓卿仰天长叹，计尽力穷，能弄坏这把锁的，只有拆家的哈士奇了。他对着手铐拱手抱拳："甘拜下风，江湖再见！"转身以"撒手没"的速度蹿出了楚宝里。

警察陆续到达出事地点，第一批不怕死的围观群众也来了。爆炸带来的惊恐毕竟短暂，中国人最喜热闹，一旦发现危险是虚幻的，便转身向出事地点跑，不管是不是抱着行李或孩子。那情景，像身后有警察追着罚款一样。待真正见到现场的警察，更加心安——个个肥头大耳，脑满肠肥，一堵安全的防护墙。

飘在空中的黑烟里冒出了一个手搭凉棚的"猴儿"，那是消防队来了。楚州消防局的马拉机器消防车处于世界先进行列，有机压水龙和带折叠升降梯的救火车。楚宝里的建筑一般只有两层，这伸缩梯能到四层楼高。消防队长又请木匠违规加了一层，那"猴儿"现在就在五层楼的位置，煞有介事地从怀里掏出望远镜来探查火情。

现在，围着这着火的窗户的有七个端着望远镜的"猴儿"，消防局一共七台救火车，全来了。

有见过世面的老头却说今不如昔，想当年消防队还叫水龙局的时候，那救火场面是何等壮观和懂规矩！锣打得亮，梆子捶得响，鼓敲得壮。全局换好号衣，局头率众武善先给火神爷上香跪拜，敬火神后，方才大锣开道，会旗当先，水机居中，会首率众武善断后，奔赴火场。现今真是礼崩乐坏，一遇火情，这群孙子乱得人仰马翻，规矩全坏了。从前的水龙局那可是君子做派，温良恭俭让，离火场远的水会若是先到，自然懂得礼数，在场外候着近处水会到来。那近处的水会若是先到，火势再大也会停下来，排于街道两侧跪地迎让，次到者临场扑救，有来必让，规矩可不缺。火扑灭后，水会要鸣节奏很慢的"倒锣"，未及火场的水会听到这种锣响，就不必赶来了……

烟散得差不多了，估计也不会再有余炸后，鲍万进入了爆炸现场。这个混血儿的眉头紧皱，爆炸现场他见得多了，早已麻木，让他吃惊的是那个一人多高的铁柜，他在哈尔滨见过。这柜子几乎游览过整个哈尔滨，丁虎棠背着它从印刷厂到中国大街111号，从一楼搬到四楼，又搬回一楼，又背回印刷厂，现在它出现在了楚州！肯定是它，因为柜子上写着：大成印刷公司No.3。

柜子上的锁他更认识，俄国最新款的马蹄铐。这副马蹄铐曾铐在陈牧之的手上。钥匙在鲍万的钥匙串上，他拿出钥匙捅了一下，开了。这箱子可以说是自己家的猫窝，他丢的东西全在里面。

先是一沓白布，他把手放上去，手感告诉他，这是考布切夫的那块电影幕布，不过它现在被剪成了十几个方块，上面还画了图案：一颗黑色的九角星，星星中间有九个黄点，星星的外角也有九个黄点。鲍万不清楚这图案的意思，但从幕布边上折回缝成一个可以插进棍子的筒，可以断定这是一面用于辨识敌我的旗帜。

幕布是放在缴获的陈牧之的牛皮箱子里带回来的，这箱子此刻就在柜脚臊眉耷眼地蹲着。鲍万拎起来，发觉它变轻了，并不是因为幕布拿出去而变轻的，这口箱子的空箱重量他有印象。

柜子、马蹄铐、幕布、皮箱，似是故人来。

柜子里还躲着一个故人，就是陈牧之。一沓崭新的通缉令，整整齐齐地放在第一格上。

鲍万拿出一张，四目相对，陈牧之眼睛里放出嘲弄和挑衅的神色，形象从2D转为3D，栩栩如生。陈牧之脸上有一堆黑斑，是纸的背面透过来的。鲍万翻过通缉令，纸背上写满了名字：彭楚潘、刘复基、杨洪胜、蒋博魁、李擎甫、沈廷桢、张筱溪、唐子洪、商旭旦、谢鸣岐、萧良才、曹珩、黄季修……有几百人，最后，还有一个外国人。

多年后，鲍万回忆起当时情形还是哭笑不得，这个外国人的名字叫：巴布罗·迭戈·何塞·弗朗西斯科·狄·保拉·胡安·纳波穆西诺·玛莉亚·狄洛斯·雷梅迪奥斯·西普里亚诺·狄·拉·圣地西玛·特里尼达·路易斯。

这是一个人的全名，当年给主人带来过许多的烦恼和痛苦。烦恼的是考试时写完名字，少答好几道题；痛苦的是少答了题，被罚写名字一百遍。俄国老师总骂这个人"鲍万"，俄语里"鲍万"是笨蛋的意思。"鲍万"一出，从此叫开了，这被骂的学生倒不在意，自己也跟着叫，最后谁都不记得他的本名了。

鲍万已经大略划出了范围，从爆炸现场的血迹可以看出，此人受伤不轻，应该在医院，并且是在租界的医院。这帮革命党不信中医。

枭是一种鸟，传说这种鸟在没有东西喂孩子时，自己用嘴咬住树枝，让幼鸟吃它的肉，最后只剩头挂在枝杈上。因此，砍头示众被称为"枭首"。枭首和斩首有所不同：斩首后，头是要还给犯人家属的；枭首则是把头颅挂在竿子或城楼上做普法教材。

现在，城楼上就挂着三个脑袋，挤在一起，被晨风吹得晃晃悠悠，磕磕碰碰，看上去像是三头哪吒在自言自语。三个脑袋下面是一堆包子，血滴滴答答砸在上面，弹起一小簇一小簇血花。明眼人知道这是在配药。有人好奇："不是馒头蘸血才能治病吗？"有人不屑地抢白："乡巴佬，馒头只治痨病，'包'治百病！"

人头下，城门前，刽子手一边磨刀一边和人说闲话。这是一个少见的脾气温顺又热心肠的人，他满脸带着收获的喜色说："还有好多脑袋要砍呢，什么样的都有，什么样的毛病都能治。不着急哈，不着急。"

"哎哟，那你可有赚头了。"

"嗐，赚个头啊！"

这三个人被砍得过于匆忙。昨天下午，巡捕房赶到宝善里14号，收走了旗子、印章、文告、名册等物，傻子都能看出来这是要造反。证物即刻被移交至道署，道署又马上电话报告总督，即刻全城戒严，一面迅速收购月饼，掰开检查馅儿里是否藏有"八月十五杀鞑子"的字条，一面按花名册上记载的地址和人名抓人，很快，彭、刘、杨三个首逆被捕。

作为总督，此时他的决策最为关键。这时候如果来软的，可以当众销毁名册，宣示既往不咎；如果来硬的，应该按名册继续抓人，五花大绑做成粽子，把中秋过成端午，再把端午过成清明，当街砍头一了百了。无论哪种处理方式，事情都不会发展到后来不可收拾的地步。可是总督首鼠两端，忽硬忽软。最先捉到这三人的脑袋是保不住了，他又不想继续扩大事态，避免激发更大的冲突，并未按名册大规模搜捕。

听说衙门外杀了三人示众，熊在前早上起来后，立刻派班里的心腹兄弟出营探听，回来报告说，各处据点均被查封，彭、刘、杨遇害，外面的巡防营已开到工程营左右两街，大有按缴获的名册捕人之势，据说抓到肯定是砍头。这个兄弟和刽子手闲聊了几句，听说明年元宵灯会不挂灯笼，改挂人头。

现在整个营房最关心的是名册上到底写了谁。此事群振社大哥蒋博魁最清楚，可是他昨天就失踪了。同兴会那边的主事人也都联系不上，只能来问熊在前。他们也不敢挑明，只能旁敲侧击。熊先生也不太清楚名册上到底写了谁，自己肯定在册是不用怀疑的，至于其他人，蒋博魁和孙吾写名册时，是写结婚请柬的做派，不管熟不熟，只要他能想起的名字，都洋洋洒洒地写上。现在这本名册相当于阴曹地府的生死簿，除了孙吾和孙悟空，鬼知道写了谁的名字，估计全营都跑不掉。营里有个叫戤翼翚的，认为自己名字生僻难写，应该不会被记录在册。没用的，孙吾写名单时，特地在胡缨的监狱阅读室借了《康熙字典》和《百家姓》。

总之，他们现在就是薛定谔的猫，是死是活谁都说不准。

事实上，营里的革命党并没有多少，只是流言一起，没跑的革命党认为自己活不过明天，跟革命党人有过交往的认为自己最多活到后天。花名册是孙吾私造的，谁知道那名册里到底有谁。无论心甘情愿还是被冤枉裹挟，总督现在是把全营官兵推到了作乱的边缘。熊在前眼前一亮，他觉得这反倒是个机会，造反要动员，力度越大，成功的可能才越大。最好的动员，莫过于人人自危，有了这样恐怖的气氛，作乱才有动力，这就是为什么历史上的造反起事都需要制造谣言。

如今，恐惧情绪在营中蔓延。总督将要根据名册抓人的流言传遍了整个军营。不管有罪还是无罪，人人都害怕丢掉性命，叛乱比丢掉性命更合算，兵变似乎是最安全、最可行的出路，也是唯一出路。

死是谁都逃不掉的，反正是死，不如死得像个男人。"起事亦死，不起事亦死，等死，与其为瓮中之鳖，毋宁铤而走险。何况今夕举事，还不一定非死不可！"几乎没有争议，熊在前与营内兄弟便确定了起事计划，时间定在今晚。

至于能否成功，他没什么把握，不过，昔年大泽乡起义，领头大哥叫陈胜，巧的是同兴会和群振社的大哥恰好叫陈晓卿。陈，胜！他用这莫名其妙的联想给自己壮胆。

自信，就是自己把自己忽悠信了。

当时熊在前不知道，缴获的名册上根本没有他和他兄弟们的名字。原因很简单，鲍万见名册上有自己的名字，怕惹麻烦，上交时把带有自己名字的那页撕掉了，连带蒋博魁、孙吾等首逆，全都不在名册上。

熊在前更惦念的是晚餐，说："兄弟们啊，晚上一定要吃饱，这可能是这辈子最后一顿饭了。"

准备起事的消息在中下级军官中风传，已经成为半公开的秘密。骑墙观望派或请假外出，或直接和熊在前打招呼，双手抱拳："今晚我就是王八，绝不出头。"

"王八"这两个字很有趣，"王"写出头就是"主"，"八"出头是"人"，出头的王八就是主人。工程营的三排长陶企盛就是这样的王八，很有主人意识，或者说是很有为主分忧的意识。此人投军前是卖香油的，因为嗓门洪亮，被逛街的营长发现，带进军队做了号令员喊操，轻车熟路的"香油——砍旗"声震寰宇，江那边都能听到。也因此神技，陶企盛得以升职做了排长。整个下午，军营异常的气氛让这个对主子有着浓郁感恩心的下级军官焦虑不安，啃着部队前两天发的月饼的他，感觉到了主子赏饭吃的温暖恩德。这种情绪是很感人的，责任感占据了头脑，他终于没忍住，挺身而出，叫上两个护兵直奔他所辖的排，深入各棚查验抓叛来了。

尹肇隆正在擦枪。

"今晚又不是你值岗，为什么擦枪？"陶排长说话有点漏风，不知什么原因，门牙像秋千一样在嘴里荡漾着。

"当兵不擦枪，难道擦腚？"尹肇隆漫应道，更挑衅地指了指挂在陶排长嘴边的月饼渣儿。

"你他妈是想造反！"陶排长回头对身后护兵说，"关禁闭，饿死他！"

这是他的治军法宝，他曾经说过："十个人有十个想法，饿上三天，十个人只有一个想法了。"所以只要禁闭禁食，没有解决不了的问题，如果三天不行，就再来三天。

护兵还没动手，尹肇隆已经冲向陶企盛，他说："关你屁事！"陶企盛被一把摁在门口的台阶上，事后发现，两颗门牙碎片还卡在台阶缝隙里。

两人先是像油条一样扑倒在一起，再扭打成了麻花，打得热火朝天，谁也不敢上前拉开。陶企盛的门牙和军帽先飞了出来，尹肇隆的肩章和零钱接着飞了出来，打得有点像后世的手游，又爆装备又爆金币。尹肇隆的营中结拜兄弟看得腻味，举起枪托向陶脑袋砸去，陶"啊呀"一声向楼下逃跑，众人齐喊："打他！打死他！"熊在前闻声赶到，掏出艾弗·约翰逊左轮手枪上去就是一枪。

这一枪打得并不怎么样。子弹击中了陶企盛的腰，场面本应该血肉横飞，可是，他腰里有块前天部队发下来的月饼。

月饼这种东西不论南北，其构造皆是以七毫米厚铁皮为外壳，中间裹着颜筋柳骨一样棱角分明的混凝土，是绝佳的防弹装置。作为以克扣军饷著称的第八镇，订购的月饼就是一块铁饼，连馅儿都没有放。枪响后，陶企盛只觉得腰被捅了一下，边跑边喊："造反啦！造反啦！"

语文的重要性显露出来了。譬如刚才，陶企盛巡营时说"吃了一个月饼"有两种解释。其一是，陶企盛今天吃了一个月饼；其二是，陶企盛吃了一个月的饼。饼可以乱吃，话不能乱喊，特别是现在这个关键又敏感的时刻。他这声"造反"比"吃了一个月饼"更易引起误解。

陶企盛扯着嗓子愤怒地咆哮："造反啦！造反啦！"隔壁营房听到枪响，一下乱了。待听到"造反啦"，准备起事的兵士误以为是通知行动，拎起刀枪便冲了出来，天昏地暗看不清楚，见陶企盛在前面跑得意气风发，当然认为他是领头的，便都跟着他跑。熊在前追出来打算补枪，已经被厚厚的人墙遮挡住了，只能加快步伐往前追，越过人群追到了陶企盛身后几米处，正要瞄准开枪，又被刚冲出营房的兵士阻隔住，再追，再被冲出来的人群阻隔。几次下来，陶企盛身后的人越来越多，整个军营也已经乱了，人仰马翻，鸡飞狗跳。陶企盛为了保命，居然跑出了陈牧之的速度，一骑绝尘，遥遥领先。跟着他的人越来越多……

熊在前猛然醒悟，这个枪击对象此刻反倒是最好的宣传员和鼓动者，类似大泽乡起义那只喊着"大楚兴，陈胜王"的狐狸。陶企盛两手摆动越过头顶，狐狸般快速奔跑，边跑边仰头嘶吼："造反啦！造反啦！"紧随其后是滚滚红尘。

这支被误导的队伍一直跑到营外的巷子里，遇到了巡逻卫队。非常时刻，巡察领导的级别比较高，是工程营管带，听到刚刚的枪声和陶企盛的大喊大叫，知道出事儿了，慌忙赶过来弹压。黑灯瞎火见为首一人扭腰摆首，边跑边喊"造反啦"，正是带队攻打的样子，又确定是奔向自己的，必然是造反首犯，擒贼擒王，当头就是一枪。这一枪正打在陶企盛的嘴里，若在平常，门牙能阻隔一下子弹，或许再次中弹不死。只是此时陶企盛牙齿已废，于是这颗子弹长驱直入，先是穿过嘴唇，再刺破咽喉，最后卡在颈椎里，陶企盛一声惨叫，像是素颜的女人照了镜子，又像是饭后的女人踩了体重秤，"扑通"一声仰面倒地。

关于陶企盛的死，版本不一，有说被当场打死的，还有说是被自己的弟弟背回家里，一夜都在"为什么两边都开枪打他"的困惑中死去的。

巡逻卫队用的是汉阳造，这枪最大的毛病是装弹和退弹困难，放进去拿出来都特别费劲，几枪过后，居然卡壳了。惊恐之下，巡逻卫队作鸟兽散了。

熊在前带队直奔军械库，那里有枪炮弹药。军械库最高长官紧急动员，要求全体官兵严防死守，他不知道，被严防死守的是他自己，他的手下全是叛军同党，十二支长枪瞬间把他围成一圈，仿佛不可拔除的密集倒刺。

军械库失守，全城开始乱套，城外的辎重队、炮兵营、工程队先后响应叛乱，并向军械库集结。尔后，城内各标营也纷纷起哄。晚上十点半，抬出火炮的叛军开始攻打总督署。枪炮声越来越密，越来越响，这边噼噼，那边啪啪。

总督被枪炮打得晕头转向，从后墙挖洞逃到江中的军舰上。全城都在叛军的掌控之中。

这成功猝不及防，如果不是楚宝里陈晓卿丢烟头引发爆炸，如果不是没有钥匙的铁柜打不开导致名册被缴，如果不是营中官兵弄不清楚名册上有没有自己的名字，如果不是总督杀三人示众帮革命党做了动员，如果不是熊在前甫一发难，总督便逃了，这次兵变也许不会引发各地群起响应。

偶然也是必然。火星是偶然的，火药桶是必燃的。这个国家像是用左轮枪玩俄罗斯转盘，抠一次扳机，可能会响，也可能不会响，但只要继续玩下去，爆头是迟早的事。

世事难料，鲍万的弟弟因为捞人，自己进去了；鲍万回来是为了捞弟弟，自己也遭受了囹圄之灾。

鲍万回来后，先是找来和华界关系不错的前同事，请华界巡警吃饭，了解到的情况不太妙。第一是案件性质严重，是刺杀；第二是已经判了，转到了监狱。虽然不是没有活动空间，但需要时间打通关系。鲍万自己当然清楚流程，此时能做的便是打点好监狱方面，尽量让弟弟在里面少受点罪。昨天下午正准备去打点，谁料发生了爆炸案。本着职业道德和社会良知，他把楚宝里14号的东西递交给了旧东家。至于其后的事，他并不太在意，不过是拿人、刑讯、送监，继续天下太平，太平天下。

没承想，次日晚竟然因此发生了兵变，一夜之间天翻地覆。兵荒马乱之际，监狱最是危险，很可能引发暴乱。鲍万惦记弟弟，冒险雇了一条小船过江直奔监狱。万幸，这里没受什么影响，只是门口满地碎红，地毯一样的鞭炮屑。鲍万为探监做过功课，知道这个姓谈的典狱长行事古怪，把自己的女儿嫁给了一个犯人，昨天姑娘生了孩子，典狱长荣升外公，给每个犯人都发了酒，整个监狱都在喜庆的宿醉中。看来昨晚惊变的消息并未传到这里。

鲍万的警界朋友和这边上下都打过招呼，老看守得知是鲍万，像烧过的火柴头一样弯了腰，边办登记边说："谈典狱长今天不在，有什么事可以找副典狱长。基本上副典狱长做的决定，谈典狱长都会同意的。"运气不错，副典狱长因为昨天喜当爹，心情颇佳，所以"万事好商量"。这话好彩头，听起来像是"鲍万的事好商量"。鲍万本想去办公区拜谢副典狱长，经指点才知道这副典狱长是监狱内部开玩笑封的，他就是那个娶了典狱长女儿的犯人，他的监房，就在鲍万弟弟监房的隔壁。

于是，鲍万在胡副典狱长的监房里看到了胡副典狱长，也看到了胡副典狱长醉醺醺的一堆朋友：孙吾、丁虎棠……几个月前中国大街111号的嫌疑人"济济一堂"。鲍万正愣神，门口又进来两个人，正是撒完尿回来的陈牧之和陈晓卿。

楚宝里爆炸后，丁虎棠扛着孙吾窜进了日租界的同仁医院处理好伤口，他料到警察一定会来医院调查，此地绝不可久留。陈晓卿惦记着去监狱探望胡缨的陈牧之，要赶去监狱通知大哥赶紧逃，念及此，又忽然想到，干脆躲在监狱，那地方警察怎么都不会去查。一伙人觉得有理，呼呼啦啦过江到了胡缨监房。听说楚宝里出事，这群人居然全都没当回事。胡缨对此更是豁达，计划流产没问题，老婆不流产就行。胡夫人也是争气，老公刚说完，肚子便开始疼，到了早上，顺顺利利生完了。

整整一天，监狱都在庆贺新生命的到来，庆生酒和鞭炮是早就准备好的，夜里熊在前带人打总督府时，喝到五迷三道的这伙人还感慨："鞭炮哪儿买的？好！你听这声儿，跟打枪开炮似的。"

牢里这些人鲍万已经应付不了，更令其绝望的是，熊在前一夜没睡，带兵赶到监狱来迎接胡缨了。就这样，鲍万被自己曾经训斥过、缉拿过的手下败将给俘虏了。顶在鲍万头上的那把枪，便是曾跟随他数月之久的五发装艾弗·约翰逊左轮。

　　一天之内，这座城市发生着多少光怪陆离的变化，又经历着多少世事的变迁。昨天险成阶下囚，今天就要去对岸接收政权了。世间的事，像是对岸的景致，谁能看得真切？城上有烟，江上有雾，天又下着细雨。只嗅到一缕缕硝烟的味道飘过来，隐约听见对岸杂乱的、时断时续的惊恐叫声，天地间笼罩在白雾中，白茫茫一片，好似拉上了几层纱幕。无所谓天，无所谓地，朦胧迷惘，像是这个国家的未来。

　　俄国出产的马蹄铐质量确实不错，用"固若金汤"来形容它也不为过。陈牧之发现鲍万左手的铐结比右边少了一段，怪癖发作，使劲按了下去，鲍万两只手被死死地铐牢了。鲍万笑了，摆弄手里的铐子问陈牧之："你把我写在名册上是什么意思？栽赃陷害吗？这伎俩太拙劣了，稍稍有点脑子都能想明白，这事怎么可能跟我有关系？"

　　陈牧之侧头看着鲍万，说："最初只想给你添点堵，开个玩笑。现在想想，这事还真是少不了你。从第一次起事开始，孙先生一直在南方做事，运气太差，做一次败一次。我想在北方赌一把，结果你来了哈尔滨，把计划弄得乱七八糟，人也被你抓得鸡飞狗跳。你弟弟的事又把你弄回了楚州……对了，造反的东西都是你提供的：写名单用的通缉令是你监督印刷的；硝化甘油、做旗的幕布是你带来的；最重要就是这个马蹄铐了，没有它，那个柜子锁不住也就空了，也就不会被你们查到，你们不查到，熊在前也不会慌，熊在前不慌，也就不会开枪，这一枪闹出这么大的乱子，难道和你无关吗？"

　　这把枪的经历倒是传奇，它仿佛是吕布转世，跟过的主人无数，先是荆轲在日本购得，相亲那天把它送给了秀姑，秀姑又把它送给了哥哥林叙西，林叙西刺杀督察长后作为证物放在了证物室，鲍万领到它后，在大车店被人认出，换掉后又给了熊在前，最后，是它打响了举事的第一枪。

　　"就是点着了炸药，跟我有什么关系？"鲍万鼻孔喷着冷气。

　　一旁的陈晓卿笑了，那笑容是从来没有过的，是从清澈的脑子里发出来的。他指着鲍万说："点着炸药那支烟，是你帮我点的火。"

　　江雾和阴云忽然散了，遥望对岸，阳光澄澈，江水幽蓝，苇草已摇枯了头，风却不停，等着收割下一茬绿。江轮顺流而下，汽笛一声长鸣，掀起了万千的波浪。